데미안을
찾아서

남민우 장편소설

차례

바람이 있다면
청년에겐 꿈과 자아를 뒤돌아보는 계기가 되고
어른에겐 향수와 추억을 되살리고
모든 이에게 글이 주는 소소한 즐거움과 함께
잔잔한 여운이 마음에 남길 바랄 뿐이다.

요정을 보다

민,

군대 생활은 너의 방황을 끝내고 너를 성숙시키는 시간이 될 것이다. 웅비
(雄飛)의 꿈을 품고 태양을 향해 날아오르는 독수리처럼 너의 마음속 깊이
숨겨져 있는 자아(自我)의 날개를 펼치고 너의 신(神)을 찾아 솟아오르거라.
나는 기꺼이 너에게 좋은 향유를 바르고 영광의 옷을 입혀주는 미카엘 천
사가 될 것이다.

영원한 너의 형 현우.

　민은 그 편지를 읽고 또 읽으며 저 멀리 산 위를 맴도는 솔개의
날갯짓을 무심히 바라보며 속으로 생각하였다.

　'자아(自我) 속에 있는 나의 신(神)이라… 나의 신(神)이라…'

　그리고 덜커덩거리는 열차 안에서 지난날의 시간을 차분히 생각
하며 과거로 달리는 상상(想像) 열차를 타기 시작하였다.

그의 이름은 민(敏). 그는 하늘을 쳐다보았다. 너무나 푸른 하늘이었다. 푸른 물감을 세차게 풀어 놓은 듯 선명한 색깔이다. 구름한 점 없는 조용한 늦봄의 언저리였다. 살랑살랑 바람이 간헐적으로 그의 뺨을 간지럽힌다. 무료한 어느 날 오후 그는 심심하여 집안의 꽃밭에 들어갔다. 조그마한 꽃밭이었지만 여러 종류의 꽃들이 저마다의 자태와 향기로 아름다움을 마음껏 뽐내고 있었다. 하지만 그는 꽃보다는 그 꽃밭에서 움직이는 작은 곤충들에게만 온통 관심을 쏟는다. 개미들의 움직임은 언제 보아도 재미있다. 줄을지어 모두가 일사불란하게 움직인다. 자기보다 몇 배나 큰 나뭇잎이나 먹잇감을 가지고 움직인다. 서로가 앞뒤로 협동하여 자기 집으로 분주히 간다. 결코 길을 잃어버리는 일은 없다. 진드기도 간혹 장미 줄기에 붙어 기생한다. 붉디붉은 장미꽃 밑에는 푸른 색깔의 진드기가 장미 향에 취해 아이러니하게 살아가고 있었다. 벌들도 윙윙 소리를 내며, 왔다 갔다 하며 보라색 나팔꽃 입술에 슬그머니 들어간다.

민은 10살도 채 되지 않은 어린 꼬마이다. 한마디로 코흘리개 꼬마이다. 심심하면 개미도 살그머니 잡아보고 꽃잎도 조심스레 따보고 나무 꼬챙이로 땅에 아무렇게나 의미 없는 줄도 그어보고 나팔꽃 입술에서 나온 수술로 꿀도 빨아본다. 그렇게 아무도 없는 집에서 조용하다 못해 적막감마저 드는 오후 그는 순간 너무나 흥미로운 것이 움직이는 것을 보았다. 움직임이 너무나 부드러워 그는모든 동작을 멈추고 숨도 멈추고 그 움직이는 조그만 물체를 유심히 바라보았다. 새끼손가락 정도의 작은 크기였는데 이 꽃잎에서 저 꽃잎으로 사뿐히 움직이는 것이었다. 바로 그의 눈앞의 꽃잎에서…. 그가 자세히 보니 어깨에 투명한 날개가 2개씩 달리고 얼굴도 있고 얼굴에는 눈과 입이 뚜렷이 보이고 팔과 다리가 있는 사람의 형상으로 몸에서 옅은 광채가 뿜어져 나왔다.

너무나 놀라웠다. 여태껏 숱하게 많은 곤충을 보고 잡고 놀고 하는 것이 민의 일상이었지만 이런 일은 처음이었다. 그가 본 것은 분명 나비는 아니었다. 흰색의 투명한 모습에 광채가 나고 작은 투명 막대기를 가지고 이 꽃 저 꽃으로 날아다니는 그 자태가 너무나 아름다웠다. 마치 동화 속에 나오는 꼬마 요괴 인간이거나, 광채가 나는 착한 요정 같아 보였다. 그 기괴한 생명체는 그에게 너무나 큰 놀라움을 남기고 꽃밭 사이로 순간 사라졌다.

민은 그가 본 것을 누구에게도 말하지 않았다. 설사 말한다 해도 누구도 믿으려 하지 않을 것이며 그가 본 것이 단순히 착각일 수도 있기 때문이었다. 아무튼 민은 그 생명체와의 우연한 만남과 놀라움을 잊을 수는 없었고 그가 본 것을 그냥 요정으로 생각기로 하였다. 그날 밤 민은 자기 전에 그가 본 것을 떠올리며 꿈속에 다시 요정의 춤을 보고 싶었다. 그 후 민의 마음속에는 그 요정이 수시로 나타나 이 꽃 저 꽃으로 날아다니는 것이었다. 마치 그의 친구처럼 수호신처럼.

그해 여름은 무척이나 무더웠다. 8월로 접어드는 어느 날 비바람이 거세지고 하늘에는 먹구름이 몰려오기 시작하였다. 그날도 우연히 민은 홀로 집에 남겨졌다. 마루의 큰 창문에는 굵은 빗방울이 쉴 새 없이 때리기 시작하였다. 창문 유리창에는 빗줄기가 유리를 핥으며 여러 갈래로 흩어져 아래로 흐른다. 창문도 삐거덕 흔들리며 기이한 소리를 내기 시작했다. 저 멀리서 들려오는 천둥소리와 뒤이어 번쩍이는 번개는 민의 집 쪽으로 순식간에 다가왔다. 아침시간이었지만 온 세상이 어두워지기 시작하였다. 그는 순간 오싹함을 느꼈지만 약간의 스릴도 맛보았다. 자연의 무서움과 힘을 의식하는 순간이었다. 항상 따뜻한 태양 아래 있는 것이 아니라는 것을 무의식중에 느꼈다.

민은 긴 마루를 지나 조심스레 바다 쪽을 향해 있는 창문으로 갔다. 어깨높이의 창문을 고개를 들어 보았다. 그 바다의 풍경이란, 아 너무도 광란의 풍경이었다. 푸른 바다는 검은색으로 변하고, 파도로 넘실거리고, 거친 바람과 빗방울이 바다 위에서 춤추듯 거친 호흡을 내쉬며 이리저리 흩날리고 있었다. 그 바다 위에 떠 있는 여러 종류의 배들은 출렁이며 좌우로 흔들렸지만, 굳건히 제자리를 지키려고 안간힘을 다하고 있었다. 무거운 닻을 내리고 불평하지 않고 묵묵히 폭풍을 견뎌내고 있었다. 민의 눈에는 그 큰 바다와 큰 배들이 왜 이렇게 작게 보일까? 물론 바다와 떨어져 있는 산언덕의 집에서 바라보았기 때문이지만 그날따라 바다와 부두, 배들이 그의 조그만 눈에는 장난감처럼 보였다. 광풍이 몰아치는 장난감 속의 또 하나의 작은 장난감이었다.

한참을 바다를 바라보았다. 비바람의 움직임과 먹구름의 움직임,

파도의 움직임 하나하나를 놓치지 않고 바라보았다. 신기하기도 하여 한참을 바라보았건만 싫증은 나지 않았다. 순간 민의 머리 위에서 번개가 번쩍거리고 고막을 때리는 천둥소리가 나자, 말로 표현할 수 없는 섬뜩한 기분이 민의 마음속에 파고들었다. 갑자기 민은 집에 외톨이로 있다는 것을 새삼 느꼈다.

민은 학교 수업 시간에는 관심이 없고 교실 창문 너머에 흘러가는 구름과 바람 그리고 간혹 새들의 지저귐, 곤충들의 움직임에 온통 정신을 빼앗기는 시간이 늘었다. 푸른 하늘과 구름을 보면 마음은 안정이 되었지만, 왠지 모를 쓸쓸함이 스멀스멀 밀려오기도 하였다. 여름방학이 되면 몇 가지 숙제 중에 곤충 채집이 있었다. 방학이 시작되자마자 민은 산으로 골목으로 돌아다니기 시작하였다. 숙제를 핑계로 여러 종류의 곤충을 무한정 사냥하기 시작한 것이다. 숙제 양보다 몇 배 많은 양의 곤충을 잡았다. 손바닥으로 잠자리 잡기. 이는 고도의 기술이 필요한 자세로 잠자리 무리가 빙글빙글 도는 곳에 가서 가만히 서 있다가 순간 손바닥으로 내리치는 것이다. 잠자리는 땅바닥에 떨어지며 순간 기절을 하지만 이내 회복하여 날갯짓한다. 여러 마리를 잡으면 꼬리 부분에 한꺼번에 실로 묶어 그와 같이 날아갔으면 하는 바람으로 여러 차례 시도해 보았지만 결국은 잠자리의 꼬리만 잘리는 일만 생긴다. 그때 처음으로 날아가곤픈 마음이 생기고 그 후 간혹 그는 양손으로 날갯짓하며 높은 산 위에서 하늘을 부드럽게 날거나 푸른 바다를 내려다

보면서 날아다니는 꿈을 꾸곤 하였다.

그런 꿈을 꾼 다음 날은 항상 몸이 가볍고 기분이 좋았다. 매미 잡기, 여치 잡기, 메뚜기 잡기, 올챙이와 개구리 잡기 등은 늘 해왔던 일이고 산속 깊이 들어가 맑고 찬 개울가에서 가재를 잡는 것은 너무나 스릴이 있고 재미가 있다. 서늘한 개울가에서 맑은 물소리가 졸졸 흐르는 소리를 들으며 응달지고 구석진 돌을 뒤지면 그 속 깊이 숨어있던 가재가 너무나 빠른 속도로 도망간다. 가재의 몸은 갑옷으로 무장되어 있고 성난 집게발톱을 이리저리 위로 흔들며 위협한다. 빠른 손동작으로 가재의 몸통을 잡아야 한다. 민은 재미 삼아 놀이 삼아 이런 짓을 계속하였다.

수많은 곤충을 채집하고 죽이고 사냥하는 일상적인 일이 어느 날 뭔가 이상한 기분으로 민에게 다가왔다. 무언가를 계속 죽인다는 것은 별로 좋은 일이 아닌 것 같은 막연한 기분이 들었다. 방학 숙제를 위해 곤충 채집은 해야 할 일이었지만 재미로, 채집 쾌락을 위해 마구잡이로 곤충을 잡아 죽이는 것이 민의 마음 한구석에 무언가 꺼림칙하다는 생각이 서서히 들었다. 비록 곤충일지라도 귀중한 하나의 생명체이다. 무엇이든 간에 자기 손으로 죽이는 것이 마음에 내키지 않았다. 친구들 앞에서는 용감한 소년으로 보이기 위해 곤충을 잡고 죽이기도 했지만 혼자 있을 때는 가능한 개미를 밟지 않고, 그의 피를 빨아먹는 모기도 손으로 쫓아 버리기만 하였다.

어느 날인가 땅거미가 조용히 으스스한 골목길에 내려앉는 가을 언저리에 민은 홀로 골목길 끝 계단에 앉아 아무런 생각 없이 그냥 그대로 앉아 있었다. 주위에는 아무런 인기척도 없고 그 또래의 친구들은 이미 각자 집으로 돌아간 후였다. 그는 집으로 돌아가고 싶은 생각이 들지 않았다. 간혹 이렇게 외로이 홀로 앉아 있으면 나름의 운치를 느끼곤 하였다. 골목길을 돌아 나오는 바람 소리를 들으며 앉아 있으니 어느새 어둠이 깔리고 계단의 앞집에 대문을 밝히는 백열전구가 켜졌다. 너무나 강렬한 백열전등과 그 밑에 생기는 야릇하고 붉은색을 띠는 불빛과 아련한 그림자를 보니 감상적인 기분이 들었다.

순간 민은 호주머니에 그의 호신용이자 유일한 장난감인 새총이 있다는 것을 알았다. 그가 심혈을 기울여 직접 만든 것이다. 튼튼한 Y자 나뭇가지를 구해 팬티에 들어가 있는 노란색 고무줄을 엮어 만든 그의 최대 걸작품(傑作品)이었다. 갑자기 너무나 큰 도전 의식이 생겼다. 그가 그 새총으로 약 10m 정도 거리에 있는 손등만한 전구를 정확히 맞출 수 있을까? 하는 것이었다. 생각이 드는 순간 민은 참지 못하였다. 몇 번을 망설였지만, 그는 자기 새총 발사 능력을 시험해 보지 않고는 그 자리를 떠날 수가 없었다. 결국, 그는 한 번의 시도만 해보자 마음을 먹고 가장 잘생긴 조그만 돌을 구해 고무줄에 걸고 힘껏 줄을 당겼다. 눈으로 타깃을 보고 호흡을 가다듬고 고무줄을 잡고 있던 오른손 엄지와 검지를 놓았다. 순간 '펑' 하는 소리와 함께 백열전구는 산산조각이 나고 말았다.

아니… 그 한 번으로 전구를 맞추다니 믿을 수 없는 일이 생긴 것이다. 순간 어둠이 민을 감싸고 골목길은 암흑으로 빠져들고 그의 몸은 얼음 조각처럼 멈추어 버렸다. 상황 판단이 서지 않았다. 머리 안이 하얗게 되었다. 남의 물건을 부숴 버린 크나큰 범죄를 저지른 기분이었다. 그의 나이에 처음으로 저지른 큰일이었다. 민은 그 순간 그 자리를 벗어나야 하는 생각에 왼손에 새총을 들고 골목길을 따라 무작정 뛰기 시작하였다. 절대로 뒤를 돌아보지 않고 뛰고 또 뛰었다. 그의 짧은 다리로 온 동네를 누비며 어둠 속을 향해 뛰었다. 마음속으로 어둠이 그의 존재를 덮어주고 그의 범죄를 덮어 주리라 믿고 싶었다.

민은 그날 밤 식은땀을 흘리며 악몽을 꾸었다. 그날 이후 며칠간은 대문 초인종 소리에도 놀라기도 하였다. 물론 그 누구도 그 사실을 모르고 자연스레 옛적의 골목길 평안은 다시 찾아왔지만, 민은 마음속에 또 하나의 양심 가책을 비밀스럽게 품고 지내게 된다.

그해 겨울 너무나 추운 혹한이 며칠째 이어졌다. 세찬 바람에 창문은 연이어 덜커덩거리고 방 안에도 추운 바람이 스며들어와 민은 방바닥이 시커멓게 타버린 아궁이 쪽 바닥에 쪼그리고 이불을 덮어쓰고 추위를 피하고 있었다. 너무도 무료한 겨울의 한낮이었다. 아무런 생각도 하고 싶지 않았다. 오직 이 추위와 무료함이 지나가기만을 바랐다. 책을 본다든지 음악을 듣는다든지 하는 것은 그와 어울리지 않았다. 어느 정도 시간이 지나니 그는 추위에 대한 두려움보다 무료함을 더 이겨내지 못했다.

민은 호주머니 속의 동전을 세어보니 그가 좋아하는 박하사탕을 몇 개 정도 살 돈은 있었다. 물론 그 돈은 어머니로부터 받은 돈이 아니고 동네 골목길 친구들로부터 딴 구슬을 되팔아 만든 돈이었다. 그는 결국 사탕을 사러 나가기로 하고 가장 두꺼운 옷을 입었다. 그의 약점인 추위에 약한 큰 귀를 덮을 귀마개를 단단히 하고 골목길로 나섰다.

　아무도 없었다. 개미 새끼 한 마리 보이지 않고 모두 자기 집구석으로 들어간 것 같았다. '웽' 하는 바람 소리 외엔 어떤 소리도 들리지 않았다. 세찬 바람이 민의 뺨을 때리니 콧물이 흘러내렸다. 그는 즉시 투박한 회색의 벙어리장갑으로 입과 코를 막았다. 좁은 골목길을 따라 한참을 내려가면 그 동네의 상징인 과자점이 나온다. 그는 여러 종류의 알록달록한 과자를 구경하며 입맛을 다셨지만, 그가 가진 돈으로는 몇 개의 박하사탕을 살 수 있는 것이 전부였다. 사자마자 두 개를 입에 틀어넣고 너무나 즐거운 발걸음으로 과자점을 나왔다.

　집으로 올라가는 언덕 골목길은 너무나 추워 민은 벙어리장갑을 낀 양손으로 얼굴을 감싼 채 한발 한발 움직였다. 눈은 앞을 볼 수 있는 정도만 뜨고, 길바닥 옆에는 중간중간 얼음이 깡깡 얼어 있고 그 위로 찬바람이 쌩하게 지나가는 골목길 계단에 왔을 때 민은 그의 발 앞에 떨어져 있는 동전 하나를 발견했다. 사막에서 신기루를 발견한 듯 너무나 놀란 마음과 기쁨으로 그는 조심스레 허리를 굽혀 동전을 주웠다. 한데 그 앞에 또 하나의 동전이 있었다. 줍고

나니 그 앞에 또 하나의 동전이 연이어 있는 것이었다. 그렇게 주운 것이 약 20개 정도였다. 분명히 과자점으로 내려올 때는 보이지 않았고 그렇게 많은 동전이 한꺼번에 골목길에 떨어져 있는 것은 아무리 생각해 보아도 있을 수 없는 일이었다. 누군가 동전을 떨어뜨렸다면 분명 떨어지는 소리를 들었을 것이고 또한 그가 사탕을 사고 올라오는 시간이 약 십 분 정도로 그사이에 누가 그 골목길을 지나가겠는가?

주위를 둘러보았다. 역시 인기척은 전에도 없었고 그 시각에도 없었다. 모든 집의 대문은 철문처럼 야무지게 걸어 잠겨 있고 그 일대 전체는 동면에 들어간 느낌이었다. 주인을 찾아줄 수도 없는 상황이고 모두가 동전이 아닌가. 그는 두툼한 호주머니 속 동전을 손으로 움켜쥐며 집으로 돌아갔다.

대체 이 일은 무엇인가? 민의 어린 마음에 어떤 판단도 서지 않았다. 단지 거리에서 동전 여러 개를 한꺼번에 주운 것이다. 무슨 의미가 담겨있는지 혹은 단순한 우연인지 그는 알 길이 없다. 민이 먹고 싶은 사탕을 마음껏 사 먹으라고 하늘에서 떨어졌단 말인가? 민은 앞으로도 필요한 돈이 그의 길 앞에 떨어져 있으면 얼마나 좋을까? 하는 엉뚱한 생각도 해보았다. 하지만 언젠가는 민은 그 주운 동전에 좀 더 얹어 거리의 천사들에게 돌려주어야 할 것 같은 기분이 들었다. 가장 추운 날 배고픈 친구들이 과자와 음식을 살 수 있도록 거리에 아무도 모르게 되돌려 주면 되는 것이다. 지금의 민의 기분과 경험을 되돌려 주는 마음으로.

민은 어린 시절 대부분 시간을 친구들과 놀면서 집 밖에서 보냈다. 같은 동네 친구들과 때론 집 앞 좁은 골목에서 때론 앞 동네로 진출하여 큰 골목길에서 함께 놀았다. 놀이에 익숙해지면서 그의 행동도 민첩해졌고 게임에서 상대를 이기는 요령이 늘어 거의 골목대장을 도맡아 하곤 하였다. 여러 가지 놀이를 하면서 그는 심지어 친구들의 심리를 터득하기도 하였다.

딱지와 구슬 따먹기 같은 게임으로 딴 것을 친구들에게 되팔면서 적은 돈이지만 돈을 벌기도 하였다. 헌 구슬은 가능하면 새 구슬처럼 보이게 하기 위해 집에서 깨끗이 씻어 정성껏 닦은 후 좀 더 높은 가격을 부르곤 하였다. 때로 흥정을 하였지만 대부분 그가 생각한 가격으로 팔았다. 구슬 판매는 그의 인생에서 첫 번째 거래이고 첫 상품이 된 셈이다. 여러 가지 색깔이 무지개처럼 들어간 구슬이 그에게는 돈을 벌어주는 요술 구슬이 된 것이다. 주로 구슬 안에는 노랑 빨강 파랑이 들어가 있다. 그 색깔들은 구슬 안에서 조화롭게 어울려 신비롭고 현란한 색깔을 내면서 초등학생의 눈을 즐겁게 하고 둥근 구슬이 주는 손안의 감촉과 빠드득거리는 소리는 요술 구슬의 주인을 행복하게 하였다. 민은 그 구슬들을 아버지께서 오래전에 쓰시던 낡았지만 큰 책상 속 서랍 안에 넣어두고 모으곤 하였다. 간혹 구슬을 팔아 생긴 돈으로 그는 주로 아이스케이크를 사 먹거나 이것저것 군것질을 하곤 하였다.

골목길 놀이가 재미없을 때는 민은 어김없이 뒷산으로 갔다. 그가 사는 곳은 이미 다소 높은 곳에 있었기에 동네 뒤에 위치한 산에는 약 20~30분 걸음으로 갈 수 있는 낮은 산이었다. 수정(水晶)산이었다. 수정이 많이 난다고 하여 붙여진 이름이며 그 동네 이름도 수정동이었다. 그가 다니는 초등학교 이름도 수정이었다. 수정산은 그야말로 그의 놀이터였다.

마음껏 뛰어다니고 놀면서 온종일 산속을 헤매고 다녔다. 뱀도 자주 발견되곤 했는데 긴 풀잎 속을 다니면서 뱀에게 한 번도 물리지 않은 것이 천만다행이었다. 혹 뱀을 발견하면 여러 친구가 둘러서서 돌이나 작대기로 뱀을 쫓아내곤 하였다. 민은 수정산의 여기저기에 흩어져 있는 돌 근처에서 간혹 수정을 캐곤 하였다. 큰 것은 아니었지만 그는 수정을 캐는 것이 너무나 즐거웠다. 연한 라일락 빛에서 진한 자주색까지 다양한 색깔과 다양한 모양을 가진 수정이 그렇게 좋을 수가 없었다. 입으로 호호 불어가면서 옷으로 수정에 묻은 흙을 닦고 그 진기한 색깔과 모양을 관찰하곤 하였다. 그에게 큰 즐거움이었다. 그는 캐어온 수정을 누구에게도 보여주지 않고 그의 보물 박스에 꼭꼭 숨겨놓고 심심할 때 꺼내 보곤 하였다.

민의 뒷산 놀이터는 해가 떨어지기 시작하고 붉은 노을이 하늘 저편에 물들기 시작하면 너무나 적막하고 외로워진다. 낮의 열기는 사라지고 산속의 모든 곤충과 뱀, 새들이 조용히 각자의 집으로 돌아갈 즈음 애잔한 트럼펫 음악 소리가 들려왔다. 수정산으로부터 들려오는 저 트럼펫 소리는 민의 어린 마음에도 어쩌면 그렇게 애잔하게 들리는지, 그는 넋을 잃고 잔잔한 멜로디를 즐기곤 하였다. 부르는 곡마다 너무나 슬픈 곡이었다. 그는 곡이름을 전혀 알

길이 없고 연주 실력이 어느 정도인지 전혀 감이 안 잡히지만 단지 그 순간은 그 곡이 세상에서 가장 아름다운 멜로디요, 그 연주자는 최고라는 생각이 들었다.

이름 없는 연주자는 수정산이라는 거대한 무대에 서서 그날의 태양이 마지막으로 뿜는 붉고 은은한 빛을 받으며 동네 관객에게 무료로 곡을 선물하고 있는 것이었다. 이상하리만큼 그 시각에는 동네 전체가 조용하고 침묵하였다. 바람도 침묵을 지켰다. 옆집에서 들려오는 말소리 걸음걸이 소리 TV 소리도 들려오지 않고 모두가 약속이나 한 듯 귀 기울여 그 트럼펫연주를 듣는 것 같았다. 누구도 그 연주에 대해 좋다 나쁘다 말하지 않고 연주자가 누구인지 물어보지 않았다. 그것에 관해 이야기하는 순간 연주는 멈추고 사라질 것이라는 막연한 두려움이 있는 듯했다. 민도 연주자가 마을 사람 중 누구일까 속으로는 궁금했지만, 결코 입 밖으로 물어보거나 말하지 않았다. 아마도 트럼펫 멜로디가 너무도 슬프고 가슴속을 파고드는 애잔함이 있기에 그 연주자의 가슴속 아픔이 자연스레 느껴졌기 때문이리라. 연주는 길면 30분 정도로 어둠이 내리고 달이 떠오르는 2부 공연을 하고 나면 조용히 끝났다. 민은 결코 그 애잔한 트럼펫 소리를 잊지 못할 것 같았다. 어린 그의 가슴속에 애잔한 감정을 물들게 하는 그 멜로디는 그 후 어떤 연주에서도 듣지 못할 것 같았다.

초등학교 졸업반까지 민은 할머니와 방을 같이 사용하였다. 조그만 온돌방으로 아늑했으며 조그만 창문이 바다 쪽을 향하고 있었다. 창문으로 보이는 앞집은 조그만 언덕을 뒤로하고 그 창문 높이보다 낮은 꽤 큰집이었다. 언덕에는 대나무밭이 있었다. 한 번씩 대나무가 바람에 쓰러지는 소리가 났지만 무서운 생각은 들지 않았다. 그는 창문을 통해 바다를 바라보고 대나무를 바라보면서 방 안의 무료함을 달래곤 하였다. 대나무는 항상 푸른 잎으로 건강하게 자라고 있었다.

간혹 창문을 열어 놓으면 참새가 방 안에 들어오곤 하였다. 아마도 대나무밭으로 내려오다 창문으로 들어온 것 같다. 천장에서 다급하게 위기의식을 느끼고 속도를 내어 빙글빙글 돈다. 민은 잡고 싶은 욕심은 생겼지만, 이상하게 그러고 싶지는 않았다. 방 안의 틀 속에 갇힌 참새가 안쓰러웠다. 처음엔 창문을 닫고 참새의 비행 모습을 지켜보다가 얼마 가지 않아 슬그머니 창문을 열어 주었다. 참새는 쏜살같이 창문을 빠져나가 하늘 높이 오르며 한 점을 남긴다. '잘 가거라.' 속으로 그렇게 말하며 그는 다시 무념에 빠진다.

민은 낮 동안 치열한 놀음으로 밤이 되면 거의 녹초가 되어 잠자리에 든다. 항상 할머니보다 일찍 잠이 든 것 같다. 단잠을 자다 보면 무언가 이상한 인기척을 느껴 살며시 눈을 떠보면 할머니께서 벽을 향해 좌선 자세로 기도를 하고 계신다. 항상 뒷모습이다. 할머니의 그 연약한 양어깨가 단단한 바윗덩어리처럼 얼마나 든든하게 보이던지 어린 그의 눈에도 신비롭게만 보였다. 할머니께서도 결코 움직이지 않았지만, 민도 결코 훔쳐보고 있는 것을 들킨 적이 없었다. 다시 조용히 눈을 감으며 잠을 자곤 하였다. 아마도 새벽 4시 전후로 생각이 든다. 사실 시간은 정확하지 않다. 궁금한 것은 알람시계도 없이 어떻게 그 시간에 매일 일어나 조용히 좌선하며 기도를 하실 수 있는지가 궁금했다. 민의 어린 마음속에 할머니에 대한 존경심을 가지게 되었다. 하지만 한 번도 그 기도에 대해 여쭈어 본 적은 없었다. 문뜩문뜩 왜 기도를 하실까? 의문이 들었다. 그래도 기도하는 그 방이 좋았다. 민은 어린 나이에도 할머님 덕택에 가족 모두 아프지 않고 잘 지내오고 있다고 믿고 싶었다.

보고 싶은 할머니였지만 돌아가신 후 자연스레 잊혀가는 어느 날 민의 꿈에 할머니께서 나타나셨다. 꿈에서 할머니께서 그의 뺨을 두 손으로 부드럽게 만지면서 미소를 지으셨다. 그는 그냥 아무 말 못 하고 할머니를 바라다보고만 있었다. 그런 후 할머니의 모습은 묘한 광채를 내면서 천천히 하늘나라로 사라지는 것이었다. 너무나 또렷한 모습이었고 황홀한 순간이었다. 신비롭기도 하고 신성하기도 하였다.

민은 누구에게도 꿈 이야기를 하지 않았다. 말을 하면 그 느낌이 허공에 사라질 것만 같아 마음속 깊은 곳에 그 느낌 그대로를 간직하였다. 할머님은 이제 하늘나라로 떠났지만, 민의 마음속에는 할머님의 존재가 꽃밭의 요정과 함께 그를 지켜주는 수호신으로 자리 잡았다. 그는 수호신이 생기자 두려움이 사라졌다.

그동안 민은 옆 동네 불량배들에게 괴롭힘을 당하고 있었다. 옆 동네 산으로 올라가는 길목에서 그들에게 잡혀 무릎을 꿇고 그들의 조롱감이 되기도 하고 때론 호주머니에 있던 비상금을 빼앗기기도 하였다. 반항하면 어김없이 보복이 돌아왔다. 그들은 협박도 하고 윽박지르며 손바닥으로 머리를 때리기도 하였다. 민은 마음속으로는 맞붙어 결판을 내고 싶었지만, 행동으로 옮기지 못했다. 어떤 때는 비굴하게 그들의 비위도 맞추어 주었다. 그런 날은 홀로 방 안에서 자책도 하고 꿈에서도 쫓기고 도망 다니기도 하였다. 꿈에서 깨어나면 온몸이 식은땀으로 젖어 있기도 하였다. 민은 속으로 자신에게 단호하게 말했다.

'난 이제 졸장부가 아니다. 이렇게 초등학교를 끝낼 수 없어. 진정한 남자가 될 것이다. 요정과 할머님께서 반드시 나를 지켜 줄 것이다. 반드시 그들과 싸워 이김으로써 나에게 수호신이 있다는 것을 증명해 보일 것이다.'

민은 그날 이후 산길 길목에서 몸을 숨기고 그들을 기다렸다. 만일 패거리가 아닌 한 명만 내려온다면 민은 바로 공격할 것이다. 며칠을 허탕 치다가 어느 날 구름이 낀 오후, 드디어 그중 한 명이 휘파람을 불며 멀리서 내려오고 있었다. 민은 속으로 생각하길 그날도 그 녀석은 분명 누군가를 괴롭혔을 것이다. 분노가 끓어오르기 시작하였다. 민은 깊이 심호흡을 한 후 숨어있던 몸을 날려 그 녀석에게 돌진하여 그의 허리를 잡고 넘어뜨렸다. 그 녀석은 민보다 몸집은 컸지만, 기습공격을 전혀 예상치 못한 무방비 상태라 쉽게 뒤로 넘어져 버렸다. 길바닥에서 같이 몇 바퀴 뒹군 후 당황하여 하얗게 질린 녀석의 배 위에 민은 잽싸게 올라갔다. 오른손 주먹을 불끈 쥐고 성난 눈으로 그 녀석을 바라보며 말했다.

"잘못했다고 하면 때리진 않겠다."

녀석은 겁먹은 놀란 눈으로 민의 주먹과 성난 얼굴을 번갈아 보며 기어들어 가는 목소리로 말했다.

"그래, 인정한다. 잘못했다."

민은 다시 한번 물었다.

"다신 다른 애들을 괴롭히지 않겠다고 맹세해라."

마지못해 그렇게 하겠다는 그 녀석의 말을 듣고 민은 의기양양하게 일어서 손에 묻은 흙을 털면서 돌아갔다. 민의 얼굴에는 녀석과 싸움을 하면서 긁힌 영광의 상처가 남았다. 비록 당분간 작은 흉터로 남겠지만 그것은 승리의 증거가 될 것이다.

그렇게 민은 그의 인생 첫 번째 싸움에서 이김으로써 비굴함과 졸장부의 딱지를 스스로 과감히 떼어 버린 것이다. 그날 밤 꿈속에서 민은 할머님의 미소와 어린 시절 꽃밭에서 보았던 요정을 보았다. 푸르스름하면서도 하얀 광채를 뿜는 요정은 민의 눈앞 상공에서 빙글빙글 돌았다. 마치 승리를 축하하는 춤처럼 보였다. 넋을 놓고 보는 민에게 요정은 순간 날개를 펼치며 민의 가슴속으로 빛과 함께 날아들었다.

6학년 졸업을 앞둔 어느 날, 수업 중간 휴식 시간 중 갑자기 담임선생님께서 상기된 얼굴로 교실로 들어오셔서 모두 눈을 감으라고 하셨다. 민은 무언가 잘못되었다는 생각이 들어 긴장하였다. 선생님께서 성난 듯이 말씀하셨다.

"여러분들은 모두 같은 반 학생이죠?"

"예."

힘찬 소리로 모두 답하였다.

"그럼, 여러분은 친구가 좋은 일이 있으면 같이 기뻐해 주고 나쁜 일이 있으면 같이 힘을 모아 격려해주며 친구끼리 잘 지내야겠죠."

"예."

"한데, 오늘 우리 반 중에 누군가가 친구를 배신하고 친구의 물건을 훔친 일이 생겼다."

모두가 침묵 속에 놀라는 마음을 움켜쥐고 있었다. 목구멍으로 침을 삼키는 소리가 들렸다. 교실 안은 정적이 흘렀다.

"물건을 훔친 학생은 오늘 방과 후 교실에 남아 선생님에게 그 훔친 물건을 전해주길 바란다. 그러면 모든 것을 용서하고 그 누구에게도 이야기하지 않고 없던 일로 하겠다. 잘 알겠나?"

"예."

모두가 힘차게 답하였다. 민은 선생님께서 현명한 판단을 하셨다고 생각했다. 그 후 민은 남은 휴식 시간을 보내고 아무 일도 없었다는 듯이 나머지 수업도 마쳤다. 민은 그 물건이 없어진 것과는 전혀 상관이 없기에 신경도 쓰지 않고 수업을 마친 후 즐거운 마음으로 그의 책상을 정리하는데 책상 안쪽에 무언가가 만져졌다. 예쁜 포장지로 포장이 되어있는 조그만 박스였다. 내용물은 무엇인지 당연히 몰랐으며 왜 그것이 민의 책상 안쪽에 있는지 전혀 알 길이 없었다. 추측건대 크기로 보아 아마도 값비싼 볼펜 정도 되리라 짐작되었다. 민이 그것을 만지작거리는 사이 친구들은 쏜살같이 교실을 빠져나가 버렸다. 민은 너무도 단순하였다. 그것은 그의 것이 아니기에 당연히 선생님에게 전해 주어야 한다고 생각하고 그 포장된 물건을 들고 교실 뒤에 앉아 계시는 선생님께 다가갔다.

"선생님, 이것이 저의 책상 안에 있었어요."

선생님은 물건을 받으며 민의 얼굴을 쳐다보았다. 다소 놀라는 기색으로 무슨 말씀을 하시려는 것 같았는데 결코 아무런 말을 하지 않았다. 민은 좀 어색한 순간을 보내고 선생님에게 인사를 하고 집으로 돌아왔다.

무언가가 이상했다. 그렇다.

그 물건이 도둑맞은 물건이었다. 민은 전혀 그 물건이 도둑맞은 물건이라고 생각하지 못했고 누군가가 실수로 그의 책상 안에 넣은 것으로 생각했을 뿐이었다.

아뿔싸.

민은 그가 도둑으로 몰렸다는 것을 그제야 알아차렸다. 선생님의 눈빛과 표정이 다시 그의 뇌리에서 스쳐 지나갔다. 그 표정, 그 눈빛, 무언가 말씀을 하시려고 하였지만, 결코 말을 참던 그 입술의 얕은 떨림, 그는 그날 밤새도록 그 일을 생각하였다.

민은 물건을 처음 발견했을 때 그 물건이 도둑맞은 물건이라고 판단 못 한 자신의 부주의에 대해 자책을 하였다. 그 상황을 파악

하고 선생님에게 떳떳하게 말씀드리고 그가 도둑이 아니라고 항변했어야 했었는데…. 아마도 선생님께서는 당연히 민이 도둑이라 생각할 테니 가슴속에 분이 차올랐다. 선생님은 민이 도둑질을 뉘우치지 않고 그냥 책상 안에 있더라고 둘러대었다고 생각했으리라. 그런데 민이 만일 그가 훔친 것이 아니라고 항변했다면 그 자리가 더 어색해지지 않았을까? 선생님은 진짜로 불같이 화를 내었을지도 모른다. 지금 선생님은 어떻게 생각을 하고 계실까? 다음날 학교에 가면 선생님께서 모든 학생 앞에서 이 사실을 알리고 그를 범인으로 말하지 않을까? 비록 민의 마음은 떳떳했지만 불안함을 떨쳐내지 못했다. 민의 책상에 몰래 넣은 그 도둑의 마음은 지금 어떨까? 왜 하필 그의 책상 안에 넣었을까? 그 녀석은 어린 나이에 물건을 훔치고 또 완벽하게 타인에게 도둑질을 덮어씌우는 대단한 아이였다. 지금쯤 그 녀석은 물건을 도둑맞은 반 친구와 민에게 양심의 가책을 가질까? 도저히 누가 범인인지 감이 잡히지 않았다.

다음날 선생님과 반 학생들은 아무 일이 없었다는 듯이 하루가 시작되었다. 결코 선생님은 그 일을 다시 말하지 않으셨다. 하지만 민은 수업 시간 내내 속으로 범인이 누구인지 궁금하였다. 순간 누군가가 그를 계속 보고 있다는 느낌이 들었다. 민은 순간 그쪽을 향해 고개를 돌리니 그를 응시하던 친구는 놀란 듯 급히 눈길을 돌렸다. 민은 그가 범인일 거라는 생각이 들었다. 민은 쉬는 시간에 그 녀석을 복도로 불러내어 바로 물었다.

"너지?"

그 친구는 당황하는 눈빛과 목소리로 말했다.

"뭘?"

"어제 나의 책상에 네가?"

"난 넣지 않았다."

그 말은 그 녀석이 넣었다는 말과 다름이 없었다. 누군가가 민의 책상에 훔친 물건을 넣었다는 사실을 알고 부정을 하고 있지 않은가? 민은 더 따지지 않았다. 만일 따지면 싸움만 날 뿐이었다. 민은 속으로 괘씸하게 생각했다. 이미 모든 일이 끝났지 않은가? 하지만 그 녀석은 반성하는 눈빛이 전혀 없었다. 반성했다면 민은 잊고 그냥 넘어갈 생각이었다. 민은 뉘우치지 않는 자는 응분의 벌을 받아야 한다고 생각했다.

방과 후 평상시대로 민은 동네 친구와 같이 집으로 돌아가는 길에 민은 그 친구에게 빵을 사주었다. 그 친구는 덩치가 크고 민을 잘 따르는 애였다. 민이 들려주는 이야기를 항상 재미있게 들으며 민과 자주 놀기도 하였다. 민은 그 친구에게 어제의 일을 이야기하였다.

"어제 반에서 물건이 없어진 일이 있었지?"

친구는 궁금한 듯 눈을 둥그레 뜨며,

"당연히 알지. 찾았을까?"

민은 궁금해 하는 그 친구에게 자초지종을 이야기해 주었다. 그 친구는 너무 놀라며 거칠게 말을 이었다.

"그런 자식을 그냥 놔둬? 당장 선생님께 일러바쳐라."

"그래? 한데 그놈은 발뺌할 거야. 증거가 없으니."

"하긴, 하지만 그런 자식은 그냥 둘 수가 없지… 그런 나쁜 놈은 혼쭐이 나야 해. 내가 대신 혼을 내주마."

민의 의도대로 다음 날부터 덩치 큰 그 친구는 물건을 훔친 녀석을 은근히 괴롭히기 시작하였다. 일부러 발을 걸어 넘어트리고, 걸어갈 때 어깨를 부딪치며 방해를 하고, 같이 놀아주지도 않고, 복도에서 길을 막는 등 여러 가지로 그 애를 괴롭혔다. 그 애는 그에게 일어나는 그런 일이 물건을 훔친 일로 말미암아 생긴다고 생각할까? 민은 이 모든 일을 모른 체하고 하루하루를 보냈다. 교실 안은 그 애만 제외하곤 여느 때와 같이 평온하였다. 이 일을 겪고 난 후 사람은 누구나가 뜻하지 않게 억울한 일이 생길 수가 있으며 모든 일에는 숨겨진 이유가 있다고 생각하였다.

천사와 사탄

　마음껏 뛰놀던 어린 시절이 지나고 민은 불쑥 커버린 키와 날로 벌어지는 어깨와 함께 점차 성장기 청소년의 모습으로 자라고 있었다. 중학교에 입학한 후 그는 초등학교생활과는 달리 뚱딴지같은 사색을 하는 버릇이 생겼다. 물론 아직도 어린 치기가 완전히 사라진 것은 아니지만 중학교 교복을 입는 것만으로도 그는 이미 성숙해진 것이었다. 걸음걸이도 좀 의젓해지고 목소리도 좀 굵어지고 있었다. 가능한 말수를 줄이고 주위를 살피기 시작하였다. 학년이 올라갈수록 학교생활에서 배우는 것보다 이 세상이 어떻게 돌아가는지, 자신은 도대체 누구인가? 라는 엉뚱한 생각들이 불쑥불쑥 머릿속을 스쳐 지나갔다.

　등굣길 버스 안은 콩나물시루라 숨쉬기조차 급급했지만, 하굣길 버스 안은 간혹 느긋하고 평화로운 시간이 있었다. 그런 때는 뒤쪽 구석진 자리에 앉아 창밖을 내다보면서 끊임없이 생각하였다. 마구잡이로 이것저것 의식이 흘러가는 대로 추상적이고 상상의 나래를 폈다. 한마디로 그냥 그렇고 그런 하찮은 상상의 조각들이었다. 누구의 간섭도 받지 않는 그 버스 안 공간은 그에게 너무나 행복한 상상의 시간을 제공하였다.

날이 지나감에 따라 민의 즐거운 상상은 점차 어두운 사색으로 변해가고 있었다. 사춘기의 어두운 터널에 들어가고 있는 것이었다. 간혹 엉뚱하게도 '인간의 존재' 같은 좀 무거운 주제를 가지고도 생각해 보곤 했다. 왜 사람은 본인의 의지와 상관없이 이 세상에 태어난 것일까? 그냥 허공에 던져진 조그만 돌조각처럼 하루하루 이리저리 날아다니고 있지 않은가? 어떻게 살아야 의미 있고 가치가 있을까? 이렇게 사나 저렇게 사나 다 같이 결국에는 죽을 것이고 결국 한 줌의 흙으로 돌아가는 것일 뿐인데 말이다. 사람의 몸은 어떻게 구성이 되어 있는가? 물질로 구성되어 물리적이고 화학적인 움직임 속에 인간의 굴레를 벗어나지 못하고 하루하루 먹고 자면서 온갖 종류의 감정을 느끼고 삶의 기쁨과 고통을 같이 맛보는 것이다. 영혼은 과연 있는 것인가? 만일 있다면 이를 증명할 수가 있는지? 꿈속에 간혹 나타나는 그 여인은 누구인가? 민의 몸을 달구고 극한의 카타르시스를 느끼게 하나 야릇한 죄의식의 소용돌이에 휩싸이게 한다. 여자의 실체는 무엇이며 욕정은 나쁜 것인가? 한마디로 그 시절은 머릿속 온갖 생각과 아울러 커가는 육체의 허물을 계절별로 벗으며 성장하는 시기이었다.

민이 다니는 중학교는 추첨으로 배정된 기독교 학교로 일주일에

한 번씩 성경 수업이 있었다. 선생님은 목사였다. 키는 작은 편으로 항상 짙은 검정계통 색깔의 정장 양복을 깔끔하게 입고 나오셨다. 구두도 같은 계통의 색깔로 항상 구두코는 유달리 빛나고 있었다. 얼굴은 조각한 것처럼 근엄하게 보이셨고 머리숱은 많이 없었지만, 뭔가를 바른 듯 윤기 있는 머리칼을 가지고 계셨다. 머리칼은 단정히 빗질로 정돈되어 있어 보는 이로 하여금 깔끔함을 넘어 위압감을 느끼게 할 정도였다. 목소리는 저음으로 떨림이 없었으며 항상 차분하였다. 무언가 몸과 말에 하나님의 성령이 묻어나고 있었다. 항상 수업하실 때 교실 안을 구두 뒷발굽 소리를 내면서 천천히 걸어 다니셨다. 모두가 무서워하여 이 수업만큼은 소란을 피우거나 떠드는 친구는 없었다.

민은 수업 시간 내내 선생님에게 질문 한번 하지 않고 말없이 조용하고 평범한 학생으로 지내려고 노력하였다. 선생님께서 교실에 들어오시면 먼저 하나님에 기도를 올렸다. 민은 간혹 기도 중에 눈을 살짝 뜨고 선생님의 진지한 기도 모습을 바라보았다. 수업은 항상 엄숙했으며 한 달에 한 번씩 배운 내용에 대해 시험을 쳤다. 만일 시험점수가 나쁘면 다음 시간에 성적 나쁜 학생을 호명한 후 세워두고 틀린 부분이 무엇인지 근엄하면서 무서운 목소리로 차분히 가르쳐 주셨다.

창세기에 관한 수업은 민의 관심을 끌었다. 여태껏 그 누구로부터 이 우주의 탄생과 인간의 탄생 비밀에 대해 들어본 적이 없었기에 민은 창세기 수업이 흥미로웠다. 하나님께서 창조하신 이 위대한 우주와 아담과 이브. 아담의 갈비뼈로 창조된 이브. 이 모든 것이 마구 민의 상상력을 자극하였다. 뱀의 유혹에 빠져 무화과를 따 먹는 구절에는 유혹을 떨치지 못하고 '원죄'가 태어나는 안타까움을 그의 마음속에 느꼈다. 성(性)을 의식하게 되고 선과 악 사이에서 고민하는 인간이 탄생한 것이다. 민은 방과 후 집으로 가는 길에 그날 배운 '원죄'에 대해 골똘히 생각하며 혼자 중얼거렸다.

"나의 몸도 죄를 지은 채 태어나 살아가고 있구나. 간혹 꿈속에 나타나는 그 여자는 무화과를 따 먹은 이브인가? 타오르는 욕망에 사로잡힌 채 허우적거리는 것이 원죄 때문인가?"

그때였다. 뒤에서 민을 부르는 소리가 들렸다.

"민, 같이 가자."

돌아보니 같은 반 친구 경수였다. 그는 웃으며 민에게 다가와 말하길,

"민, 무슨 고민이 있나? 뒤에서 보니 마치 철학자가 고민에 빠져 축 늘어진 어깨로 걸어가는 것 같더라."

민은 그냥 씩 웃으며 말을 이었다.

"원죄!"

"뭐? 뭐? 그런 걸 믿어?"

"너는 안 믿니?"

"전혀. 전혀 안 믿어. 우리가 뭘 잘못했는데?"

"그런데 너는 마음속에 간혹 죄의식 같은 것을 안 느끼니? 난 별 일 아닌 것도 가책을 느끼고 괴로울 때도 있는데… 이 모든 것이

원죄 때문인지도 모른다는 생각이 들어서."

경수는 민의 얼굴을 물끄러미 쳐다보고는 장난기가 어린 표정으로 웃으며 말했다.

"민, 너 무슨 나쁜 짓 했구나. 나에게 실토해라. 그러면 내가 너 그러이 용서해 줄게. 하하."

"그런 거 없어."

민은 더는 이야기를 하지 않고 먼 고개를 넘어 버스 주차장으로 향했다. 민은 그날 밤 어린 시절 그가 죽인 곤충 몇 마리가 꿈틀거리며 그에게 다가오는 악몽을 꾸었다. 아침에 일어나니 끈적거리는 땀과 함께 무언가 몸에서 기어 다니는 것 같았다. 이불을 박차고 일어나 차가운 물을 머리부터 부으며 온몸을 깨끗하게 씻었다. 학교로 가자마자 민은 경수에게 달려갔다.

"경수야, 실토할게… 사실 나는 어린 시절 너무 나쁜 짓을 많이 한 것 같아. 그것도 재미로 살생을!"

경수는 놀라는 표정과 엉뚱하다는 표정을 동시에 지으며,

"뭘?"

"난 몇 년 전 많은 곤충을 재미 삼아 죽였어. 어젯밤에는 그 죽은 곤충들이 꿈속에 나타나 나를 괴롭혔어. 이 말을 너에게 하지 않고, 나의 잘못을 뉘우치지 않으면 오늘 밤에도 나타날까 두려워… 그래서 너에게 말하는 거야."

경수는 그의 큰 눈을 둥그렇게 뜨며 황당한 듯 말했다.

"민, 너 지금 나에게 장난으로 그 말을 하는 거지? 나를 놀리려고?"

"아니, 장난이 아니야. 모두 진심이고 나에게는 엄청나게 큰일인데…."

"민, 장난하지 말고 그만해! 그땐 우리 친구 모두가 다 그렇게 했거든."

민은 그 말을 들으니 나름대로 안심이 되고 원죄 수업을 들은 후자신이 그동안 너무 예민해 있었다는 생각이 들었다. 그만이 그런것이 아니라 또래의 모든 친구가 늘 하던 곤충 잡이 놀이였고 그것은 그들의 일상적인 일이고 생활 일부였다. 그날 밤 민의 꿈에는곤충들이 나타났지 않았다. 대신 민의 마음속에 자리 잡은 요정이꿈에 나타나 이리저리 춤을 추며 광채를 발산하였다. 요정은 하루가 다르게 그의 마음속에서 자라고 몸이 커가고 있는 듯했다.

어느 날, 목사님은 성경에 나오는 천사에 관해 설명하셨다. 민은귀를 쫑긋 세우고 긴장했다. 민은 가슴속에 자리 잡은 꼬마 요정이 혹 천사가 아닌지 궁금했기 때문이었다. 같은 반 경수는 긴장한민의 모습을 유심히 관찰하고 있었다. 목사님은 근엄한 목소리로설명을 시작하셨다.

"천사는 하나님의 심부름을 하는 영적 존재로 대표적으로 세 분의 대천사가 계신다. 미카엘 대천사, 라파엘 대천사, 가브리엘 대천사이다. 미카엘 대천사는 히브리어로 '누가 하나님 같으랴?'라는 뜻으로 주로 악마를 물리치는 임무를 가졌고, 요한 계시록에 의하면미카엘 대천사는 어둠의 세력에 대해 위대한 권능을 가졌기에 마귀를 물리치는 기도에 항상 등장하지. 라파엘 대천사는 히브리어로 '하나님이 낫게 하였다'는 뜻으로 구약시대에 의인의 아들 토비아를 여행에서 보호하기 위해 파견된다. '하느님의 묘약' 혹은 '하느님의 의사'로 불리기도 하며 교회에서는 라파엘을 치유의 천사로 존경하지. 가브리엘 대천사는 히브리어로 '하나님의 영웅'이라는 뜻으로 구세주와 관련되어 세상에 세 번 파견되지. 첫 번째는 구약시대에 다니엘 예언자에게 나타나 유대인에게 구세주를 맞이하는 마음의 준비를 시키는 예언이고, 두 번째는 요한 세례자의 탄생을 그 아버지에게 주님의 선구자를 알려주고, 세 번째로는 동정 마리아에게 그녀가 구세주의 어머니가 될 것을 알리기 위해 파견되었지."

민은 한마디도 빠트리지 않고 귀담아들었다. 이 세분의 천사 중에서 미카엘 대천사가 제일 힘세고 멋있어 보였다. 미카엘 대천사께서 악마를 물리치는 모습을 상상하였다. 목사님의 설명은 다음과 같이 마무리되었다.

"그 외에 수많은 천사가 있었지만, 교회에서는 공식적으로 인정을 하지 않는다. 지옥의 왕을 나타내는 단어에 사탄이 있는데, 사탄이라 하면 보통 루시퍼를 가리킨다. 원래는 천계의 아홉 계급 중 제일 높은 치천사(熾天使) 중 한 명으로 천사 중에서도 가장 아름답고 가장 위대하며, 신에게 가장 사랑받았던 존재였다. 이에 자만한 그는 많은 천사를 이끌고 신의 자리를 뺏으려고 했기 때문에, 천계에서 추방당해 지옥으로 내던져져 버렸다."

민의 상상력은 극에 달했다. 천사와 타락한 천사인 사탄, 천상에서의 일들이 눈에 선하게 다가왔다. 민은 '미카엘과 루시퍼가 싸움한다면 누가 이길까?'라는 엉뚱한 상상도 해보았다. 민은 마음속에 자리 잡아 커가고 있는 요정에 대해 궁금해지기 시작하였다. 민은 자신에게 중얼거렸다.

"혹 천상에서 쫓겨난 타락한 천사는 아니겠지? 틀림없이 착한 요정이거나 꼬마 천사일 거야."

어김없이 민의 고민을 간파한 경수는 민에게 웃으며 다가왔다.

"민, 이번 성경 수업에 너무 심각한 표정으로 듣더라. 천사와 사탄에 대해 관심이 많아? 그런데 나는 그런 것들을 그냥 안 믿어. 모두가 그럴싸하게 지어낸 이야기 같아…."

민은 경수의 그 말에 대꾸했다.

"그래도 어디엔가 천사가 있고 사탄이 있는 것 같아."

경수는 장난기 어린 표정으로 민에게 말했다.

"민, 어디 천사를 본 사람이 있어? 본 사람이 있다면 내가 믿을게."

민은 자기가 천사 같은 요정을 보았다고 말할 뻔했다. 거기다가 그 꼬마 요정은 그의 마음속에 자리 잡고 있다고도 할 뻔하였다. 민은 분명 그렇게 말하고 싶었지만 만일 그렇게 말했다면 민은 친구 사이에서 약간 정신이 나갔거나 거짓말을 잘하는 허풍쟁이가 되었을 것이다.

쓸쓸한 3학년 초가을, 민은 방과 후 버스를 타기 위해 고갯길을 혼자 걸어가고 있는데 뒤에서 그의 이름을 누가 불렀다.

"민, 같이 가자."

같은 반 친구 철규였다. 같은 반이었지만 민과는 친하게 지내는 사이는 아니었다. 그 친구는 평소에 말이 없고 주위에 친구도 거의 없었다. 키는 민보다 훨씬 컸으며 벌써 어른의 몸매를 지니고 있었다. 그 친구의 눈은 항상 짙은 우수가 담겨 있었다. 민은 그 우수가 깃든 검은 눈망울에 대해 궁금증과 함께 마음이 이끌렸다.

"그래, 철규야 같이 가자."

그들은 말없이 걸으며 고개를 넘고 있었다. 철규가 어색함을 깨뜨렸다.

"민, 부탁 하나 들어줄래?"

갑작스러운 철규의 말에 민은 긴장하며 물었다.

"뭘?"

"혹 오늘 별일 없으면 우리 집에 갈래?"

"무슨 일?"

"사실은 내가 오늘까지 집에 친구를 데리고 오기로 엄마와 약속을 했거든. 내가 친구가 없다고 자꾸 엄마가 데리고 오라고 하네."

철규의 의도적인 접근과 제의에 민은 좀 당황이 되었지만 거절하고 싶은 생각은 없었다. 철규를 따라서 오후 늦게 그의 집으로 갔다. 철규는 민의 집과 그리 멀지 않은 부산진역 앞의 조그만 골목길로 들어섰다. 골목길로 접어드는 순간 어둠이 서서히 뒤따라오기 시작하고 골목길 입구는 큰 철창문으로 덜컹 잠기는 듯 다시는 못 나갈 것 같은 기분이 들었다. 철규는 큰 대문을 열고 한옥에 들어섰다. 민도 뒤따라 들어가는 순간 여인들의 자지러지는 목소리가 들려왔다.

"도련님 오셨다. 어머, 오늘은 친구분도 오셨네. 호호."

간드러지게 웃으며 그들을 맞이해 주는 여인들은 모두가 짙은 화장을 하고 미니스커트를 입은 날씬한 몸매를 가진 20대 여인들이었다. 그 한옥은 술을 파는 고급 한정식집이었다. 민은 당황했지만, 겉으로 표시를 내지 않고 철규를 따라 안쪽 방으로 갔다. 추운 날씨는 아니었지만, 방은 온기가 있는 깨끗한 온돌방이었다. 방바닥은 윤기가 자르르 흐르는 황토색의 고급 도배지로 깔려 있었다. 철규는 어색해하는 민을 보고 말했다.

"민, 오늘은 나의 손님이 되어다오. 저녁을 먹고 갔으면 해."

곧이어 철규의 어머님이 화려한 한복을 입고 조심스레 들어오셨다. 작은 얼굴과 엷은 입술에 가냘픈 몸매를 가진 미모의 중년여성이었다. 입술의 붉은 립스틱은 아직 촉촉하였다. 눈은 우수에 잠겨 있었다. 화장품 냄새가 방 안에 은은히 퍼졌다. 어머니는 반가운듯 하나 약간 긴장한 듯 말했다.

"우리 아들이 엄마하고 한 약속 지켰네. 고마워… 친구 소개해줄래?"

철규는 어머니와 눈도 마주치지 않고 바닥만 내려다보다 거칠고 투명하게 말했다.

"밥이나 갖다 줘."

민은 그 자리가 어색하여 일어서서 인사를 드렸다.

"같은 반 친구 민이라고 합니다."

"그래, 잘 생겼네. 우리 철규와 친하게 지내다오. 그래 저녁을 맛있게 차려 줄 테니 많이, 많이 먹고 가거라. 그리고 자주 놀러 오거라."

어머니가 나간 후 철규는 아무런 표정이 없다가 불쑥 불만에 찬 목소리로 툭 던졌다.

"난 엄마가 싫어. 술을 팔고 웃음을 파는 게 싫어."

민은 아무 말 하지 않았다. 철규가 혼자 말을 이어갔다.

"난, 나는 아버지를 본 적도 없어… 이 어둠의 집에서… 난 빨리 탈출하고 싶어."

민은 철규의 말에 너무 놀랐지만 아무런 내색을 하지 않고 그냥 듣고만 있었다. 민은 어떤 말도 머릿속에 떠오르지 않았다. 단지 분노와 슬픔에 잠긴 철규의 눈망울을 바라볼 뿐이었다.

"민, 난 그동안 너를 지켜보았단다. 너도 나처럼 말도 없고 무언가 고민이 있어 보이고… 아무튼, 집에 와주어 고마워."

"철규야, 너의 집에 나를 초대해 주어 내가 고맙다."

"민, 전에 네가 경수하고 천사와 사탄의 존재에 관해 이야기하는 것을 들은 적이 있어."

"그래?"

"나도 너처럼 천사와 사탄이 있다고 믿어."

그러면서 철규는 호주머니에서 담배를 꺼내 꼬나물었다. 벽에 기댄 채 담뱃불을 붙이는 철규의 얼굴은 성냥불에 일그러지며 둥글고 붉은빛을 띠었다. 민은 그동안 주위 학생이 담배를 피우는 모습을 본 적이 없기에 철규의 그런 행동에 놀라움을 감추지 못했다. 철규는 민과는 다른 세상, 암흑의 세계에 산다는 느낌을 받았다. 한데, 그런 불량 학생의 입에서 담배 연기와 함께 튀어나오는 천사 이야기는 민을 더욱 놀라게 하였다.

"천사와 사탄은 너무나 많은데 기독교에서는 천사를 오직 미카엘, 라파엘, 가브리엘만 인정하지, 무슨 이유인지 모르겠지만 그렇게 정한 것 같아. 그 후 수많은 다른 천사들은 다 무시되고 잊히도록 강요받지만, 엄연히 그대로 존재하고 있지. 인류가 탄생하기 전부터 많은 천사가 신을 숭배하며 신의 심부름을 하였지. 하나님의 불꽃 전령인 우리엘, 최후의 심판을 담당하는 이스라필, 죽음의 천사인 이즈라엘 등 많은 천사가 있지. 각자의 맡은 바 역할을 하면서 잘 지냈지만, 그 뒤 많은 천사가 타락하고 신에게 도전하여 사탄의 무리가 되었어. 악마도 전에는 천사인 경우가 많았어. 천사 중에 메타트론이라는 천사가 있지. 기독교에서는 미스터리로 남아 있지만, 유대교와 신비주의 세계에서는 미카엘을 능가하는 신의 대리인으로 모신단다. 신과 인간과의 관계를 주관하는 천사로 천사들의 우두머리이지. 36개의 날개를 가지고 엄청난 힘을 지닌 그 우두머리 천사에 난 마음이 끌려…. 바다가 갈라지는 모세의 기적을 연출한 것도 메타트론이라는 말도 있고 미카엘이 향유를 바르고 영광의 옷을 입혀준 에녹이 신의 힘으로 메타트론 천사가 되었다는 말도 있지."

민은 철규의 말을 넋을 잃고 들었다. 그동안 성경 수업에서 한 번도 들어보지 못한 천사의 이름을 술술 이야기하고 심지어 유대교에 나오는 천사의 이름까지 이야기하다니 민은 철규가 신비롭고 대단하게 보였다. 민은 철규가 왜 천사에 관심이 많은지 그의 내면세계가 궁금해지기 시작하였다. 민은 궁금증을 억누르며 아무 말하지 않고 그대로 듣기만 하였다.

"민, 혹《데미안》이라는 책 읽어보았나?"

민은 서먹하게 답했다.

"아니, 아직 못 읽었어."

"그 책에는 아브락사스라는 신이 나오지…. 아브락사스는 모든 정령을 관할하는 신이지. 사악한 물질세계를 탄생시킨 존재로서 기독교에서는 악마로 여기고 있지만, 많은 사람은 자신들을 보호해 주는 신이라고 믿어 심지어 부적으로도 사용하고 있지."

민은《데미안》을 읽지 못해 이해되지 않았지만 철규의 이야기 모두가 민의 흥미를 사로잡았다. 그러던 중 미닫이문이 스르르 열리고 여인 두 명이 큰 상을 가지고 들어왔다. 한마디로 진수성찬이었다. 아마도 고급 손님들에게 나오는 큰상인 것 같았다.

"상 들어갑니다. 우리 도련님께서 친구분 모시고 왔으니 최고의 상을 준비했답니다…. 호호."

짧은 미니스커트에 진한 화장을 한 여인 두 명은 민과 철규 옆에 앉았다. 민은 몸을 움찔거리며 거리를 두려고 하였지만, 그 여인은 민의 등에 손을 얹으며 유혹하듯 말했다.

"술 한잔할래요?"

동시에 그 여인은 주전자에 담긴 술을 민의 잔에 따라주었다. 민은 여인의 손이 자기 몸을 만진 것은 처음이라 순간 당황하였다. 철규는 민에게 건배 제의를 했고 민은 어색하게 잔을 들었다. 민은 잔을 입에 대었지만 마시지 않았다. 만일 한잔 술이 몸에 들어가면 여인의 유혹에, 사탄의 유혹에 빠져 영원히 타락할 것 같은 두려움이 밀려왔다. 철창문이 내려진 골목길을 그날 밤 나가지 못할 것 같았다. 민은 식사하면서 내내 불편하였다. 무언가 민에게는 어울리지 않는 방 분위기에 철규가 말한 천사 이야기와 아브락사스라는 기괴한 신에 대한 것들이 계속하여 그의 뇌리에서 맴돌았기 때문이었다. 그는 그날 밤 꿈속에서 심한 열병을 앓는 듯, 어둠 속에서 헤매다가, 가위에 눌리는 등 기억할 수 없는 악몽을 새벽까지 꾸었다.

　다음날 민은 의도적으로 철규를 피하였다. 철규가 은근히 무섭고 두려웠다. 민이 경험해 보지 못한 세상에 있는 철규를 민은 어떻게 대해야 할지 자신이 없었다. 그런 민에게 철규도 결코 말을 걸지 않았다. 항상 어느 정도의 거리를 두고 민 주위를 맴돌았다. 민을 보호하는 수호자인 것 같기도 하고 민을 관찰하는 감시자인 것 같기도 하였다. 민은 이런 긴장된 상태를 벗어나려면 철규의 내면세계로 들어가야만 했다. 철규를 알아야 그를 편하게 마주할 수도 있을 것이다. 민은 그날 철규 집에 갔던 일을 생각하였다. 철규가 말한 다양한 천사들의 이름은 도저히 생각나지 않았다. 그가 말한 《데미안》이라는 책은 머릿속에 떠올랐다. 방과 후 서점에 들러 책을 샀다. 며칠간을 집중하여 읽었다.

헤르만 헤세의 작품인 《데미안》은 자아를 찾아가는 것을 삶의 목표로 삼고 치열하고 고통스러운 성장 과정을 보여주는 책이었다. 그런 과정을 통해 결국 삶의 근원적인 힘을 깨닫게 해주는 내용인 것 같았지만 민은 전반적으로 이해하기가 힘들었다. 민은 책을 읽으며 철규의 생각도 같이 읽으려고 노력했다. 철규는 싱클레어와 데미안 중에 누구와 닮았을까? 하는 엉뚱한 생각도 하였다. 민은 철규가 《데미안》을 통해 어떤 세상을 보았는지가 궁금했다. 데미안에서 선과 악을 보았는지? 대체 무엇을 보았단 말인가?

"새는 알에서 깨어 나오려고 애쓴다. 알은 새의 세계이다. 태어나려고 하는 자는 하나의 세계를 파괴하지 않으면 안 된다."

그렇다. 철규는 지금 그동안의 세계를 파괴하고 껍질을 뚫고 새로운 큰 세계를 갈망하고 있는지 모른다. 그래서 그날 민에게 탈출하고 싶다고 하지 않았던가? 지금 철규는 그 골목길, 그의 어머니 세계에서 떠나려는 것이다. 민은 철규가 결국에는, 인간을 지켜주지만 악마의 형상을 한 아브락사스를 향해 떠날 것 같은 예감이 들었다.

그 일이 있고 난 후 민은 사춘기 열병을 앓는 듯 하나님과 신의 존재에 대해 끊임없이 의문을 던졌다. '하나님은 어디서 오신 분일까?' 목사님께서 말씀해 주시길 '스스로 있는 자'라고 하셨다. 이것보다 더 완벽한 답은 없으리라. 하지만 존재가 있으려면 공간과 시간이 있어야 하는데 공간과 시간은 어디서 왔을까? 이 의문점이 항상 민의 머릿속에서 지워지지 않았다.

그리고 항상 하나님께 제사를 지내야 한다는 것과 제사를 지낼 때 가장 신성하고 값진 제물이 필요하며 주로 양의 뜨거운 피를 바치는 것이었다. 가장 아끼는 가족을 제물로 바칠 뻔한 경우도 있었다. 제사는 신성한 것으로 생각이 들었지만, 제물, 희생에 대해서는 민의 마음이 불편했다. 이미 그는 살생에 대해 두려움과 거부감을 가지고 있었기 때문이었다.

그리고 제사를 지내는 제사장은 하나님과 아버지로부터 축복(祝福)을 받은 자이어야 되고 제사의 대가로 받는 하나님의 축복은 다시 그 후손에게 이어진다는 축복의 개념이었다. 하나님과 부모님으로부터의 축복은 가장 값진 것으로 생각하였다. 축복이란 단어는 아름답고 신성함을 품고 있다. 하지만 축복을 받지 못하고 쫓겨난 다른 형제는 결국 어떤 길을 걷게 될까? 아브라함의 배다른 형제, 이삭과 이스마엘 사이에서 축복을 선택해야 하는 아브라함의 고민은 그에게 축복의 의미를 생각하게 하였다. 민은 축복의 반대 개념인 저주에 대해서도 자연히 생각하게 되었다. 과연 어떤 사람이 저주를 받으면 그렇게 저주 속에서 살게 될까? 축복과 저주는 큰 의미의 선과 악으로 귀결되는 것 같았다.

민은 성경에서 풀리지 않는 것을 과학을 통해 답을 얻고자 시도

했다. 과학 발표회나 세미나 등 시간이 나는 대로 참석하고 그의 근원적인 의문점에 대한 갈증을 풀고자 하였다. 하지만 물질의 탄생은 차치하더라도 우주에 대한 시간과 공간에 대해서 답을 찾을 수가 없었다. 물질을 담을 수 있는 공간이 있어야 하고 시간이라는 것이 존재해야 탄생과 죽음의 순간이 있는 것이다.

학자에 의하면 지금도 우주는 끊임없이 팽창하고 있다고 하였다. 그러면 그 공간도 무한정 커지는 것일까? 빅뱅은 어떻게 발생하는 것일까? 모든 것이 응축되어 한 점에 모여 결국에 폭발하는 것이라고 하는데 '그 모든 것'은 어디서 왔는지? 만일 빅뱅의 논리가 맞는다면 우주의 팽창은 원래 그 모습대로 찾아가는 것이 될 것이다. 작용과 반작용이라는 물리법칙에 의해 끊임없이 팽창하다가 어느 날 다시 강하게 원점으로 되돌아가는 것이 우주인 것이다. 우리 인간의 삶이 나이가 들어 무르익으면 다시 한 알의 씨앗이 되어 흙으로, 허공 속으로 되돌아가듯이. 우주와 인간, 모든 것은 끊임없이 반복적인 궤도를 그리며 정해진 길을 가고 있는 것으로 생각하였다.

우리들이 느끼는 이 우주는 몇 차원 세계일까? 7차원으로 올라가면 우리들은 우주의 탄생에 대한 원리를 알 수 있을까? 중력이라는 불변의 진리에 의해 공간이 무너지고 시간이 거꾸로 흐를 수가 있을까? 민의 머릿속에는 이런 복잡한 의문이 지워지지 않았다.

불경에서 말하길 '시제법 공상 불생불멸 불구부정 부증불감(是諸法 空相 不生不滅 不垢不淨 不增不減)' 이 세상에 존재하는 모든 것은 진실로 실체가 없다. 생겨나지도 없어지지도 않으며, 더럽지도 깨끗하지도 않으며, 늘지도 줄지도 않는다. 무슨 의미인가? 나의 존재와 함께 나의 눈앞에 보이는 모든 것은 허상인 것인가? 풀리지 않는 이런 의문과 생각들을 민은 누구에게도 물어보지도 말하지도 않았다. 사춘기에 접어든 민의 혼자만의 생각이었고 쓸데없는 고민일 수도 있었다. 그저 평범한 학생처럼 행동했지만, 민의 마음 한구석에는 항상 이런 의문점에 대한 해답을 찾고자 심한 갈증을 느끼고 있었다.

낙엽이 흩날리는 어느 가을 저녁, 민은 친구를 보러 친구 집에 갔다. 초인종을 누르고 기다리니 친구의 누나가 나왔다. 친구는 마침 집에 없었고 누나는 저녁 산책하러 나가는 중이라 자연스레 같은 골목을 함께 걷게 되었다. 누나는 그보다 한 살 차이밖에 나지 않았지만, 친구의 누나라 그는 누나라고 불렀다. 피부가 곱고 말수가 적었다. 눈은 차분하고도 지적으로 보였다. 간혹 얼굴에 미소를 지으면 그보다 더 아름다울 수가 없었다. 민은 쑥스러워 앞만 보며 묵묵히 걸었다. 발 보폭을 맞추며 그냥 아무 생각 없이 걸었다. 누나가 민에게 말했다.
"같이 좀 걸을래?"
민은 그냥 좋다고 했다. 정해진 길은 없었다. 그냥 발 가는 대로 같이 걸었다. 짧은 시간이 지났건만 이상하게 서로가 가까워지는 것 같은 기분을 느꼈다. 무슨 말을 서로 나누었는지 기억이 나지 않았다. 석양이 저 언덕의 예배당에 걸리고 서서히 어둠이 발바닥 아래에서 자라고 있다. 싸늘한 저녁의 공기가 몰려왔다. 민은 누나에게 물었다.

"춥지 않아요?"

누나는 괜찮다고 했으나 그 누나의 입술은 추위를 머금은 빛깔이었다. 그는 무의식적으로 오른손으로 누나의 어깨를 살포시 감싸주었다. 누나의 어깨는 의외로 차가웠고 가냘팠다. 아마도 옷이 얇은 것이었나 보다. 민의 따뜻한 오른손이 누나의 어깨에 올라가니 누나는 놀라는 기색이었지만 그냥 그대로 있었다. 누나를 보호해야 한다는 남자의 본능이 그도 모르게 생긴 것이다. 여자의 어깨에 손을 올린 것은 처음이었다. 여자라고 생각할 겨를도 없었지만, 아무튼 그의 손은 누나의 어깨에 올라가서 그의 체온을 나누어 주고 있었다. 무슨 기분이랄까? 누나의 눈빛도 미묘한 기분을 감추지 못하는 것 같았다. 그렇게 한참을 걸었다.

주위의 누구도 민의 눈에 들어오지 않았다. 오직 누나에게만 온 정신을 쏟고 그 기분을 간직하고 싶었다. 어둠이 내리는 도시의 골목길에서 두 남녀가 골목길 전신주 불빛을 등지고 걸었다. 서로가 별말을 하지 않았다. 서로가 느낌으로 눈빛으로 말하였다. 이미 어둠이 두 사람의 목을 타고 얼굴을 감싸고 있었다. 민은 헤어지면서 짧게 말했다.

"누나 잘 가요."

누나도 말했다.

"그래 잘 들어가."

그날 이후 민은 누나를 만나지 못했다. 너무나 보고 싶었지만, 그 누나 집에 다시 갈 용기가 나지 않았다. 만나면 무슨 말을 하고 어떻게 대해야 할지 도저히 생각이 떠오르지 않았다. 다시 본다면 아마도 불같이 이성(異性)의 감정을 가질 수도 있다고 생각하니 스스로 그 감정에 대한 부담감을 견디지 못하였다. 누나를 보고 싶은 그의 감정을 억지로 억누르며 무의식적으로 피해 다녔다. 마음 속으로 잊으려고 노력하며 일상의 생활에 충실히 하려고 했다. 잊으려고 하면 할수록 그날의 복잡하고 야릇한 감정이 살아나며 민을 괴롭혔다. 억제하기 힘든 이성에 대한 감정이 그의 마음속에서 불붙고 있었다. 누나의 미소가 자꾸만 떠오른다. 그 가냘픈 어깨가 민에게 그리움과 안쓰러움을 불러일으킨다. 민은 고민을 하다 이런 기분을 철규를 만나 이야기해 볼까 생각했다. 철규는 뭔가 여자에 있어 많은 경험이 있어 민의 고민을 해결해 줄 것 같은 느낌이 들었다. 철규도 민의 고민을 알아차린 듯 민이 다가오기만을 기다리는 눈치였다. 하지만 결코 민은 철규에게 다가가지 않았다. 아름답고 애틋한 민의 감정을 저 어두운 골목길로 끌고 가고 싶은 생각이 추호도 없었기 때문이었다.

모든 것을 부정하고 반항하고 세상을 비딱하게 보는 민의 사춘기는 폭발하기 시작하였다. 일단 말수가 적어지고 말이 날카로워지기 시작했다. 여자에 대한 호기심이 민을 덮쳤지만, 한편으론 이성에 대해 생각하는 자체가 뭔가 나쁜 짓을 하고 있다는 갈등이 생기곤 하였다. 마음을 털어놓고 이야기할 친구도 없고 그냥 학교 선생님이 시키는 대로 공부하고 일상생활을 하지만 그의 마음 한구석에는 언제나 반항심으로 불타고 있었다. 학교 수업은 그럭저럭 따라갔지만, 공부에 대한 흥미를 갖지 못했다. 공부를 왜 해야 하는지 뚜렷한 답도 찾지 못한 상태였고 나침판을 잃어버린 항해처럼, 바람에 맡긴 돛단배처럼, 민은 하루하루 사춘기의 갈등으로 마지막 가을을 아슬아슬 보내고 있었다.

비가 오는 날이면 민은 그냥 빗줄기를 보며 한두 시간씩 사색에 잠기곤 하였다. 사색의 큰 흐름은 항상 마음속 깊은 곳에서 우러나오는 '나는 누구인가?'였다. 누구도 답해줄 수 없는 질문이지만 그 사색 자체를 즐기며 더 깊은 심연의 세계로 빠져들곤 하였다. 빗줄기는 그의 마음을 촉촉이 적셔주며 메마른 마음의 갈증을 해소해 주곤 했다. 마음의 순화가 되는 것 같아 민은 비가 오는 날이면 만사 제쳐놓고 홀로 빗줄기를 보면서, 빗소리를 들으며, 사색의 즐거움을 느끼며 사색의 폭을 마음껏 뛰게 하고 무한 상상의 나래를 펼치며 센티멘털한 감정의 파노라마를 아련히 경험하곤 했다. 빗소리가 만들어내는 우수에 잠긴 음악 소리를 들으면 무언가 다른 세계의 아름다움을 느끼며 환상적인 기분에 젖어 들었다.

민은 극도로 예민해지기 시작하고 내면에 집착하기 시작하였다. 민은 성장기 시절이었지만 그는 전혀 식욕을 느끼지 않았다. 무언가를 많이 먹는다는 것은 너무나 천해 보였다. '배고픈 소크라테스가 될 것인가, 배부른 돼지가 될 것인가?' 민은 당연히 배고픈 소크라테스였다. 배가 부르면 생각이 굴러가지 않는 느낌이었다. 몸은 점차 깡마른 모습으로 변해갔지만, 그와 반비례로 눈빛은 더욱더 날카로워지고 빛나고 있었다. 철저히 지적인 철학자가 되고 싶었다. 한땐 밥을 거부하기도 하였다. 허기를 도저히 못 참을 때만 최소한의 식량을 목구멍으로 넘기곤 하였다.

호기심에 이 책 저 책을 닥치는 대로 읽었다. 그러다 어느 날 책 안의 모든 철자가 공허하고 자기 일이 아닌 제삼자의 일이고 의미가 없다는 회의가 몰려왔다. 그 후 민은 활자를 접하지 않고 오직 홀로 '가설 연역법'과 '도출 연역법'에 의거 모든 것을 사색에서 스스로 문제를 해결하고 사고를 키워나가고자 결심하고 오랫동안 그렇게 실행하기도 하였다.

아무튼 민의 사춘기 시절은 폭풍우가 몰려오고 몰려가고 햇살이 드는 날도 있긴 하지만 그것은 다음의 폭풍우를 맞이하기 위한 시간의 휴식 기간에 불과하였다. 마음을 전혀 잡지 못할 때는 민은 무작정 바다로 갔다. 바위에 앉아 푸른 바다를 보면 그냥 좋았고 외로움은 사라지고 마음속 폭풍우는 그 모습을 감추었다. 머릿속이 맑아지고 정돈이 되는 것 같았으며 마음은 푸른색으로 물들어 바닷속으로 잠기곤 하였다. 간혹 한 마리의 흰 갈매기가 그 푸른 도화지 위를 지나가면서 아름다운 포물선을 만들곤 하였다.

그렇게 여자와 욕정, 창세기와 원죄, 천사와 사탄, 축복과 저주,

나는 누구인가를 고민하며 마음속에 흘러내리는 빗물을 보며 민의 사춘기는 위태롭게 하루하루 지나가고 있었다.

절에 가다

고등학교 일학년 여름방학 때이다. 무척이나 더운 여름 날씨에 짜증이 나는 습도가 높은 어느 날 오후 친구가 민을 불쑥 찾아왔다. 그의 이름은 '정호'로 일학년 같은 반 친구였지만 서로가 별로 친하게 지나는 사이는 아니었다. 그가 민에게 제의한 것은 더운 여름 시원한 절에 가서 같이 공부를 하자는 것이었다. 아마도 혼자 가기에는 여러 가지 부담이 되고 집에서는 공부가 안되기에 민에게 제의한 것 같았다. 그는 좋은 생각이라 생각하고 선뜻 정호의 제안을 받아들였다.

사실 더운 여름방학 중에 집에 있는 것 자체가 고역이고 무엇보다 조용한 절에서 마음껏 사색을 체계적으로 할 수 있겠다는 생각으로 민은 바로 그날로 몇 권의 필요한 서적과 몇 벌 내의와 세면도구만 들고 깊은 가야산 산속에 자리 잡은 소운사로 달려갔다. 덜커덩거리는 완행버스를 타고 버스 뒷바퀴에서 연이어 나는 먼지를 뒤로하며 한참을 달리니 산속으로 들어가고 있었다. 약 한 달

정도 있을 계획이었지만 사실 아무런 생각 없이 아무런 준비 없이 들어온 것이다. 오직 새로운 것을 경험하고 그만의 공간을 가지고 무언가 자유의 즐거움을 마음껏 누릴 수 있으리라는 막연한 기대 감과 호기심 때문이었다.

절은 산기슭 깊은 곳에 자리 잡아 거의 관광객은 없고 인기척 도 별로 없는 조용하고 아담한 절이었다. 방은 조그만 독방으로 겨 우 민이 누울 정도의 크기였다. 이불과 조그만 빗자루 외에 아무것 도 없었다. 절에서 공부하기 위해 혹은 사회에서 이런저런 사유로 잠시 머물기 위해 들어오는 중생들을 위한 아담한 산채였다. 약 열 개 정도의 방이 있었다. 가져온 책과 내의와 세면도구를 방 안 구 석에 놓고 팔과 다리를 뻗고 누웠다. 비스듬히 보이는 하늘이 그의 눈을 그득 채웠다. 구름 한 점 없는 푸르고 푸른 하늘이었다. 몇 마리의 고추잠자리가 민의 산채 방문 앞 공간에서 무심히 날고 있 었다. 민은 고추잠자리를 보니 반갑기도 하고 옛날 어릴 적 생각이 나면서 시상(詩想)이 절로 떠올랐다.

고추잠자리

맴 맴 맴
짱아, 짱아, 고추짱아
그 자리에서 계속 맴도네.

어느 시골 산길 이름 없는 들판에
막 피어난 코스모스의 향내 위에서
취하여 맴도네.

투명하고 신선한 햇살을
날개의 투망으로 잡으며
힘차게 맴돌며 몸을 익히네.

큰 둥근 눈으로 이 세상의 무엇을 담고
무엇을 느끼다
홀연히 시간과 공간 속에서 어느 날 사라지네.

항상 너는 나의 옛 고향과
나의 어린 시절의 추억거리
나의 생애 너와 매년 같이하고 싶구나.

　　잠자리와 함께 그를 열렬히 반겨주는 것은 매미들의 울음소리였다. 도시에서는 듣기 힘든 그 매미의 창창한 울음소리. 칠 년의 세월을 땅 밑에서 숨죽이고 기회를 보다가 땅 위로 나와 나무에 매달려 칠 일간 목청이 터지라 울어대는 저 기구한 인생. 사실 날개를 비비면서 아주 멀리까지 자기 짝을 찾는 강렬한 몸부림이 그 매미의 울음소리이다. 아마도 매미는 자기가 내는 소리는 듣지 못할 것이다. 그 소리를 바로 듣는다면 매미의 청각은 심한 손상을 받을 것이고 짝짓기 대상의 매미가 내는 소리를 듣지 못할 것이기 때문이다. 결국 짝짓기에 성공하고 본연의 의무인 종속 번식을 한 후 그 짧고 짧은 생을 마무리하는 것이다. 그것도 장렬히 도로 위나 나무 밑으로 그냥 떨어져 죽는 것이다. 인고의 세월 속에 이어지는 생명의 위대함이 느껴졌다. 철갑을 두른 듯 단단한 몸매를 가졌지만 그 몸매는 오직 칠일간의 생에 있어 자기 몸을 보호하기 위한 것이다. 지구가 설사 몇 년간의 재앙이 있더라도 칠 년 차 태어난 매미는 다시 그 종족을 끈질기게 이어가리라.

그런 측면에서 보면 인간의 생명력은 극히 취약한 편이다. IQ가 좋고 뛰어난 문명을 만들었다고 해도 인간은 현재 땅 위에서 살 수밖에 없고 몇 분간 산소를 들이켜지 못하면 죽음을 맞이할 수밖에 없는 나약한 존재로 여겨졌다. 천재지변이 몇 년 계속되면 견디지 못하고 모두 사라지게 될 것이다. 물속에서도 살 수도 없고 날 수도 없고 매미처럼 몸을 숨겨 땅속에서도 살 수가 없기 때문이다. 매미 울음소리를 들으며 산들바람이 그의 뺨을 감싸니 마음의 평안함과 안정감이 찾아왔다. 민은 혼잣말로 중얼거렸다.

"마음껏 사고하고 즐기리라. 치열하게 자유를 만끽하리라."

그동안 민의 뇌리에서 떠나지 않았던 여러 가지 의문점과 고민의 실마리를 얻고 가리라 생각했다. 그런 과정에는 아마도 외로움이 함께 할 것이다. 옆방의 정호는 그런 주제로 도움을 받을 친구는 아니었다. 그와 정호가 추구하는 절 생활은 너무나 다르기 때문이다. 더운 열기가 걷히고 새소리가 잦아들 때 첫 저녁 공양을 하였다. 그야말로 밥과 국 그리고 반찬이라곤 나물 세 가지와 고추와 된장이 전부였다. 양손을 모아 합장을 하고 감사히 먹었다. 허기 때문인지 맛은 있었지만, 포만감은 별로 느끼지 못했다.

공양을 마치니 석양이 진다. 그야말로 칠흑 같은 어둠이 산속의 모든 물체를 삼켜 버렸다. 적막감이 방 안으로 밀려오고 민은 빨간 전구 대신 양초를 켰다. 흔들거리는 양초 심지의 불꽃이 너무나 아름답고 은은한 붉은빛 색깔로 그의 마음을 위로하였다. 한동안 그 조그만 불꽃을 쳐다보았다. 그의 방에는 오직 그와 그 불꽃만이 살아 숨 쉬고 서로를 감싸주고 대화하고 있는 것이었다. 45억 년의 삶을 이어온 지구라는 별에서, 민은 지금 어느 절에서 흔들리는 촛불과 한방에 있는 이 순간, 이 장소가 그에게는 45억 년의 역사를 담은 티끌의 존재로 남겨졌다.

다음날 새벽 민은 눈을 떴다. 그야말로 조용하고 무서운 새벽이었다. 그 방이 아직 낯설어 순간 오싹함도 느꼈다. 민은 호흡과 생각을 가다듬고 시계를 보니 새벽 4시경이었다. 더 잘까 생각했지만, 그냥 말없이 이불 속을 나왔다. 문을 여니 새벽의 차디찬 공기가 그의 폐부에 스며들었다. 산속의 공기는 투명하고 건강하게 그의 머리를 맑게 하였다. 은은한 새벽안개가 조용히 퍼져있었다. 아직도 밤하늘에 초롱초롱한 별들이 빛나고 멀리서 부엉이의 슬픈 울음소리가 여운을 남기고 산채 지붕을 타고 지나간다. 그는 조용히 법당으로 향했다.

민의 집은 원래 불교를 믿는 집안이었다. 언제부터인지는 정확히 모르지만, 할머니 살아 계실 때부터 불교를 믿었고 민은 어린 시절 어머니의 손에 잡혀 절에 다니기도 하였다. 법당의 옆문을 열고 경건한 마음으로 대웅전 안으로 조심스레 들어갔다. 대웅전 안의 분위기는 그야말로 압도적이었다. 주위의 모든 것이 무섭기도 하고 뭔가 신비롭고 경건한 것 같기도 하였다. 법당 안은 어두웠지만, 불상 앞에는 촛불이 조용히 법당을 은은히 밝히고 있었다. 마음을 가다듬고 호흡을 차분하게 하면서 두 손을 모아 부처님, 지장보살, 관세음보살 순으로 각각 삼배를 올렸다. 그리고 가부좌 자세로 참선에 들어갔다. 먼저 마음속으로 거창하게 빌었다.

"가야산에 자리 잡은 이 절에서 속세의 모든 잡념을 버리고 시간과 공간을 초월하여 무언가를 깨달을 수 있도록 도와 주시오소서."

어제 이 절에 들어올 때 지나온 일주문과 해탈문을 마주하면서 민은 이미 속세의 한 껍질을 벗겨내고 그동안 얽힌 업보의 사슬을 벗어내고자 했던 것이었다. 먼저 머리를 빈 그릇처럼 비우고자 하였다. 제일 어려운 일이 머릿속을 비우는 것이다. 상념은 의지와 관계없이 끊임없이 생각의 끝자락 꼬리를 물고 이어졌다. 마음속을 들여다보고 싶었다. 어떤 모양을 하고 있으며 어떤 색깔을 가졌는지 보고 싶었다. 그 모양과 색깔은 변하는 것일까 변하지 않는 것일까? 인간으로서 가진 본성과 이성은 인간을 아름답게 만들 때도 있지만 인간을 짐승보다 못한 악의 얼굴을 보여줄 때도 있다. 눈을 슬그머니 뜨고 부처님을 바라보았다. 낮은 조도의 전구 아래에 부처님의 붉고 황금빛 나는 어깨선이 보이고 곧이어 부처님의 얼굴이 그의 눈에 가득 들어왔다. 자비로운 눈과 잔잔한 미소를 지니고 계시는 모습을 보니 한없이 평화로운 기운이 대웅전 안에 차오르기 시작하였다. 무언가 신비롭고 엄숙하지만, 마음은 차분해졌다. 시상이 떠오른다.

기도

나의 가슴속 저 깊고 낮은 곳에
부처의 상을 새기고
눈을 감고 묵언으로
묵묵히 잔잔한 기도를 올린다.

시간의 흐름도 멈추고
호흡의 숨결도 죽이고
허공 속에 사라진 나의 모습으로
묵묵히 잔잔한 기도를 올린다.

부처님을 향한 나의 기도는
잔잔한 미소가 되어 나의 가슴속으로
따뜻한 손길이 되어 나의 등을 감싸며
몸과 마음을 기쁨으로 그득 채우네.

　며칠을 무료하게 보낸 어느 날 무더운 오후, 정호는 민에게 산에
올라가 시원한 계곡에서 목욕하자고 제의해 왔다. 민은 아무런 준
비 없이 그냥 정호를 따라 한참을 올라가니 옆으로는 나무가 우거
지고 매미의 울음소리와 새소리가 그의 귀를 즐겁게 한다. 좀 더
올라가니 큰 돌들이 나오고 작은 폭포수와 함께 수영할 수 있을
정도의 큰 웅덩이가 나타났다. 민과 정호는 그곳에서 옷을 벗고 얼
음장 같은 물에 몸을 담그고 물장구도 하고 잠수도 하고 놀고 있
었다. 오랜만에 목욕하니 머리가 맑아지고 기분도 좋았다. 주위에
는 인기척도 없고 그야말로 조용한 계곡이었다.
　한참을 놀다 뭔가 이상하여 고개를 들어 보니 한 사내가 우
리를 조용히 쳐다보고 있었다. 그 사내는 계곡 위 큰 바위에
서서 반바지만 입고 큰 지팡이를 오른손에 들고 있었다. 한마
디로 신비로웠다. 양어깨는 쫙 벌어져 있고 다리는 다소 호리
호리했으나 매끈하게 균형 있는 자세를 하고 있었다. 오른쪽
다리가 돌의 높은 위치에 편하게 서 있어 지팡이와 함께 묘한
자세를 보였다. 키는 일반 성년보다 커 보이고 전체적으로 몸

에는 군살도 없고 가슴은 크지는 않지만 단단한 근육으로 형성되어 있고 피부는 은은한 구릿빛이었다. 그를 매료시킨 것은 무엇보다 눈빛이 살아 움직이는 것이었다. 이글거리면서도 온화한 눈빛이었다. 민이 보고 싶었던 그런 눈빛이었다. 얼굴은 아무런 표정도 없이 그들을 무심히 지켜보고 있었다. 민은 순간 눈길을 피하고자 잠시 잠수를 한 후 고개를 들고 다시 그 사내를 보니 그는 이미 사라진 후였다. '그는 누구인가?' 계곡을 내려오는 매 순간 민의 머릿속에 그 사내에 대한 의문은 지워지지 않았다.

"정호야, 너 그 사람 보았니?"

"응. 보았어. 왜?"

"누구야? 아는 사람인가?"

"잘은 모르지만, 우리 산채에서 떨어져 있는 독방에서 공부하는 형이야."

"그래, 어떤 형인지 궁금하네."

"그럼 내가 좀 알아봐 줄까?"

정호는 시원하게 답변하며 즐거워했다.

다음날 정호는 민에게 다음과 같이 그 형에 관해 설명하였다. 먼저 그 형에 대해 자세히 아는 사람은 없고 모두에게 사뭇 신비로운 존재로 남아 있다는 것이다. 그 일대 최고의 명문 고등학교에 수석으로 입학한 수재였지만 일학년 말에 학교 안 폭력배들에게 그 형의 친한 친구가 집단으로 맞는 것을 보고 불의를 못 참고 어쩔 수 없이 패거리 싸움에 말려들었다는 것이다. 집단 패거리 싸움이었기에 할 수 없이 학교를 그만두게 되었고 그는 집에 있을 수가 없어 절에 들어와 혼자 생활을 한다는 것이었다. 고등학교 검정고시를 통과해 대학 입시 준비를 하면서 동시에 사법고시 준비도 하고 있다고 했다.

그 말이 맞는지 단지 소문인지는 확인할 길은 없었다. 아무튼 그 형에 대한 궁금증이 풀리는 실마리가 될 것 같았다. 그 형이 지낸다는 독방으로 가 보았다. 그 방은 민의 거처와 약간 떨어져 있는 독채로 큰 나무를 그늘로 작은 앞마당을 가진 작은 방이었다. 그 주위의 땅은 붉은 황톳빛을 내는 고운 흙으로 덮여있고 야릇하게도 분위기가 차분하면서도 신비로운 적막감으로 감싸져 있었다. 민은 조심스레 방문 앞으로 발자국을 옮겼다. 인기척이 전혀 없었지만, 그는 방문에 형식적으로 노크를 하였다. 방문은 약간 열려 있는 상태로 옆으로 보니 안이 보였다. 안은 그야말로 아담한 크기로 차분한 기운이 방 전체를 덮고 있었고 심플한 책상과 의자와 몇 권의 책들이 책상 위에 놓여있었다. 방문 옆 안쪽 귀퉁이에 전에 계곡에서 보았던 도사 지팡이가 무심히 서 있었다. 굽은 모양하며 반질반질하게 빛나는 자태가 나름대로 무게감이 있었다. 그 외는 특별한 것이 없었다. 방문을 조심스레 닫으려고 하는 순간 책상 앞에 붙어있는 한 장의 글귀가 민의 눈을 사로잡았다. 그 글은 그 형이 적은 기도문(祈禱文)이었다.

나의 기도

나에게 오늘도 이 책상에 앉아 있는 인내심을 주소서.
마음속에 끓어오르는 욕정과 번뇌를 누그려 주소서.
누구도 원망하지 않는 삶을 살게 해주소서.
자연과 함께 그 속에 사는 인간도 사랑하게 해주소서.
고독과 외로움이 나의 벗이 되게 해주소서.
나의 기도가 항상 신에게 도달하게 해주소서.
신을 믿는 자 항상 신이 나의 마음속에 함께 해주소서.

민은 숨이 멎었다. 글귀를 훔쳐보는 자신은 바위처럼 굳었다.
그렇다.
그동안 민이 생각하고 고민했던 파편들이 그 글에 함축되어 있
었다. 그 형의 기도문 속에 민의 인생이 있는 것 같았다. 욕정과 번
뇌… 인간도 사랑… 고독과 외로움… 신이 나의 마음속에…. 민은
기도문의 문구를 되새겼다. 형에 대한 호기심과 존경심이 생기며
형의 존재감이 민의 마음속에 자리 잡았다.
그 형을 만난 것은 다음날 노을이 지는 저녁 무렵이었다. 산에서
내려오는 형을 보고 민은 용기를 내어 인사를 하러 갔다.
"안녕하세요? 저는 옆 산채에 공부하러 온 학생, 민이라 합니다."
"그래. 반가워. 공부는 잘되니?"

그 형은 잔잔한 미소를 머금으며 다정하게 말했다.

"온 지 얼마 안 되어 아직 여기 분위기가 익숙하지가 않네요."

조심스레 답변하였다. 그 형은 부드럽지만 예리한 눈으로 그를 뚫어보며,

"그래… 우리 서로 구면이지? 차 한잔할까?"

민은 마음속으로 너무 기쁜 나머지 큰소리로 "예"라고 고함칠 뻔했다. 너무나 큰 영광으로 생각이 되었다. 그 형의 이름은 '현우'였다. 그는 앞으로 형으로 부르기로 하였다. 나이는 그보다 서너 살 정도 많은 것으로 여겨졌다. 목소리는 굵지는 않았지만, 힘이 있고 명료한 발음으로 그의 귀에서 쟁쟁하게 울렸다. 듣는 사람의 머리를 맑게 하고 군더더기가 없는 화법이었다.

"무슨 공부를 하니?"

"저는 학교 공부를 해야 하지만 이번에는 절에서 마음수양을 해보려고…."

"마음수양이라…?"

"괜히 엉뚱하게도 이런저런 잡념으로 머릿속이 엉켜있는 것 같아서. 그게 혼자만의 갈등으로 저를 괴롭히네요…. 혼자만의 갈등으로…."

"재미있는 친구네. 그 갈등은 너의 머리가 커지고 있다는 것을 말하지."

머리가 커지고 있다는 형의 한마디는 민에게는 새로운 시각이었다.

"한데 점차 이것저것 쓸데없는 고민이 늘어나고 때론 요즘은 왜 사는지? 나는 누구인가? 하는 엉뚱한 생각도 들고…."

"그래…. 이제 너의 나이에 그런 생각이 싹틀 때가 된 것 같네. 그 싹은 끊임없이 자라 앞으로도 너를 괴롭히기도 하면서 때론 너의 삶을 윤택하게 하면서 큰 나무로 너의 마음속에서 자랄 것이다. 살다 보면 마음속 큰 나무는 너에게 세상 풍파를 견딜힘과 용기를 줄 것이라 믿는다. 너의 정신세계를 튼튼하게 하는 철학적인 사상의 근육을 키워줄 것이다. 그럼 그 큰 나무의 그늘 밑에서 지친 삶의 휴식을 가질 수도 있지. 물론 사람마다 고민의 강도와 색깔에 따라 그 나무의 모양과 크기는 다르게 자라겠지만…."

누구에게도 들어본 적이 없는 독특하고 재미있는 해석이었다. 민은 형의 말 한 마디 한 마디를 마음속에 새겼다. 민은 형의 시원한 답변에 속마음을 열고 의문들을 털어놓기 시작하였다.

"때론, 엉뚱하게도 인간의 존재에 대한 근원적인 의문들도 끊임없이…."

"그런 근원적인 질문에 답을 명쾌하게 해줄 사람은 없단다. 그래도 치열하게 고민해 보아라. 고민은 고민으로밖에 해결할 방법이 없단다. 고민의 괴로움도 있지만, 고민의 희열도 있지. 그리고 답을 너 자신 속에 있는 또 하나의 너 자신으로부터 찾았으면 해."

그렇게 매혹적인 대화를 한 후 그들은 잠시 침묵하였다. 노을이 내려앉는 저녁 무렵 민은 너무나 듣고 싶었던 철학적이고 지적인 형과의 대화에 그는 말없이 그 기분에 사로 잡혀있었다. 무언가 빛의 무리가 민의 가슴속으로 들어오고 있다는 느낌을 받았다. 형은 마지막으로 한마디 더 하였다.

"너무 한꺼번에 고민하지 말거라. '내가 누구인가? 어디서 왔는가?'라는 근원적인 고민에서 결국에는 '어떻게 살 것인가?'로 넘어갈 날이 올 것이다. 그때 가면 냉혹한 현실이 보일 것이다."

그렇게 형과의 첫 만남과 대화는 끝났다. 방으로 돌아와 민은 비록 짧은 대화였지만 대화를 음미하였다. 민의 머릿속에서 맴도는 여러 가지 질문과 형의 말을 서로 엮으며 무언가 해답의 실마리를 찾으려고 고민하였다.

저녁 공양을 마친 어느 날 저녁, 절에 낯선 한 여인이 나타났다. 나이는 민보다 몇 살 위처럼 보였고 직장을 다니는듯한 평범한 여성의 옷차림이었다. 얼굴은 약간 갸름하면서 청순하고 순하게 보이며 피부는 우윳빛처럼 보드랍고 윤기가 있었다. 무릎 정도의 치마 밑으로 살짝 보이는 허벅지와 다리의 곡선미는 나름 섹시한 면도 있었다. 그 여자는 주위를 두리번거리다 민에게 다가와 현우 형 거처에 관해 물어왔다. 그는 호기심을 숨긴 채 그 여인을 약간 떨어져 있는 그 형의 거처로 안내하였다. 현우 형은 그 여자를 보더니 퉁명하게 말을 던졌다.

"웬일이야? 여기까지…."

"편지해도 답장이 없어서…. 너무 궁금해서."

"잘 지내고 있어. 걱정 안 해도 돼. 아무튼 방으로 들어와."

형은 그녀를 반갑게 대하지 않았다. 아마도 그녀가 형의 공부에 방해가 된다고 생각했으리라. 그리고 여기는 절에 딸린 산채가 아닌가. 형은 의도적으로 그렇게 말하고 행동을 해도 사람이 그리운 절이라 내심 마음 한구석에 반가움도 자리 잡고 있었으리라. 그 여자에 대해 그리고 형의 태도 그리고 그들의 관계에 대한 호기심이 민을 통째로 사로잡았다. 넘쳐흐르는 호기심을 억누르며 민은 그의 방으로 돌아왔다. 그날 밤 그녀는 현우 형의 방에서 같이 지낼 것으로 생각이 되었다. 저녁 무렵에 와서 이야기하다 보면 곧 시외버스 막차 시간을 넘길 것이 자명하기 때문이다.

민은 아직 사춘기 시절이었고 성적 호기심이 강하지만 전혀 내색하지 못하는 시기였기에 홀로 무한정 상상의 나래만 폈다. 그녀는 누구일까? 애인일까? 어떻게 알게 되었을까? 좁은 한방에서 어떻게 밤을 보낼까? 혹 육체적인 관계를 하지 않을까? 그 기분은 어떨까? 앞으로 결혼을 할까? 그 여자는 무슨 일을 할까? 수많은 생각이 그의 머릿속에서 일어났다 사라졌다 하였다. 생각하면 할수록 민의 심장은 흥분 상태가 되어 물고기의 꼬리가 파닥거리듯 요동을 치기 시작하였다. 민은 솟아오르는 야릇한 호기심과 함께 욕정이 끓어올랐다.

민은 방 안에서 뛰쳐나와 계곡을 향해 뛰었다. 시원한 물이 흘러내리는 소리를 들으며 그는 물속으로 뛰어들었다. 갑자기 온몸이 용광로에 있다가 냉동실에 들어간 것처럼 몸과 심장이 급격히 수축하며 강렬한 반응이 왔다. 대신 머리는 맑아지고 동전이 떨어지면 큰 소리를 낼 정도로 고요함으로 가득 찼다. 눈을 감았다. 다시 자신을 생각해 본다. 조금 전 한 여자를 보고 이렇게 그의 마음이 요동치다니 이런 것이 인간이구나 하는 생각을 하였다.

여자란 어떤 존재인가에 대해서도 생각해 보았다. 성경에는 아담의 갈비뼈 한쪽으로 빚어진 이브이다. 여자도 남자와 같이 생각하고 느끼고 하는 단순한 인간일 뿐인데 왜 이렇게 이성에 대해 호기심이 생기는 것인지? 성욕을 느끼는 것은 나쁜 것인지? 아름다운 여자를 보면 왜 미적인 만족감과 소유를 하고픈 마음이 생길까? 민에게 있어 여자의 존재는 미스터리하게만 여겨졌다. 지구상 인구의 반이 여자이고 가족 중에도 여자가 있지만, 이상하리만큼 바깥 여자는 접근하기 힘들고 그 무엇보다 민을 긴장시키고 애를 태우는 존재로 오랫동안 남았다.

지루하고 무료한 나날이 계속되었다. 즐거운 일은 하나도 없었다. 그런 일을 기대하고 들어온 것은 아니었다. 집에서 나와 다른 세계를 보게 되고 절이라는 막연한 호기심에 사로잡혀 무작정 나온 걸음이었다. 절 생활을 하다 보면 머리도 맑아지고 엉켜 있는 복잡한 이런저런 생각이 정리될 것 같았지만 실상은 그렇지 않았다. 현우 형과 만남으로 나름 머릿속에 해법의 실마리가 주어졌지만 갈증을 해소하지는 못하였다.

무엇보다 체력의 급격한 저하가 느껴졌다. 오랫동안 고기는 고사하고 절의 반찬도 서너 가지로 정말이지 빈약하였다. 몇 년 전 한

때 음식에 대한 욕구를 전혀 느끼지 못하고 자기 자신을 시험하기 위해 거의 하루 한 끼 정도로 견딘 적도 있지만 이번 절 생활은 이상하리만큼 민으로 하여금 서서히 허기를 느끼게 하고 만사에 의욕을 잃게 했다. 책을 읽으려고 해도 눈에 들어오지도 않고 흥미도 없었다. 새벽기도도 점차 빠지게 되고 좌선을 하는 시간도 줄어들고 그 옛날 할머니께서 하시던 벽면 수행도 시도해 보았지만 집중이 되지 않았다. 중요한 것은 좌선 시간이 아니라, 생각을 내려놓거나 혹은 생각의 흐름이 이어질 때 무언가 해답이 어렴풋이나마 떠올라야 하는데 전혀 그렇지 못했다. 또한 그런 기대조차 무너지고 진정 느끼고 싶은 희열은 저 멀리 사라져 버린 것이다. 한마디로 소위 말하는 속세를 떠나 있으니 도리어 속세의 생활이 그리워지는 듯한 현상이 생겼다.

무슨 일이든 피하려고 하면 그것은 오히려 더 자신에게로 급히 다가온다는 사실을 민은 깨달았다. 무언가 잡으려고 하면 조롱을 하듯 그로부터 급히 떠난다. 피하지도 말고 잡으려고도 하지 말아야 한다. 그 자체를 받아들이고 그 자체에서 답을 구해야 한다. 속세와 절은 전혀 차이가 없고 다 수양의 도장이다. 단지 장소가 다르고 규범이 다를 뿐 다 사람이 사는 곳이다. 속세의 삶이나 절 생활이나 인간이 사는 터일 뿐이다. 절만이 도를 닦는 도장이 아니라 속세의 일반적인 생활에서, 시장터에서, 술집에서, 노름판에서, 저급한 사창가에서 아마도 진정한 인간의 참모습이 드러나고 그 속에서 나름 도(道)를 터득할 수도 있을 것이다. 어느 노인의 얼굴에

움푹 파인 주름을 보면서 그리고 그의 입에서 나오는 희뿌연 세월의 담배 연기 속에서 인간의 진정한 모습과 삶의 고단함을 느낀다. 어디에 있든 인간의 탈을 쓴 이상 반드시 겪어야 하는 인간 고뇌에 대한 총량과 근원적인 고민을 피할 수가 없어 보였다.

 거의 절 생활이 끝나갈 때쯤, 어둠이 서서히 내리고 매미의 울음소리도 점차 잦아들고 약간 서늘한 저녁 산들바람이 내리는 날, 한 스님이 민의 산채에 나타났다. 원래 민간인이 거처하는 산채에는 스님께서는 오지 않는 법이었다. 그는 회색빛의 깔끔한 승복을 입고 머리를 아주 빡빡 깎은 20대 초반의 젊은 중이었다. 머리는 유달리 푸른빛을 품고 있었다.
 스님은 민을 힐끔 보더니, 주머니에서 담배를 꺼내 아주 자연스럽게 피우는 것이었다. 너무나 놀라운 광경이었다. 민에게 스님은 높은 경지의 종교인으로 금욕을 해야 하고 율법을 지켜 모든 이에게 존경받아야 하는 분이었다. 학교에서도 당연히 금지하는 담배를 신성한 절 안에서 피우다니 눈을 의심하지 않을 수가 없었다. '선을 위장한 악' '율법을 깨트린 스님'이라는 생각이 먼저 머릿속에 자리 잡았다. 그 스님은 담배를 피우며 멍하게 바라보는 그에게 말을 걸었다.
 "절에는 왜 왔니?"
 "공부하러 왔습니다."
 "무슨 공부?"

"학생이니깐 학교 공부해야지요."

그는 그렇게 형식적인 답을 약간 반항적으로 하였다.

"여기서 공부가 잘되니?"

할 말이 없었다. "여기서 공부가 잘되니?"라는 질문을 받으니 갑자기 무슨 말을 해야 할지 어안이 없었다. 모면하려고 억지로 대화를 이어갔다.

"잘은 안 되지만 조용해서 좋아요."

스님은 약간 비웃는 듯이 옅은 입가의 미소를 지은 후 입으로 둥근 도넛 모양의 담배 연기를 만들어 뿜어내었다. 모양이 잡힌 도넛은 이내 천천히 공중에서 사라진다. 스님은 흡족히 그 모습을 쳐다보면서 한마디 더 하였다.

"나도 몇 년 전에 학교를 다니던 학생이었지. 비록 야간이었지만…. 졸업 후 이것저것 하다가 도저히 이 거친 사회가 싫어 절에 들어오게 되었단다. 한데 무료한 절 생활에 곧 염증을 느끼고 일 년도 못 견디고 다시 사회로 돌아갔었지. 그리고 한 달 전에 다시 절로 돌아왔고…. 도저히 사회에 적응도 안 되고 일거리도 없고 먹고살기가 너무 힘들어서, 배가 고파서…."

민은 스님의 말을 듣는 순간 머리가 멍해지는 것 같았다. 스님에 대한 그의 존경심과 선입관이 무너지기도 하였지만 너무나 인간적인 스님의 고백과 같은 푸념이 그의 가슴속을 때리는 것이었다.

"절과 속세 그리고 배고픔… 배고픔…."

민은 혼잣말로 되새겼다. 인간은 결국 배고픔을 해결해야 하는

구나. 매일 매일 하루도 빠짐없이 먹어야 사는 존재라는 사실을 뚜렷이 느끼게 되었다.

"수박 먹으러 갈래? 간다면 내가 사주지."

스님이 불쑥 제안하였다. 민과 정호는 마다할 이유가 없었다. 처음에는 스님에 대한 막연한 존경심이 무너지며 허무감, 배신감이 마음을 가득 메웠지만 '배고픔' 때문이라는 말을 듣고 난 후는 그렇게 그 스님이 인간적으로 보일 수가 없었다. 아마도 민도 배고픔과 허기로 이미 지쳐 있었기 때문이었다. 갑자기 그 스님이 동네 형님처럼 친근하게 느껴졌다.

그들은 모두 의기양양하게 콧노래를 부르며 절 아래 시골 슈퍼로 내려가 가장 인물 좋고 큰 수박을 사서 슈퍼 평상에 앉아 주린 배를 마음껏 채웠다. 말없이 허겁지겁 먹었다. 머리 위에는 하루살이가 불빛 아래 윙윙 날아다니고 모기들은 단맛을 찾아 그들에게 달려들었지만, 그냥 무시하고 수박 먹기에 열중하였다. 달밤이 유난히 밝은 늦은 여름밤이었다. 그날의 추억은 뭐랄까? 한여름 밤의 이탈이랄까…? 형님뻘의 젊은 스님과 함께 절 밑의 슈퍼에서 한 덩어리의 수박을 나누어 먹으며 허기진 배를 채웠다. 답답했던 절 생활에서 이탈하니 마치 감옥에서 탈출한 기분이었다. 하지만 그들은 간수와 같은 지위 높은 스님과 함께 탈옥한 것이었다. 누구도 그들을 잡으러 오지 않을 것이다.

수박은 너무나 달고 시원하였다. 초등학교 시절 동네 친구들과 함께 해수욕장에 가서 옷을 벗어놓고 마음껏 헤엄치다 푼돈을 모아 수박을 한 덩어리 사서 맛있게 쪼개 먹던 시절이 떠올랐다. 그리운 고기는 아니더라도 나름 허기진 배를 달랠 수는 있었다. 그들은 수박을 먹으며, 민은 정호와 몇 마디 일상적인 이야기만 나눌 뿐 별다른 이야기는 하지 않았다. 민은 의식적으로 스님의 눈길을 피하려고 하였다. 그 스님은 그냥 알 듯 모를 듯 입가에 미소만 지으셨다. 푸른빛을 머금은 스님의 빡빡머리는 불빛 밑에서 더욱 푸른빛을 띠었다. 불쑥 스님이 민에게 물었다.

"너는 다음에 커서 뭐 되고 싶니?"

"예?"

민은 순간적으로 생각하길, 이 스님께서는 절 생활보다는 여러 가지로 다른 일에 관심이 많구나.

"아직 구체적으로 생각해 보진 않았지만 좀 더 공부하면서 대학에서 진로를 정하려고 합니다."

"그래, 돈 많이 버는 일을 하고. 부자로, 그것도 아주 큰 부자가 되었으면 한다."

"돈에 대해서는 아직 생각을 안 해봐서 잘 모르겠어요."

"살다 보면 돈은 중요하지…. 너의 평가를 가장 정확히 판단해 주는 것이 돈이란다. 사회에서 중요한 일이라고 판단하고 너의 가치를 알아준다면 그에 대한 대가로 돈을 지급하는 것이지. 내가 하고 싶은 일, 내가 재미있고 잘하는 일도 중요하지만, 사람은 자신이 자신을 평가하는 것이 아니고 남이 평가하고 그것의 가치는 돈으로 나타나는 것이지. 물론 치졸한 방식으로 돈을 버는 저급한 장사치도 있지만 일반적으로 돈은 평가의 수단이 되지."

그럴싸하게 들렸다. 민은 그동안 부모님으로부터 필요한 만큼의 돈은 받아왔고 돈에 대한 애로가 별로 없었기에 돈에 대한 생각을 한 적이 없었다. 단지 부모님으로부터 항상 절약하고 검소하게 살 것을 배우고 그렇게 실천해 왔을 뿐이었다. 현재 스님의 주머니에는 수박을 사고 난 후 거스름돈으로 받은 푼돈밖에 없을 것이다. 아마도 그것이 스님이 가진 전부인지도 모른다. '무소유'가 기본적으로 스님들의 덕목이 아니던가? 그런 스님이 돈 많이 벌어 부자가 되라고 하니 모순 그 자체였다. 아마도 스님은 본인이 부자가 되고픈 마음을 말로 대신하고 있는지도 모른다. 이룰 수 없는 스님의 꿈을 대신 민에게 말하고 있는 것 같았다. 스님은 아마도 고단하고 가난한 어린 시절을 겪었기에 돈에 대해 포부가 생기고 또한 사회에서 돈을 벌지 못해 막막하여 절로 들어왔다고 하지 않았던가.

"돈을 모을 때는 한 방울 한 방울 차서 컵에 물이 넘치듯 부지런히 모아야 그 돈이 오래간다. 일단 돈이 모이면 관리를 잘해야 한다. 그리고 결국에는 돈을 잘 써야지. 절에도 시주 많이 하고."

그러면서 스님은 호탕하게 웃었다. 스님의 웃음 속에는 돈에 대한 한이 묻어나오고 있었다. 민은 스님의 마지막 말을 마음속에 새겼다. 그렇게 그 스님은 민에게 맛있는 수박을 사주고 '돈을 많이 벌어라' 하며 스님답지 않은 덕담을 해주고 사라져 버렸다. 그 후 남은 절 생활에서 그 스님을 다시 보지 못했다. 아마도 깊은 산속 말사로 간 것인지 다시 속세로 뛰쳐나갔는지는 모르지만, 형 같은 인간적인 스님으로 민의 마음속에 잔잔히 남았다.

 어느덧 예정했던 한 달이 지나가고 있었다. 돌이켜 보니 정말 한 일이 없었다. 항상 무료하였고 공부도 잘되지 않았고 가져온 책을 다 읽지도 않았다. 그냥 절 생활을 하며 무위도식한 것이었다. 민은 자신도 모르게 배운 점이 있으리라 생각하고 위안으로 삼았다. 생각은 깊고 넓게 하려고 했고 나름대로 몇 가지 질문에 대한 그만의 정의를 내리고도 하였지만 무엇 하나 뚜렷한 신념과 자신은 없었다.

 단 한 가지 확신한 것은 영원한 진리는 없다는 것이었다. 모든 것은 변하지 않는 것은 없다. 그 사실이 변하지 않는 진리이다. 사람도 변하고 마음도 변하고 자연도 변하고 우주도 변한다. 생겼다가 자라다가 죽는다. 하지만 그냥 죽는 것이 아니라 다시 생명을 잉태시키는 에너지가 되고 거름이 된다. '색즉시공 공즉시색'(色卽是空 空卽是色). 그렇다. 공은 색이고 색은 공이다. 무(無)는 유(有)요 유(有)는 무(無)다. 네가 나이고 내가 너다. 생명과 죽음도 같은 것이다. 생명의 본질은 죽음이고 죽음의 본질은 생명이다. 불경에서 말하는 '시제법 공상 불생불멸 불구부정 부증불감'(是諸法 空相 不生不滅 不垢不淨 不增不減). 이 말의 뜻은 무엇인가? 판단이란 단어는 인간의 의식 속에서 움직인다. 좋고 나쁨의 기준은 인간이 만들어 낸 것이다. 원래 생기지도 더럽지도 늘어나지도 않는 그런 것이 원래 모습이거늘. 없어지거나 깨끗하거나 줄어드는 것도 우리들의 판단의 오류에서 만들어진 것이다.

  선과 악은 원래 한 몸이었고 구분도 없다. 인간은 도덕적인 생명
체로 태어났지만, 한편으론 동물적인 야수성도 가지고 태어났다.
끊임없이 수양하고 마음을 갈고 닦아야 하는 존재이다. 절에 들어
올 때의 각오와 기대는 절을 나갈 때의 서운함과 아쉬움으로 바뀌
어 있었다.

미카엘 대천사

정호와 함께 절을 내려갈 채비를 하고 있을 때 현우 형이 찾아왔다. 얼굴은 다소 핼쑥해 보였지만 여전히 눈빛은 영롱하게 빛나고 있었다. 다만 예전에는 보지 못한 우수가 눈가에 겹쳐 있었다.

"오늘 집에 가니?"

"예."

"나도 오늘 절을 내려갈 일이 생겨서 같이 내려가자."

그들은 같은 버스를 타고 부산 시외버스 터미널에 내렸다. 차 안에서는 서로가 별말이 없었다. 서로 연락처는 주고받았다. 한 달 만에 보는 시내 풍경은 그 모습 그대로였다. 모두가 바쁘게 지나가고 장사하는 사람의 애절함과 고함은 민의 귀를 때렸다. 다시 인간이 사는 장터에 온 것이다. 더운 여름이라 아스팔트 위의 열기에 모두가 짜증이 나는 얼굴이었지만 그냥 그대로 받아들이고 있었다. 민은 정호와 작별을 하고 차를 타려고 걸어가는데 형이 말을 걸었다.

"집은 어디니? 시간 있으면 오랜만에 자갈치시장에 가볼래? 먹을 것도 많고 내가 맛있는 거 사줄게."

민은 잠시 망설였지만, 현우 형에 대한 관심도 있어 제의를 받아들였다.

"예. 그러시죠."

그들은 차를 타고 자갈치시장으로 달려갔다. 형이 민을 데려간 곳은 골목길 사이에 있는 허름한 가게였다. 비린내가 물씬 풍기는 그 식당은 아마도 형이 자주 들리는 단골집인 듯했다. 얼굴에 깊은 주름이 파인 노파가 굽은 허리를 펴며 그들을 맞이해 주었다.

"총각, 오랜만에 왔네…."

"잘 계셨어요? 소주와 고갈비 부탁합니다."

고갈비라는 것은 고등어 갈비를 말하는 것으로 고등어 배를 가르고 내장을 제거한 후 굵은 소금을 뿌린 상태로 나왔다. 연탄불 위 석쇠에서 서서히 고등어 살에 배어있던 기름이 지글지글 소리를 내며 뿜어져 나왔다. 맛있는 냄새가 허기진 배를 괴롭혔다.

"술 한 잔 받아라."

"저는 아직 학생이라…."

"괜찮아. 형이 주는 술이고 그동안 절에서 고생했으니."

"그럼 한잔 받겠습니다."

민은 조용히 소주잔을 들었다. 물론 그는 술을 전에 안 먹은 것은 아니다. 간혹 명절날이나 제삿날 등 집안 행사가 있을 때 먹어본 적은 있으나 이렇게 가게에서 직접 소주를 먹어본 적은 없었다.

한 잔의 소주가 목구멍을 넘어가고 한 점의 고등어 살점이 입안에 들어올 때 그는 순간 짜릿함을 맛보았다. 두어 잔을 마셨다. 민이 한 달 동안 절에 있으며 야채만 먹고 허기를 느낀 시간에 대한 보상을 받으려는 듯 그는 술과 구운 고등어를 먹었다. 그날 새벽에도 절에서 새벽기도를 드리고 마음을 맑고 정갈하게 하며 명상을 하였건만 지금 어둠이 내리는 자갈치시장 골목길에서 비린내 나는 바다 공기를 마시며 술을 마시고 있는 것이다. 이런 삶, 저런 삶, 모두가 우리 인간들의 삶이다. 취기가 올라오니 형에 대한 경계심이 풀리기 시작하였다. 민은 그동안 궁금했던 것을 용기를 내어 물어보기 시작했다.

"형, 형은 절에 언제 들어왔어요?"

"삼 년 전에."

"힘들지 않으세요?"

"괜찮아."

"무슨 공부를 하세요?"

"대학 가려고 공부를 하고 있는데 별로 마음이 내키지 않네. 별로 흥미도 없고⋯."

"그럼 뭐 하시려고?"

"생각 중이야⋯. 그래도 대학은 가려고 해. 뭘 할 것인가가 문제이지. 너는 전에 말하던 고민은 절에서 답을 찾았니?"

"쉽지가 않네요. 답은 영원히 없을 수도 있고⋯."

"그래. 그런 젊은 사춘기 시절에 생기는 회색빛 질문은 답 구하기가 쉽지 않지. 그냥 그대로 마음속에 품고 가거라. 너무 고민하지 말고. 어느 날 살다 보면 스스로 느낄 때가 온단다."

민은 형의 왼쪽 손목 안쪽에 아주 작은 문신이 있는 것을 보았다. 의외였다. 손목의 안쪽이라 그동안 보지 못한 문신은 세 가지 색깔로 손목 안쪽 동맥 부분에 새겨져 있었다.

"형, 손목에 문신이 있네요."

"그래. 이년 전에 새겼지."

"문신이 예쁘네요. 무슨 뜻의 문신인지?"

"미카엘 대천사이다. 가톨릭에서 미카엘 대천사는 악을 물리치는 전사, 사탄을 물리치고 임종자의 수호자로 알려져 있지."

민은 너무나도 놀랐다. 숨이 멎을 뻔하였다. 민이 중학 시절 성경 시간에 배웠던 그 미카엘 대천사가 아닌가? 천사 중에 가장 으뜸인 천사, 그가 가장 보고 싶었던 미카엘 대천사가 현우 형의 손목에 새겨져 있다니…. 민은 순간 천사 이야기를 신비롭게 해주던 중학 친구 철규의 얼굴이 떠올랐다. 민은 너무나 긴장한 채 떨리는 손으로 술잔을 입안에 틀어넣고 조심스레 물었다.

"형, 무슨 일 때문에 미카엘 대천사 문신을 손목에?"

현우 형의 얼굴은 갑자기 굳어지고 표정도 전혀 없이 소주잔을 입안에 틀어넣었다. 그리곤 차분한 목소리로 먼 공간을 바라보며 답해 주었다.

"이년 전에 나는 나의 왼손 손목의 동맥을 끊고 자살을 시도했었지. 한데 나는 손목에 흉터만 남기고 비겁하게 살아남았지. 그 후 나는 스스로 겁쟁이라 생각했고 그 손목의 흉터는 나를 끊임없이 괴롭히기 시작했어. 그래서 그 흉터를 없애고 나를 지켜주는 미카엘 천사의 문신을 그 위에 입힌 거란다."

민은 너무나 놀라운 이야기라 입을 다물지 못하였다. 형에 대한 호기심이 더욱더 증폭하였지만, 더 물어보는 것은 실례라 생각되어 아무 말 하지 않고 소주잔만 바라보았다. 형은 말을 이어갔다. 취기와 감상이 촉촉이 섞인 말이었다.

"난… 요즘도 나 자신 마음이 흔들리고 내가 내 마음의 혼란스러움을 이기지 못하고 방황할 때면 나의 왼쪽 손목의 미카엘 천사에게 간절히 기도한단다. 성 미카엘 대천사님, 싸움 중에 있는 저를 보호하소서. 사탄의 악의와 간계에 대한 저의 보호자가 되소서. 오. 하느님, 겸허하게 당신께 청하오니 악마들을 감금하소서. 그리고 천상군대의 영도자시여, 영혼을 멸망시키기 위하여 세상을 떠돌아다니는 사탄과 모든 악령을 지옥으로 쫓아 버리소서."

숙연하였다. 무슨 사연이 있어서 자살까지 시도했었단 말인가. 명문 고등학교에 수석으로 입학하였지만 뜻하지 않은 집단 패싸움에 휘말려 학교를 그만둔 일은 형에게 너무나 큰 충격이었을 것이다. 홀로 절에 들어와 고독과 절망감에 사로잡혀 얼마나 많은 시간을 자신의 운명에 대해 고민하고 괴로워했을까? 미카엘 대천사의 문신을 보며 기도하는 형의 모습은 이미 미카엘 대천사의 수호자로서 속세의 모든 악을 물리치려는 전사가 되어있는 것 같았다. 형의 넓은 어깨 위에 서서히 천사의 날개가 자라나는 것 같았다. 오른손에는 예리하고 푸른빛의 큰 칼을 움켜쥐고 어떤 적과 악마를 주저 없이 베어 버릴 것만 같았다. 형에 대한 신비로움과 인생의 고뇌가 겹쳐 그저 민은 형의 눈만 바라볼 뿐이었다. 형의 눈가에는 어렴풋이 눈물이 보였지만 결코 눈물을 흘리지는 않았다. 형은 잠시 침묵을 하다가 술잔을 입에 털어넣었다. 모든 것을 잊으려는 듯. 형이 불쑥 입을 열고 한마디 던졌다.

"우리 서로 연락하며 지내자."

"예. 형 동생 하며 지냈으면 해요."

"다음에 또 연락하고 오늘은 그만하고 집에 가거라."

그렇게 그들은 헤어졌다. 민은 약간의 취기를 느끼며 버스 안에서 상념에 사로잡혔다. 형의 자살 시도와 그것을 극복하려는 형의 간절한 기도, 모든 것이 민에게는 너무나 큰 충격이었다. 그날 이후 민은 꿈속에 형의 모습을 보곤 했다. 어떤 날은 반가운 미소를 띠고 나타나다가 어떤 날은 양어깨에 강하고 무서운 날개를 단 채 그에게 다가오곤 하였다. 결코 어떤 말도 하지 않았다. 그냥 나타나고 사라질 뿐이었다. 민의 마음속에 새겨진 형의 이미지와 미카엘 대천사의 모습이 번갈아 나타나며 점차 형이 미카엘 대천사로 변해가고 있었다. 강한 심장과 튼튼한 날개를 가진 미카엘 대천사의 각인이 어떤 때는 민에게 무서운 존재로 나타났지만 어떤 때는 그를 사탄으로부터 보호해 줄 것이라 믿었다.

태종대 석양

　민의 고등학교 일학년의 생활은 일반적인 학생과의 생활과는 너무 달랐다. 일단 그는 너무나 말수가 적었다. 마음을 털어놓을 친구도 사귀지 않았다. 천성적으로 내성적인 성격은 아니었지만, 그 시절에는 민은 안으로 안으로만 집착하고 그의 내면을 헤집고 다니며 바깥세상과는 단절하고 끊임없이 솟아오르는 엉뚱한 고민에 사로잡혀 있었다. 마치 자신이 철학자가 된 것 같은 기분으로 다른 친구들은 그냥 유치하고 어린 수준으로밖에 보이지 않았다. 그야말로 사춘기의 긴 터널을 지나며 막바지로 달려가고 있는 것이었다. 민의 방에는 상반신 거울이 있었는데 그 거울은 그의 유일한 친구였다. 항상 거울을 보면서 그와 대화하고 거울에 비친 그의 눈동자를 보면서 찬찬히 생각에 잠기곤 하였다. 어떤 때는 거울에 비친 그의 모습이 일그러지고 그 자신이 싫어지곤 하였다.

　한 번씩 푸른 하늘을 보고 저 하늘 너머에 무엇이 있는지 궁금해 하곤 하였다. 138억 년의 우주 나이에 겨우 스무 살도 넘기지 못한 그의 사고(思考)로는 우주를 가늠하기에는 너무나 어처구니없는 일이지만 민의 상상력은 이미 우주의 허공에서 헤엄치고 있는 것이었다. 민은 그의 몸이 하나의 우주라고 생각했다. 138억 년 우주의 기운을 받아 탄생한 그의 몸, 생명의 신비 속에 우주의 신비가 담겨있는 것이다. 세포 하나하나에 우주의 생성원리가 담겨있고 우주와 세포는 같은 원리로 생성되고 죽는 과정을 거친다는 생각이 들었다. 지구는 광활한 우주의 티끌보다 작고 인간의 몸은 또한 그보다 작은 티끌이지만 분명한 것은 인간은 사유(思惟)하고 있고 우주에 관해 관심을 가지고 우주 속에서 살아 있는 생명체이다. 우주는 허상일지도 모른다. 우리에게 관측되는 우주는 빅뱅 당시에 빛보다 빠르게 팽창하여 거꾸로 까뒤집혀 보이는 허상일지도 모른다. 우리들은 끊임없이 우주의 시작점에서 멀어지고 있는 것이며 우리가 보고 있는 것은 과거를 보고 있는지도 모른다. 그러니 우리가 우주의 중심이 아니라 우주의 끝자락일 수도 있다.

어느 늦가을 일요일 오후 민은 무작정 버스를 타고 태종대로 갔다. 그냥 바다를 보고 싶은 충동이 일어났기 때문이었다. 태종대로 가는 도중 그는 버스 뒤쪽 의자에 앉아 창문을 바라보며 그냥 생각에 잠겼다. 특별히 무엇을 생각한 것은 아니지만 이것저것 생각이 흘러가는 대로 생각의 흐름에 몸을 맡기고 생각함으로써 느끼는 즐거움을 만끽하였다. 한 구역 한 구역 지날 때마다 버스 안은 조용해지고 민은 꼼짝하지 않고 눈을 창문 바깥을 바라보며 앉아 있었다. 바깥세상은 그의 관심사가 아니었다. 그는 그만의 세상 속에서 사는 것이었다. '인간은 어떤 존재이며 어디서 와서 어디로 가는가?' 본인의 의지와 관계없이 태어나서 이렇게 민의 뇌는 그에게 황당한 질문을 던지고 전혀 답이 없는 미로 속에 그를 처박아 두는 것이었다. 가느다란 빗줄기가 왔다 갔다 하는 사이 차는 종점에 도착하였다.

다행히 비는 그치고 민은 홀가분하게 차에서 내려 태종대의 산책코스를 홀로 천천히 걸었다. 비가 와서 그런지 사람은 뜨문뜨문 보이고 거리는 차분한 모습이었다. 해송 군락이 길가 옆으로 오랜 세월의 자국과 풍파를 머금은 채 나름 자태를 뽐내고 있었다. 철썩거리는 파도 소리에 바다의 싱그러운 바람이 그야말로 민의 마음을 촉촉이 적셔주었다.

한참을 걷다 보니 '자살바위'라는 팻말이 보였다. 자살바위라… 출입금지 구역이었지만 앞뒤로 사람이 없어 옆으로 자살바위가 보이는 절벽 위로 들어갔다. 뒤로는 나무들이 있고 비스듬히 절벽의 안쪽 자리에 앉아 다른 사람에게는 보이지 않는 자리였다. 너무나 민에게는 멋진 자리였다. 그는 자리에 앉아 주위를 살펴보았다. 커다란 자살바위 하며 바로 밑의 절벽은 아마도 높이가 약 100m 이상은 될 것 같았다. 가을의 시원한 바닷바람이 그의 몸을 감싸고 그의 폐부 속으로 들어왔다. 멀리서 파도가 부서지며 하얀 거품의 향연이 끊임없이 이어졌다. 절벽을 때리는 철썩거리는 파도 소리가 연이어 그의 귓가에서 머문다. 멀리 배 한 척이 서서히 움직이고 있었다. 큰 화물선이었지만 여기서 보니 주먹만 한 작은 돛단배처럼 보였다.

구석지고 조그만 바위에 앉아 민은 그냥 그 시간을 즐겼다. 모든 것이 아름답게 보였다. 서서히 해가 바닷속으로 빠지며 만들어내는 붉은 노을은 그 주위를 삼키며 지나가는 구름마저 붉고 푸르고 노란 색채로 하늘과 바다를 물들이기 시작하였다. 그 색채는 서서히 바다를 타고 민에게로 다가왔다. 기쁨과 환희가 몰려오는 것 같았다. 출렁거리는 파도를 타고 붉은색은 한발 한발 그에게로 다가왔다. 간혹 파도가 부딪치며 솟아오르는 하얀 거품이 붉은색을 품고 휘날리며 사라지곤 하였다. 완벽한 자연의 아름다움이었다. 순간이었지만 시간은 멈추었다. 생각도 멈추었다. 눈앞에 보이는 모든 것이 정지하였다. 모든 것이 너무나 뚜렷하게 사진을 찍은 듯 민의 눈에 들어왔다. 그의 가슴속에 말과 글로 표현할 수 없는 뜨거운 기쁨이 느껴졌다. 순간 그는 이 모든 것을 영원히 간직하고 싶은 욕망이 생겼다.

그러기 위해서는… 그러기 위해서는… 그렇다. 죽음이었다. 그 길만이 유일하게 이 순간을 간직하는 길이다. 죽음이란 자살을 의미한다. 한 발만 더 앞으로 나아가면 하늘을 날아 저 깊은 심연의 바다로 들어가리라. 이 모든 것의 아름다움을 가슴속에 담아 영원히 죽음과 함께 지키리라. 죽음은 나를 자유롭게 하리라. 죽음은 새로운 삶의 탄생을 의미하는 것이리라. 죽음의 유혹이 그의 마음과 몸을 강하게 휘어잡았다. 벗어날 수 없는 유혹이었고 강렬한 무언가가 가슴속에서 끓어오르고 있었다. 붉은빛의 노을이 민의 얼굴부터 감싸며 그의 몸을 붉게 물들이고 있었다. 침묵 속에 이 순간을 관조하였다. 서서히 붉은빛은 그의 처진 어깨너머로 넘어가고 태양의 붉은 빛은 바다 주머니로 빨려들고 마지막 불꽃의 향연이 숨 가쁘게 사라졌다. 아마도 그 순간들이 몇 분 정도 더 길었다면 그는 주저 없이 앞발을 내디뎌 아름다운 자연 속으로 몸을 날렸을 것이다. 검은 땅거미가 부서지는 파도 위에 내려앉을 때 민은 다시 그 자신으로 돌아왔다. 그의 가슴속에는 붉은 자살이라는 화형식의 재만 남았다. 민은 부서지는 파도를 바라보며 그 기분을 시(詩)로 담았다.

파도

무엇을 그리도 갈구하는가
파도여
무엇을 그리도 목말라하며
오늘도 애잔하게
몸부림치나 파도여.

하얀 거품을 내뿜으며
무엇을 찾고자

밀려오는가 파도여.

나의 가슴에

부딪치는 철썩거림에

나도 너처럼 몸부림에 떤다.

고요한 달빛 아래

스산한 가을바람을 맞으며

너와 나

같이 파도를 타네.

　태종대를 내려오며 민은 아무 생각도 없었다. 그냥 그런 기분으
로 집으로 돌아가고 싶은 생각은 없었다. 하늘에는 먹구름이 끼고
다시 빗방울이 보이기 시작하였다. 누군가와 이야기하고 나의 몸과
정신을 바로 잡고 싶었다. 그는 현우 형에게 전화하였다.

　"형 오랜만이에요."

　"웬일이야? 잘 지냈니?"

　"한번 보고 싶어서."

　그들은 비 온 후 축축한 자갈치시장 골목길 모퉁이에서 지글거
리는 곰장어 소금구이를 안주로 소주를 나누어 마셨다. 몇 잔을
말없이 들이켜니 형은 물끄러미 그를 쳐다보기만 하였다. 술은 달
았다. 술이 달다는 생각은 처음이었다.

"무슨 일 있구나…."

"태종대 갔다 오는 길에."

"태종대는 왜?"

"그냥. 바다가 보고 싶고."

"아직 너의 생각이 복잡하구나."

"사실, 아직 왜 사는 것인지? 삶이란 무엇인지? 같은 쓸데없는 생각들이 머릿속에서 떠나지 않네요."

"어떻게 살아야 하는 것이 중요하다고 내가 이야기했었지."

"오늘 자살 충동을 느꼈어요."

"뭐?"

형은 심각한 표정을 지으며 민의 얼굴을 쳐다보았다. 그리고는 소주잔을 입에 틀어넣었다. 그 뒤로는 아무런 말도 없이 그냥 그대로 시간이 흘렀다. 민은 어색함을 이기려 말문을 열었다.

"태종대 절벽 위에서 보는 일몰 광경이 너무나 아름다워 나도 모르게…."

"그렇다고 그런 충동을 느끼다니… 너무 감성적이고 예민하네. 물론 감정에는 충실해야 하지만 그런 충동은 자제해야지. 앞으로 그런 기분이 들 때는 다른 방식으로 너의 감정을 표현했으면 한다."

"형, 잘 알겠지만 그게 쉽지가 않네요."

현우 형은 그의 눈빛을 살피며 쐐기를 박으려는 듯 작심하고 마음속에 숨겨두었던 형의 아픈 과거를 열기 시작하였다.

"나도 한때 자살을 시도한 이유는 모든 것이 그 사건 때문이었지. 학교에서 집단 패싸움. 나는 친구가 맞는 것을 도저히 볼 수가 없었지. 상대편은 교내 폭력 서클이었지. 나는 그 일을 후회하지는 않지만, 그 일로 인해 나의 모든 인생이 엉키기 시작했어. 결국에는 스스로 견디지 못해 나도 자살을 시도했고. 지금 생각해 보면 너무나 어리석고 부질없는 짓거리였지. 너는 지금 열병을 앓고 있는 거야. 나는 그 악당의 존재가 나의 인생에 들어왔지만 너는 지금 누구도 너의 인생에 끼어 들어온 사람은 없어. 너 스스로 고민하는 거야. 그건 너의 성숙을 의미하는 것이지. 심미주의나 감성적인 유혹에 빠지지 말거라. 그것은 실체를 굴절시켜 보이게 한단다. 네가 스스로 만든 암흑과도 같은 터널에서 너 스스로가 빠져나와야 해. 끊임없이 밑바닥까지 고민해 보고 너의 존재와 실체를 파악해 보아라. 네가 누구인지 네가 왜 이 세상에 태어났으며 네가 진정으로 무엇을 하고 싶고 이웃을 위해 무엇을 할 수 있는지를."

형의 이야기는 그의 머리를 쿵쿵 울리며 내리쳤다. 심장도 같이 뛰었다. 형의 말속에 답이 어렴풋이 보이는 것 같았다. 마지막 남은 한 잔의 술을 입안에 틀어넣으니 머리가 맑아지는 것 같았다. 세상의 진실이 보이는 것 같았다. 물체를 구성하는 내부 구조 형태가 보이는 듯한 거대한 착각을 하였다. 형과 헤어지고 난 후 무거운 발걸음으로 축축한 자갈치시장 거리를 빠져나와 버스에 몸을 실었다. 지친 몸을 버스 뒤 의자에 의지한 채 그냥 빗물에 얼룩진 창문을 통해 어둑한 밤거리의 도로만 응시하였다. 어떤 상황에 부닥치든 어떤 기분이든 누구로부터 구속받지 않고 그만의 정신적인 자유를 추구하리라. 완벽한 정신적 자유를 찾으리라 속으로 부르짖으며 스스로 자유의지를 다짐하는 글을 읊어보았다.

정신적 자유

완벽한 정신적 자유를 추구하며 살아가리라
발은 지구의 땅을 밟고 있지만 머리는 우주를 향해 나아가리라
별은 나의 빛나는 친구가 되고
달은 나를 인도하는 등대가 되고
해는 나에게 희망과 에너지를 주네
구름은 나에게 그늘을 주고
비바람은 나의 마음속 찌꺼기를 씻어주네
나의 완벽한 정신적 자유와 평화를 찾아
나는 오늘도 묵묵히 걸어가리라

　그 후 얼마간의 시간이 흐르고 평상적인 학교생활을 하던 중 형으로부터 연락이 왔다. 시간이 되면 한번 보자고 했다. 형의 연락을 받고 반갑기도 했지만 무슨 일인지 무척이나 궁금하였다. 그동안 서로 연락은 없었지만, 마음속으로 항상 형을 생각하며 그리워

하였다. 그런 형이 민에게 연락한 것이다. 토요일 저녁 민은 약속
장소로 나갔다. 속으로 약간 들뜬 기분을 느끼며 형을 기다렸다.
자갈치시장 뒷길에 있는 조그마한 횟집이었다. 현우 형은 윤기가
나는 까만 가죽 잠바를 입고 나타났다. 식당 문을 여니 초겨울의
찬바람이 휑하게 소리를 내며 길거리를 지나갔다. 형의 삼각형 상
체에 어울리는 잠바였다. 다리는 매끈하게 잘 빠져 남자 모델을 해
도 괜찮을 몸매를 가지고 있었다. 여전히 눈매는 살아 있고 매력적
인 웃음은 사람을 충분히 유혹할 정도의 마력을 지니고 있었다.

"형 그동안 잘 지냈어?"

"그래. 너는 어떻게 지냈어? 엉뚱한 생각은 이제 안 하지? 학교생
활은 어때?"

"그럭저럭 잘 지내고 있어요. 요즘은 엉뚱한 생각 안 하려고 학교
생활을 억지로 충실히 해요… 한데 웬일이에요?"

그들은 초겨울의 싱싱한 회와 찌개를 먹으며 소주와 사이다를
마셨다. 그는 가능한 사이다를 마시고 간혹 형이 따라주는 소주를
한 잔씩 마셨다. 서로가 별말은 없었다. 간혹 전에 머물렀던 절 생
활에 대해 토막토막 이야기도 하고 그의 학교생활에 관해서도 이
야기를 나누다 형은 불쑥 말을 던졌다.

"당분간은 나를 보지 못할 게다."

"옛? 무슨 일이 있어요?"

"…"

"어디 가시는 건가요?"

"어디 가는 것은 아니고 할 일이 있어…. 그 일 마치면 당분간 못 볼 게다."

"무슨 일인데요?"

형은 소주잔을 비우며 비장한 모습으로 말을 하였다. 민은 여태 껏 그런 형의 모습을 본 적이 없어 잔뜩 긴장하고 들었다.

"버릇을 고칠 애가 있어. 반드시 고쳐 주어야 해."

"누구를?"

"전에 말했던 나의 인생에 끼어든 자식이지. 고등학교 시절에 학교 폭력배와 싸움을 하게 된 그 사건의 우두머리가 지금 이 거리에서 일반 선량한 시민들을 협박하고 괴롭힌다고 하네. 그동안 모른 척하고 넘어가려고 했는데, 나 같은 피해자가 더 생기면 안 된다는 생각이 들어 도저히 참지를 못하겠어. 그 자식은 학교에서 쫓겨난 후 전혀 반성하지 않고 더 나쁜 짓만 하고 돌아다니는 악의 분신이야. 나는 절에 들어가 마음수양을 하는 동안에 이런 악의 무리는 반성은커녕 사회에서 독버섯처럼 자라고 있었으니 나라도 어쩔 수 없이 그들을 벌해야 할 것 같아."

너무나 놀라운 이야기였다. 이 말은 그 악의 무리를 응징한 다는 말인데 어떻게 그리고 그 후의 결과는 어떻게 되는지 모든 것이 혼란스러웠다.

"형, 그래서 어떻게 하려고?"

"일단은 그 자식들을 만나 옛날 일에 대해 사과를 받고 앞으로 선량한 사람들을 괴롭히지 말 것을 경고하려고 하네."

"형. 그런 일이 가능해? 난 불가능하다고 생각돼."

"물론 나도 쉽지 않다고 본다. 하지만 나는 포기하지 않고 설득하고 노력해 볼 거야. 이 일은 내가 해야 할 일이고 그 자식에 대한 나의 감정 정리의 과정이니 너는 신경 쓰지 않아도 돼."

"형 그러다가 안 되면 어떡하려고? 그리고 나는 그들을 만나는 자체도 위험하다고 생각돼."

"나도 마음의 준비를 하고 나갈 거다. 내가 패거리 전체를 상대할 수는 없지만, 그 우두머리 한 놈의 버릇은 고쳐놓을 생각이다."

"어떤 식으로?"

"밖에서 나쁜 짓 못 하도록 다리라도 부숴 버려야지."

"형! 그것은 범죄야. 그러지 마!"

민은 그런 형의 말을 듣고 형의 미래에 드리우는 검은 그림자를 동시에 보았다. 그의 마음이 무거웠다. 한참 있다가 형이 조심스레 말을 이어갔다.

"나에게 무슨 일이 생기더라도 나를 찾지 말거라. 싸움을 하게 되면 그 패거리는 반드시 보복하러 찾아올 게다…. 일이 잘못되면 당분간 절에 들어가 피신을 할까 한다."

형과의 대화는 무거웠고 만남은 길게 가지 않았다. 민은 형과 헤어진 후 무거운 마음으로 버스에 올랐다. 형의 말과 그 눈빛이 머릿속에서 지워지지 않았다. 오히려 더 또렷하게 더 크게 그의 머릿속에서 메아리치는 것이었다. 선한 의지로 악을 물리치고 응징한다는 것인데 그 순간 그 형은 이미 선한 존재가 아닌 또 다른 악으로 남지 않을까? 분명히 폭력은 범죄다. 그러나 그 상대가 나쁜 악인 경우는 어떻게 판단해야 할까? 그래도 나쁜 짓일까? 그래도 사회와 법이 규정한 범죄이다. 악을 물리치기 위해 자신을 희생하는 자, 성경에서는 분명히 사탄을 물리치는 선한 천사인 것이다. 형의 손목에 새겨져 있는 미카엘 대천사처럼 악을 물리치는 전사(戰士)이며 선한 일로 그의 이름은 칭송될 것이며 하나님의 훌륭한 자식이다. 하지만 이 사회에서는 어떻게 받아들일 것인가? 이러한 생각은 민에게 끊임없는 의문점을 남기며 풀리지 않는 질문으로 남았다.

'선을 위해 악에 대한 폭력이 정당화될 수 있는가?'

'현실 세계에서 악을 물리치는 방법이 오직 법에만 의존해야 하는가?'

'양심과 법, 둘 중에 누가 우선인가?'

'인간을 위한 법이 인간을 더 구속하고 더 힘들게 하지는 않는지?'

'성공한 쿠데타(coup d'etat)는 정의인가?'

'과연 인간에 대한 심판은 누가 해야 하는가, 법이 하는가? 신이 하는가?'

'용서는 누가 하는가? 사람이 하는가? 신이 하는가?'

'용서를 구하지 않는 자에게 그냥 무조건적인 용서는 비겁하고 무의미하고 이기적이지 않은가?'

늦은 밤 민은 잠자리에 들었지만 잠이 오지 않았다. 천장만 바라보며 끊임없이 답 없는 질문들이 마음속에서 생겼다가 사라지곤 하였다. 용서라는 주제로 고민하다 마음속에 용서에 대한 시(詩)를 써 내려갔다. 현우 형에게 아무런 일이 생기지 않기를 마음속으로 빌면서.

용서

진정한 용서란 용서할 수 없는 것을 용서하는 것이다.

그리고 말하지 않는 것이다.

억울함은 수미산을 녹일 정도로 억울함이 있는 것이 억울함이다.

그것도 몇 년을 걸쳐 녹일 정도의 시간으로.

나의 손으로 무엇을 하고자 하지 말자.

모든 인과의 응보는 다른 사람이 자연스럽게 해 주는 것이다.

나는 때론 베풀기도 하지만 때론 신세를 지기도 한다.

하지만 구태 셈을 하지 말자. 모든 것은 돌고 도는 것이니.

그냥 그렇게 대자연의 순리대로 인간사의 순리대로 흐르게 하라.

호연지기

   혼돈과 갈등의 일학년을 마치고 이학년으로 올라가니 학교는 본격적으로 대입을 준비하는 체제로 들어갔고 반편성이 새로 구성되어 민은 새로운 반으로 배정을 받았다. 일학년 각 반에서 새로운 친구들이 모였다. 안면이 있는 친구들도 있었지만 대부분 잘 모르는 친구였다. 담임선생님도 새로 바뀌었다. 모든 것이 새로운 느낌이었다. 같은 반 친구들 모두가 생기가 있었고 나름의 자신감도 있어 보였다. 민은 지난 일 년 동안 얼마나 많은 혼자만의 고민과 방황을 했던가? 그 고민의 강도는 만만찮은 수준이 아니었다. 자연의 아름다움에 매료되어 순간적인 충동이었지만 자살까지 생각하지 않았던가?

   현우 형과 만남에서 신비함과 매력을 느꼈지만, 한편으론 폭력과 용서라는 화두에도 매달렸지 않았던가? 그동안 민은 그 자신만의 인간의 근원적인 질문에 너무 사로잡혀 있었던 것 같았다. 누구도 속 시원하게 답해 줄 수 없는 자신만의 고민이었다. 그는 스스로 우물 안 개구리처럼 자신을 구속하고 고민한 것 같았다. 더 넓은 세상으로 나아가기 위해 스스로 변해야 한다고 생각하였다. 다른 사람들의 생각도 알아야 한다. 민은 그동안 내성적인 성격을 외향적인 성격으로 바꿀 필요가 있다고 생각했다. 친구들에게 좀 더 관심을 가지고 세상을 멀리 보고 크게 보아야 하는 나이가 되었다고 생각했다. 혼자 고민을 하면서 그의 정신과 그의 생활을 이끌어 줄 화두를 정하기로 하였다. 숱한 고민 끝에 내린 결정은,

"호연지기(浩然之氣)"

가슴을 뛰게 만드는 문구이다. 뜻은 '도의(道義)에 근거를 두고 굽히지 않고 흔들리지 않는 바르고 큰마음'이다. 너무나 마음에 드는 말이었다. 젊은이가 품어야 하는 글이고 호연지기를 마음에 새기고 그런 자세로 살아나가야 할 것이다. 그 문구를 화두로 정한 이상 민은 마음속에 항상 되새기며 자신의 생활철학의 지표로 삼기로 하였다. 아침에 일어나면 마음속 깊이 호연지기를 부르짖었다.

며칠 수업을 하니 같은 반 친구들의 얼굴과 행동이 낯익어 가기 시작하였다. 민의 머릿속에는 각 친구에 대한 나름의 특성과 호감도가 쌓이기 시작하였다. 하지만 그는 전혀 내색하지 않고 말도 별로 하지 않는 평범한 범생이 같은 행동만 할 뿐이었다. 그러면서도 민은 친구들 모두를 면밀히 분석하고 지적 수준과 행동의 패턴을 분석하고 있었다. 젊은 청년의 가슴속에는 항상 부르짖는 말 호연

지기. 민의 눈빛은 살아 움직이고 있었다. 아침마다 떠오르는 붉은 태양의 기운을 느끼며 힘차게 뛰는 붉은 심장으로 샘솟는 호기심으로 지적인 무언가를 추구하고자 했다.

학교 수업은 민에게 크게 흥미를 주지 못했지만, 그냥 열심히 수업을 들었다. 그는 사고(思考)를 아주 치열하게, 깊게, 그리고 넓게 하다 보면 모든 사물의 이치를 깨우치리라 여기고, 그런 습관을 몸에 익히려고 노력했다. 수학 공식의 원리와 영어 단어의 의미가 머리에 그대로 들어와 머릿속에 잊히지 않고 남았다. 어떤 때는 머리가 너무 빨리 돌아가고 생각이 폭발적으로 늘어나 자신을 주체 못하고 괴롭기도 하였다. 머릿속의 세포 분열이 왕성하여 어떤 지식도 그대로 빨아들일 것 같은 기분이었다. 하지만 민의 관심은 단순한 학교 수업이 아니라 인간과 인생에 대한 다소 철학적인 곳에 더 꽂혀있었다.

어느 날 민은 한 친구를 눈여겨보기 시작하였다. 친구의 이름은 '호연'이었다. 호연은 별로 말은 없었으나 눈빛만은 무언가를 갈구하는 듯하였다. 한번 서로 눈이 마주친 경우가 있었는데 묘하게 통하는 구석을 순간적으로 느껴졌다. 나름 매력이 느껴졌고 그 친구에 대해 호기심이 생기기 시작하였다. 민은 호연이라는 친구에 대해 모든 것을 관찰하기 시작하였다. 걸음걸이와 그의 행동 패턴과 말하는 습관까지도 관심을 가지고 보았다. 호연은 지적인 면이 있으면서도 은근히 다혈질적인 면도 보였다. 냉정하다가도 불의를 보면 참지 못하고 바로 과감히 대항하려고 했다. 그 대상이 누구든

개의치 않았다. 사람이든 제도든 상관없이 잘못이 있다고 생각될 때는 자기의 의견을 개진하여 고치려고 하였다. 물론 그렇게 하여 고쳐지는 것은 없었지만 어떤 대상에 대해 판단을 한다는 것은 나름대로 자기 주관과 사고(思考)를 통한 자신감의 표출이리라. 아무튼, 호연의 행동과 언행은 일관성이 있어 보였다. 민의 마음속에 서서히 호연의 존재가 자리 잡고 있었다. 하지만 그 어떤 교류나 말 섞음도 없이 한 달의 시간이 지나갔다.

따스한 봄기운이 무르익는 어느 날 점심을 마치고 민은 교실 앞 조그만 마당 같은 공터에서 적당히 따스한 햇볕을 받으며 아무런 생각 없이 앉아 있었다. 누군가가 내 옆에 조심스레 앉는 것 같았다. 호연이었다.

"앉아도 돼?"

"그래."

"날씨가 좋네. 하늘도 푸르고 구름 한 점 없네."

"그렇구나."

"공부는 잘되니?"

"그저 그래."

서로가 잠시 말없이 같은 방향을 바라보며 앉아 있었다. 무엇이 하늘에서 지나가니 민과 호연의 팔뚝에 거의 동시에 무언가가 떨어졌다. 그들은 놀라며 그것이 무엇인지 바라본 후 서로의 얼굴을 바라보며 호탕하게 웃을 수밖에 없었다. 그건 다름이 아니라 새 똥이었다. 콩알만 한 작은 새똥이었지만 민과 호연은 서로의 팔뚝을 보며 다시 한번 웃었다. 그렇게 이름 모를 새가 그들의 인연을 맺어주는 것 같았다. 갑자기 서로가 오랫동안 사귄 것 같이 친해지는 것을 느낄 수 있었다. 그 후 그들은 그냥 보면 웃고 같이 걸으며 일상적인 친구들이 하는 방식대로 친해지기 시작하였다.

어느 날 마지막 수업이 끝나고 자습 시간이 되었다. 민은 화장실에 다녀오다 복도 끝에 서 있는 호연을 보았다. 호연은 미동도 하지 않은 채 창문을 통해 저 멀리 바다를 쳐다보고 있었다. 옆모습은 삼매경에 빠진 듯 차분한 모습을 하고 있었지만 무언가 고민의 흔적도 보였다. 민은 호연에게 조심스레 다가가 말을 걸었다.

"뭘 그리 생각해?"

"응, 아무것도 아니야."

잠시 민도 호연과 같은 방향으로 푸른 바다를 쳐다보며 침묵이 흘렀다.

"고민이 있나?"

"아니, 그냥…."

"자습 시간 안 들어갈 거니?"

"별로 생각이 없네."

"그럼 우리 같이 밖으로 나가자."

민은 강한 어조로 제의하였다. 호연은 잠시 그를 보더니 망설임 없이 말했다.

"그러자. 나가자."

그들 둘은 그렇게 자습 시간을 빼먹고 의기양양하게 학교 교문을 나왔다. 처음 있는 일이었지만 두려움을 느끼지 않았다. 서로가 서로에게 의지하고 있었기 때문이리라. 자습 시간은 정식 수업은 아니지만, 학교 규칙에 따라 모두가 참석했으며 당연히 학생들은 정식 수업의 연장이라 생각하였다. 만일 자습 시간에 참석 못 할 시에는 담임선생님의 허락을 받아야만 했다. 그 둘은 당연히 선생님의 허락도 없이 학교 옆 골목길을 빠져나가고 있었다. 내일 선생님으로부터 야단을 맞더라도 그들의 결정에 절대 후회하지 않았다. 서로가 말을 안 했지만 무언가 통쾌하고 큰일을 하고 있다는 기분을 느꼈다. 한 번도 해보지 않은 조그만 사건이지만 그들은 큰일을 결행하고 있는 것이었다. 어둠이 내리기 전 늦은 오후 시간이었다. 그 시간에 그들은 그 거리를 걸은 적이 없었다. 일 년 반을 다닌 거리지만 왜 그렇게 생소하게 느껴졌는지 모르겠다. 주위의 모든 사람이 그 둘만을 이상하게 쳐다보는 것 같았다. 그들은 어딘가에 몸을 피해야 할 것 같았다. 호연이 민에게 조심스레 말하였다.

"어디 들어가자."

"그러자."

"저기 좀 허름하지만 조용하게 보이는 막걸리 집이 어때?"

"좋아."

그 둘은 그렇게 함께 주점의 문을 조심스레 열고 안으로 들어갔다. 마침 손님은 아무도 없었고 테이블이 서너 개로 조그마한 막걸리 집이었다. 주방에서 아주머니가 나왔다. 다소 나이가 있어 보이고 인상은 좋아 보였지만 그들을 보고 약간 당황하는 기색을 감추지 못하였다. 호연이가 차분하고 또렷한 목소리로 말을 하였다.

"아주머니, 저희 오늘 이야기 좀 하려고 우연히 이 집에 들어왔는데 막걸리 먹어도 되나요?"

주인 아주머니는 그들의 얼굴을 연거푸 보면서 망설이다가 말하길,

"학생들 같은데 무슨 고민이 있는갑네. 얼굴을 보니 나쁜 학생으로 안 보이고 모범 학생처럼 보이는데…. 많이 먹지 말고 한 잔만 하고 가거라이."

그들은 그렇게 하여 아주머니의 정(情)이 담긴 막걸리를 먹기 시작하였다. 잔은 찌그러진 막걸리 사발 잔으로 안주는 파전이었다. 잔은 원래 누런 금색이었지만 거의 도금이 다 벗겨진 채 속살을 드러낸 군데군데 은색의 잔이었다. 민과 호연이는 서로에게 잔을 그득 채우고 뜨거운 눈을 바라보며 첫 잔을 부딪쳤다. 건배사도 없이 천천히 입안으로 막걸리를 마시기 시작하였다. 약간 단맛이 나는 걸죽한 액체가 목구멍을 넘어가니 가슴 속이 시원해지는 것 같았다. 곧이어 다시 술잔을 그득 채우고 두 번째 잔을 들이켰다. 순간 약간의 취기를 느끼며 마음이 열리고 머리 뇌세포가 왕성하게 움직이고 어디선가 용기가 생기고 기분이 좋아지기 시작하였다. 물로 만든 술이 입안에 들어가니 불로 되어 그들을 달구기 시작하였다. 세 번째 잔을 채우며 그는 호연에게 먼저 말을 걸었다.

"호연아 무슨 고민이고?"

호연은 아무 말 없이 나를 바라보다 무거운 입을 열었다.

"학교 다니기가 힘드네."

"왜?"

"오늘도 학비 때문에 선생님에게 불려가서 영 기분이 그래."

순간 민은 굉장히 속으로 놀랐다. 하지만 겉으로는 전혀 표시를 내지 않았다. 학교에 다니지 못할 정도로 곤궁했다는 말인가? 호연이는 여태껏 한 번도 그런 내색을 하지 않았던 것이었다. 민은 호연이가 신고 다니는 군화를 보고 대략 짐작을 하고 있었지만, 그것은 돈이 없다기보다 약간의 멋을 내는 것으로 생각하고 싶었다. 한 번도 운동화나 다른 신발을 신는 것을 본 적이 없었다. 호연이가 신는 군화는 목이 높지도 않고 끈을 매지 않고 다녀 군인의 군화처럼 그렇게 큰 거부감은 없었다. 소문에는 모든 선생님께서도 이미 호연이의 군화 착용은 묵시적으로 허락이 되어 누구도 그에 대해 야단을 치지를 않는다고 하였다. 선생님 사이에서도 소문이 날 정도이니 그동안 학비가 많이 밀려 곤란을 겪었겠구나 하는 생각에 안타까움이 밀려왔다.

민은 순간 가난에 대해 생각을 하였다. 주위에 너무나 힘든 친구들이 많은 것 같았다. 민의 집안도 넉넉한 편은 아니지만, 그동안 학비와 돈에 대해 고민을 해본 적은 없었다. 돈을 굳이 쓸 일이 없었으며 학비는 당연히 문제없이 내고 있었기 때문이다. 학교 점심시간이 되면 급우 몇 명이 슬그머니 밖으로 나가는 것을 보고 그동안 그는 아무런 생각이 없었다. 무슨 볼일이 있거나 매점에서 맛

있는 빵이나 라면을 먹을 거라는 막연한 생각을 하고 있었으며 다른 친구들에게 그 이유를 물어보지도 않았다. 심지어 식사 후 그런 친구에게 식사 잘했냐고 물어보기까지 하였다. 순간 민은 깨우쳤다. 그들은 굶고 있었던 것이었다. 한 번도 그들은 점심을 먹지 못했다고 말을 한 적이 없지만 이제야 민은 확실히 알게 되었다. 그들은 물로 배를 채우며 가난에 대해 처절한 원망을 가슴속에 품고 키우고 있었던 것이었다. 한참 커야 하는 고등학교 시절 그들은 주린 배를 움켜쥐고 눈물을 삼키며 치열하게 공부를 하고 있었다. 오직 그들이 할 수 있는 것은 영어 단어를 외우고 수학 문제를 풀며 미래의 꿈을 키우는 것이었다.

그동안 민이 고민하던 인간적인 고민은 너무나 사치스럽고 배부른 고민이라는 생각이 들었다. 순간 자신이 무한정 작아지며 부끄러운 감정이 들었다. 그들은 잠시 침묵을 하다 다시 잔을 들이켰다. 마치 주린 배를 막걸리로 채우듯이…. 조심스레 용기를 내어 민이 다시 말을 이어갔다.

"그럼 앞으로 어떡할 거니?"

"걱정하지 마. 뭐 큰일이야 있겠어. 어찌 되겠지 뭐…."

그러면서 호연은 민에게 술을 권했다. 그렇다 그 말 "어찌 되겠지"는 귀에 너무나 익숙하였다. 항상 호연이가 어려운 상황에 부딪히면 내뱉던 말이었다. 대책이 없을 시 자기 암시적으로 긍정적으로 생각하려고 하는 것이다. 약간의 도피와 자조가 섞인 말처럼 보였다. 하지만 호연의 그런 말이 민의 여린 마음을 아프게 하였다.

더는 학비에 관한 이야기는 나누지 않았다. 민은 학비 문제로 호연을 도울 방법이 없었다. 그들은 서로의 공통적인 생각들 우정, 사랑, 삶, 철학, 학창 시절, 무엇이 될 것인가 등에 대해 이런저런 이야기를 하였다. 주제마다 깊게 들어가지는 않았지만, 서로가 생각하는 범위와 폭에 대해 알 수 있는 정도까지만 가볍게 이야기를 하면서 술판을 이어갔다. 대체로 서로의 이야기에 공감하면서 존중하면서 부드럽게 이어갔다. 한두 번 정도 의견이 다른 경우도 있었지만, 그에 대해 서로가 목청을 높이거나 본인 주장만을 내세우지 않고 자연스레 다른 주제로 넘어가곤 하였다.

앞으로 얼마나 많은 세월 동안 가슴 속 많은 이야기를 나눌 것인가. 민은 오랜만에 가슴을 터놓고 이야기를 나눌 친구가 생긴 것이다. 그동안은 민과 시간을 같이하며 시원하게 가슴 속 이야기를 나눌 친구들이 주위에 없었다. 그럴 나이도 아니었고 생각의 폭과 관심도가 너무 달랐기 때문이었다. 그리고 무엇보다 민의 생각들이 너무 형이상학적이고 이상적인 것들이 많아 누구에게 쉽게 이야기할 주제들이 아니었던 것이다. 호연이는 자신의 처지가 학비를 못 내 학교를 못 다닐지도 모르는 상황에서도 가혹한 현실을 뛰어넘어 그의 눈빛에는 불타오르는 지적인 욕구와 그의 가슴속에는 삶에 대한 강한 의욕과 정의감 같은 것들이 살아 움직이고 있었다. 다행히 그동안 다른 손님은 없었고 주인 아주머니는 그들의 이야기를 하나도 놓치지 않고 듣고 있는 듯하였다. 좁은 주점이었기에 안 들으려고 해도 자연스레 다 듣게 되었으리라. 서로가 그렇게 많은 술을 먹은 것은 처음이었다. 계산을 위해 그들은 가진 돈을 다 모았지만 부족하였다. 아주머니는 파전은 서비스라고 억지로 둘러 대면서 내색하지 않고 괜찮다고 하셨다. 따뜻한 말 한마디도 더해 주셨다.

"이야기를 들어보니 둘은 앞으로 좋은 친구가 될 게다. 앞으로 열심히 공부해서 둘 다 훌륭한 사람이 되어야 해."

"감사합니다. 열심히 공부하여 훌륭한 사람 되겠습니다."

그들은 같이 고개를 숙이며 진심으로 감사의 표시를 하였다. 부족한 술값이었지만 흔쾌히 받아주시고 진심으로 잘 되라는 말씀도 해주시니 너무나 고마운 마음이 들었다. 취한 몸으로 밖으로 나오니 이미 어둠이 내리고 있었다. 비틀거리는 걸음걸이를 하지 않으려고 정신을 차렸다. 호주머니 속에는 이미 버스를 탈 동전 하나 남지 않았다. 민은 호연과 함께 밤공기를 마시며 천천히 걸었다. 초승달이었지만 얇은 달빛이 그들 앞을 은은히 밝혀주었다. 초승달에 할퀸 구름도 그들과 함께 걸었다. 낮은 저음 목소리로 같이 노래를 불렀다. 세상과 같이 한 몸이 되는 듯하였다. 갑갑한 교실에서 빠져나와 이런 해방감을 느끼다니 그들은 그저 즐거웠다. 먼 훗날 그 기분을 그대로 간직하고 싶었다. 한참을 걸어가니 그들은 서로의 방향이 달라지는 길 코너에 다다랐다. 아쉬움이 있어 그들은 길가를 끼고 흐르는 하천을 바라보며 앉아 쉬면서 그날의 뜻깊은 긴 여정을 마무리하기로 하였다.

"오늘 많이 먹었네."

"많이 취하네."

"그래도 가슴이 뻥 뚫리는 것 같아."

"나도 그래."

그리고는 그들은 말을 하지 않았다. 민은 끈적거리며 흘러가는 시커먼 하천을 보다, 이 순간의 기억을 영원히 남기기 위해 무언가를 해야 한다는 생각이 불현듯 들었다. '뛰어들까?' 하는 생각이 순간 일어났다. 하지만 그것은 너무나 위험한 일이고 무모한 일이었다. '그럼 무엇을 하지?'라고 생각하다 미련 없이 그의 오른쪽 운동화 한족을 공중에 던졌다. 운동화는 몇 바퀴 회전하면서 하천 속으로 빨려 들어갔다. 몸의 분신 같은 운동화를 던져 버리다니. 무모하였지만 속은 시원하였다. 이젠 이 순간은 그들에게 일생 영원히 남을 것이다. 그것을 본 호연이는 놀라는 표정을 감추지 못하다가 웃기 시작하였다. 민도 같이 웃었다. 서로 말은 하지 않았다. 미련 없이 그 자리에서 일어나 그들은 손을 흔들며 작별을 고하고 각자의 길로 걸음을 옮겼다. 양말만 신은 채로 걷는 민의 걸음걸이는 다소 어색했지만, 그는 개의치 않고 먼 길을 걸어갔다.

한 학기가 조용히 흘러가고 있었지만 민은 여전히 공부에 흥미를 느끼지 못했다. 수업 시간은 무조건 지식을 머리에 담는 것 같아 가슴에 와 닿지 않았다. 결코, 학교의 여러 교과목이 그의 지적 욕구를 채워주지 못하고 민의 마음 한구석에는 텅 빈 공허함만 남았다. 민은 지금의 시기는 머리의 뇌세포를 최대한 확장하고 인생에 대해 솟아오르는 궁금증을 파헤쳐 볼 때라고 여겼다. 사고(思考)의 근육을 단련하고 개똥철학이 되더라도 삶의 철학(哲學)과 가치관이 있어야 한다고 생각하였다. 공부를 열심히 하여 좋은 대학가고 사회에서 출세하고 싶은 생각은 그의 안중에 아예 없었다. 민은 최소한 속물은 되지는 않겠다고, 비루하거나 비굴하게 살지는 않겠다고 다짐하였다. 이미 출세했다는 사람들 일부는 사회 발전에 기여는 못 할망정 자신들의 사리사욕을 채우기 위해 더 교묘히 온갖 악행을 저지르는 것 같았다. 이것은 그들이 청소년 시절 철학과 올바른 가치관을 가지지 못하고, 설사 있었다 하더라도 비뚤어진 가치관 때문이라 생각했다. 민은 단순한 지식보다 더 중요한 것은 인성과 도덕, 삶을 대하는 진정한 자세, 행동하는 양심이라고 믿었다. 민은 현우 형으로부터 많은 이야기를 듣고 싶었지만 현우 형은 바람처럼 나타났다 바람처럼 사라지며 그의 옆을 지켜주지는 못했다.

민은 무언가 마음속 깊이 부족한 점을 느끼며 갈증이 생겼다. '어떻게 살아야 하는가?' 몇 년 전 고민했던 그런 화두들이 좀 더 묵직하게 현실감 있게 다가왔지만 마치 안개 속을 걷는 것 같아 초조하기도 하였다. 고민을 거듭하던 민은 오랜 세월 고전이라 여겨지는 여러 종류의 책들이 혹시 민의 등불이 되어 줄 수도 있으리라는 기대를 가졌다. 한 달에 서너 권의 책을 읽어보자 마음먹고 여러 분야에서 선정하여 책의 리스트를 만들었다. 자기 전 꾸준히 몇 시간 읽으며 페이지의 좌측 윗부분에서부터 우측 아래쪽 끝까지 통째로 속독하는 법을 스스로 터득하였다. 중요 단어인 명사들은 빠지지 않고 읽었으며 가벼운 형용사는 문맥으로 이해하고 몇 단어를 묶어 한 번에 눈으로 읽었다.

읽은 책 중 몇 권은 민에게 진한 여운과 감동을 남겼다. 헤밍웨이의 《노인과 바다》는 민이 좋아하는 바다 이야기로 한숨에 읽어버렸다. 민에게 인간의 강한 의지와 자연의 위대함을 깨우쳐 주었다. 바다로 나간 노인은 84일 동안 한 마리의 고기도 못 잡다 85일째 청새치를 낚시로 잡았지만 3일을 청새치와 치열한 싸움을 치른다. 곧이어 노인은 상어와 싸움이 시작되고 노인은 결국 뼈만 남은 청새치를 배에 매단 채 부두로 돌아오는 처절한 어부의 모습이 민의 가슴을 찡하게 하였다. 결코 현실에 타협하지 않고 고독하지만 불굴의 정신을 보여준 노인의 모습이 민이 앞으로 걸어가야 할 인생사처럼 보였다.

다음으로 읽은 책은 스페인 작가인 세르반테스의 《돈키호테(Don Quixote)》였다. 17세기경 스페인 라만차 마을의 한 신사가 기사 이야기에 탐독하여 스스로 돈키호테라고 칭하고 그 마을에 사는 뚱보로 머리는 둔하지만 약삭빠른 산초 판사를 시종으로 데리고 무사(武士) 수업에 나서는 모험 이야기였다. 돈키호테는 환상과 현실이 뒤죽박죽되어 기상천외한 사건을 일으키고 말을 타고 가던 중 풍차를 거인이라 생각하여 습격하기도 한다. 우습기도 하고 엉뚱하기도 하지만 무언가 민은 야릇한 동질감을 느끼며 돈키호테가 멋있어 보였다. 풍차와 물레방아를 향해 무모하게 돌진하는 돈키호테는 세상의 모든 굴레와 속박에서 벗어나고자 하는 몸부림이자, 신념 하나로 돌파해 나가고자 하는 자유로운 인간으로 민이 평소 꿈꾸던 인간상의 한 면을 가진 것 같았다. 민은 정의를 실현하고 불의와 싸우는 것이 힘들고 외로운 과정이지만 돈키호테처럼 결코 부조리에 타협하지 않으리라 마음먹었다.

생텍쥐페리의 《어린 왕자》는 이 세상에 남아있는 순수와 아름다움을 간직한 어린 왕자의 이야기였다. 소행성 B612에서 온 어린 왕자는 사막에 불시착한 조종사에게 사람들이 그동안 잊어왔던 주옥같은 말들을 쏟아낸다.

"사막이 아름다운 건 어디엔가 오아시스를 감추고 있기 때문이야."

"가장 중요한 건 눈에 보이지 않아, 마음으로 보면 항상 함께할 거야."

"세상에서 가장 어려운 일은 사람이 사람의 마음을 얻는 일이란다."

이런 말들은 민의 마음에 너무나 와닿았다. 민은 그저 동화 속으로 빠져들었다. 어린 왕자는 그의 영원한 친구 같았다. 왕자가 그에게 속삭이는 것 같았다. 민은 마음속 깊은 곳에서 잠자고 있던 순수한 마음이 살아나고 어린 왕자가 이야기하는 대로 살아야만 할 것 같았다. 항상 어린 왕자가 민과 함께하고 그를 인도해 주길 바라는 마음으로 잠자리에 들곤 하였다. 밤마다 민의 꿈에 나타나 어떤 이야기를 재미있게 해 줄까 기대하면서….

거의 두어 달을 밤에 홀로 문학의 세상에서 살았다. 민이 두 발로 걷는 현재의 세상과는 무언가 달랐다. 민은 가슴에 차오르는 그만의 조용한 행복감을 느끼며 지적인 욕구를 채워 나갔다. 읽은 책 모두가 치열하게 인간의 본성을 파헤치고 인간의 불가사의한 의식구조를 해부하는 것 같았다. 인간은 신에 가까운 고결한 존재인지, 보잘것없지만 지능이 다소 높은 동물에 지나지 않는 것이지 어느 쪽인지는 누구도 답을 하지 못할 것이다. 민은 너무 문학적인 글만 읽다 보니 그가 속해 있는 사회의 흐름을 놓치고 다소 현실과 동떨어져 있다는 느낌이 들었다. 신문의 '사설(社說)'은 그 부분을 보강해 주었다. 사설은 항상 그날의 핫한 이슈를 가지고 논리적으로 간결하게 명문장으로 적혀 있었다. 글을 전개하는 논리와 간결한 문체는 배울 점이 많았으며 민의 머릿속에 힘과 근육을 가져다주었다.

고전을 읽고 사설을 읽어 나가니 학교의 국어 수업은 민에게 쉽게 여겨졌다. 점차 말과 생각도 정리가 되기 시작하고 사고의 폭이 넓어지고 깊어지기 시작하였다. 그는 몸만 커지고 있는 것이 아니라 솟아오르는 지적 호르몬에 의해 머리의 세포도 성숙해 가고 있었다. 그것은 민의 남은 인생에 큰 힘이 될 것이며 인생에 어떤 난관이 오더라도 혼자 견디고, 헤쳐 나가며 극복할 수 있는 밑거름이 되어 줄 것이다.

늦봄에 어김없이 춘계 방학이 되었다. 무언가 보람된 일을 하고 싶고 충분한 휴식도 하고 싶었다. 그동안 공부하고 독서하고 고민하다 보니 짧은 며칠간의 방학이지만 모든 것을 잊고 여행을 가고 싶었다. 민은 호연에게 여행을 가자고 제의하였다. 호연이도 무척이나 좋아하였다. 호연과 의논 끝에 그들은 그동안 한 번도 가보지 않은 다른 지방인 전라도로 여행을 떠나기로 하고 정한 곳이 화순에 있는 운주사였다.

아침 일찍 시외버스 터미널에서 만난 그들은 화순으로 가는 버스에 몸을 실었다. 차를 타자마자 그들은 이제 미지의 세계로 가는 기분으로 마냥 즐거웠다. 민은 오랜만에 청바지에 화사한 셔츠만 걸치고 바깥 풍경을 즐겼다. 그는 이번 여행을 통해 호연과 좋은 추억을 만들고 싶었다. 맑은 공기를 마시고 푸른 하늘은 즐기고 여러 가지 늦봄의 꽃들을 구경하고 쌓인 스트레스를 풀고 싶었다. 화순에서 절로 가는 버스를 타고 정오경에 절 근처 정류장에 도착하였다. 높이 솟아있는 고송을 뒤로하고 그들은 절로 가는 길을 호젓이 같이 걸었다.

천년의 세월로 들어가는 길이었다.

영귀산에 위치한 운주사(雲住寺). 천불 천탑(千佛千塔)이 있는 곳이었다. 일주문에 황금색으로 빛나는 편액은 무언가 낯설고 보통 절에서 보는 그런 모양이 아니었다. 몇 발짝 안으로 들어서니 길쭉한 구층 석탑이 민과 호연이를 반갑게 맞이하였다. 탑 모양이 좀 불안하게 길었다. 한국의 전통적인 탑 비율을 가지고 있지는 않았지만 나름 신비롭고 정겹게 느껴졌다. 그들은 흥미로운 눈으로 모든 탑과 특이한 절 분위기를 즐겼다. 오른쪽에는 부처의 상을 새긴 돌들이 즐비하였다. 세워진 돌도 있고 돌에 그냥 새긴 것도 있고 모두가 가지각색이었다. 코 없는 부처, 귀 없는 부처, 밋밋한 표정의 부처, 웃는 부처, 눈이 올라간 부처 등 다양하다. 모두가 서민들의 애환을 담은 부처로 보였다. 법당 안의 근엄한 부처가 아니었다. 아니 이것은 부처 자체가 아니었다. 우리들의 천 년 전 얼굴이요 지금의 얼굴이고 서민들의 얼굴이었다. 석공들은 자신의 얼굴을, 가족의 모습을 부처에 담은 것이리라. 한두 명의 작품이 아니고 우리 모두의 작품이었다. 부처마다 불탑마다 배어 있는 소원과 애환이 다 다르리라.

곧이어 돌 다락방이 나왔다. 조그마한 지붕이 있는 다락방이며 그 속에 두 분의 부처가 남북을 향해 등을 지고 거처하고 계셨다. 이런 모습의 부처님 자세는 민은 처음 보았다. 부부 싸움 끝에 토라진 모습이랄까? 이슥한 밤이 되면 서로 돌아앉아 다소곳이 대화를 나누지는 않을까? 이미 천년의 세월 속에 서로가 이렇게 등지고 있다니 안쓰러워 보였다. 생각해 보니 부처님은 두 분이 아니다. 이 두 분은 원래가 한 몸이다. 아마 한 지붕 아래 두 분을 모셔 놓은 것은 중생이 절에 들어갈 때, 나갈 때 다시 보고 마음 닦고 가라는 의미일 것이다. 민은 두 분에게 합장하고 마음을 모아 절을 하였다. 친구 호연은 가톨릭을 믿었기에 별도로 절을 하지는 않았지만 보는 모든 것에 관해 관심을 보이고 신기해하고 즐거워하였다. 호연이의 얼굴은 오랜만에 해맑은 표정이었다.

민과 호연이는 부드러운 봄바람을 맞으며 왼쪽 산속에 자리 잡은 와불(臥佛) 쪽으로 천천히 걸었다. 도선 국사가 국가를 위해 하룻밤에 천 불 천 탑을 만들다 닭 우는 소리에 이 와불은 일어서지 못하고 누워있게 되었다는 설화를 안내판이 정겹게 이야기한다. 여기도 두 분이다. 반듯이 누워 천 년 동안 하늘의 별을 보고 하늘의 비를 맞으며 누워 계신다. 엄밀히 말해 와불(臥佛)이라 표현하기가 모호하다. 일반적으로는 부처님이 열반하기 전의 비스듬히 누운 자세가 와불인데 이 부처님은 일으켜 세우기 전의 미완성의 부처님이시다. 작업할 때 돌 위에 부처님 조각을 한 후 적당한 장소로 옮겨 세우려다 사정이 생겨 그냥 둔 것 같았다. 특이한 것은 이것 역시 두 분인데 아마도 비로자나불과 석가여래불인 것 같은데, 얼핏 보면 다정한 부부인 것으로 보였다. 민은 이 두 부처님께서 이제 일어나고 싶을까 계속 누워 있고 싶을까 궁금하였다. 또 천년의 세월이 이렇게 지나가리라. 몇 발짝 밑에는 머슴불이 반듯하게 차려 자세로 서 있어 두 분 부처님의 고요한 숙면을 지켜주는 모습이라 정겹다. 민(敏)은 어느 시인의 시(詩)구절이 생각나 차분히 읊었다.

그대와 운주사에 갔을 때
운주사에 결국 노을이 질 때
왜 나란히 와불 곁에 누워 있지 못했는지
와불 곁에 잠들어 별이 되지 못했는지

산등성을 끼고 내려가니 칠성바위가 그들을 맞이한다. 북두칠성의 모습을 하고 있다고 한다. 북두의 각 별의 밝기와 위치 각도를 고려하여 만들었다고 하니 과연 우리 조상이다. 별자리를 보고 미래를 예측하고 기원하고 희로애락을 같이하니 어찌 이런 칠성바위가 생기지 않으리오. 돌로 만들어진 북두칠성을 보고 민과 호연이는 함께 두 손 모아 진지하게 소원을 빌었다. 호연이가 빌었던 소원은 무엇일까? 민은 궁금했지만 결코 물어보지 않았다. 호연이의 소원이 언젠가 성취되길 바라는 마음뿐이었다.

절을 뒤로하고 나오면서 민은 잠시 생각에 잠겼다. 옛적 돌을 찍는 소리는 얼마나 많은 쩡한 애환을 지녔을까? 지금은 천년의 세월이 지나면서 쩡한 애환의 소리는 조용하고 은은하게 변했을까? 민과 호연은 우리 조상의 숨결처럼, 기원처럼 천 불 천 탑 아래서 숨 쉬고 기도하고 느끼고 가는 것이다.

석양이 물드는 천 년의 길을 빠져나오며 호연이도 천년의 세월을 감상에 담아 시(詩)를 읊조린다.

아 천년의 세월은 무수한 영겁으로 보면 수유(須臾)던가.
고작 칠십 생애에 인생의 희로애락을 싣고 한 줌의 흙으로
돌아가는 것이 인생이라 생각하니
석양에 지는 붉은 노을이 나그네의 길을 물들게 하네.
아 인생과도 같은 사계절의 천 불 천 탑을 보고 싶구나.

비속에 홀로 서 있는 돌탑과 눈 덮인 부처님 이마와 콧잔등을 보고 싶네.

　민은 돌아오는 차 안에서 헤세의 책 《싯다르타》가 생각났다. 한 인간이 부처가 되기 위해 온갖 유혹과 악을 물리치고 해탈하는 과정이 떠올랐다. 어릴 적부터 불교를 접한 민이지만 어찌 독일인인 헤세가 인도철학과 불교에 심오하고 조예가 깊었는지 도저히 이해가 되지 않았다. 한편 민은 과연 해탈만이 우리가 추구해야 하는 길일까? 의문을 품었다. 일생을 오직 해탈을 위해? 일생을 오직 해탈을 위해? 아니다. 운주사의 천 불 천 탑처럼 그냥 서민의 얼굴과 감정을 가진 부처님이 더욱더 인간에게 정겨운 부처님이 아닐까? 가장 인간적인 표정으로 희로애락을 가진 한국 토속적인 부처님이 우리들의 진정한 부처님일 것이다.

라이안의 처녀

　여름방학이 시작하기 전 어느 일요일 오후였다. 민은 집에 있기에 무료함을 느꼈으나 별다른 재미있는 일이 없었다. 그런 경우에는 그는 주로 무작정 걷곤 하였다. 그날도 이것저것 보면서 천천히 정처 없이 도로 위를 걸었다. 걸으면 생각이 정리되고 혹 풀리지 않는 문제가 있더라도 골똘히 생각할 수 있는 시간도 생기고 누구의 간섭 없이 홀로 집중을 할 수 있어 좋았다. 그날은 특별히 민을 괴롭히는 고민거리는 없었지만, 오직 그 자신의 세계에서 이리저리 몸과 생각을 맡기며 걸어가던 중 그는 어느 조그맣고 오래된 극장 앞에 서 있게 되었다. 그 극장은 너무나 오래되어 주위에는 거의 사람이 없었으며 시내의 번잡함과는 거리가 먼 위치에 있어 조용하고도 을씨년스런 모습이었다. 극장 건물 앞면에는 삼류 화가가 그린 영화 홍보물 그림이 몇 가지 원색으로 그려져 걸려 있었다. 주로 푸르고 붉은색으로 그려진 간판과 같은 그림에는 우람한 말과 선정적인 몸매의 처녀를 그리고 배경으로는 떡갈나무가 우거진 숲

117

이 그려져 있었다.

　민은 호기심을 느껴 영화를 보기로 하였다. 그는 고등학교 올라온 후는 영화를 본 적도 없고 더는 걷기도 힘들 정도로 지쳐 있었기 때문이었다. 영화 입장료가 일반 다른 영화관보다 반 이상 저렴하였다. 이유는 그 영화는 개봉 영화도 아니고 최근 인기가 있던 영화도 아니었고 이미 한물간 묵은 외국 영화의 필름으로밖에 지나지 않았기 때문이었다. 영화 제목은 〈라이언의 처녀(Ryan's Daughter)〉로 영국 영화이었다. 처음 들어보는 영화 제목이었고 내용이 무엇인지도 전혀 몰랐다. 고등학생 관람 불가라고 적혀 있어 민은 약간 망설였지만, 주위에 아무도 없고 내용이 에로물같이 보이지 않아 그냥 표를 구해 조용한 발걸음으로 칙칙하고 음산한 계단을 따라 이 층으로 올라갔다. 큰 문을 열고 들어서니 영화의 사운드와 함께 컴컴한 실내 분위기에 압도되어 다소 어깨가 움츠러들었다. 고개를 들고 주위를 두리번거리며 조심스레 살피며 어디에 앉을까 고민하다 뒤쪽 좌측의 조용한 구석에 몸을 맡겼다. 먼저 스크린을 보지 않고 얼마의 관객이 있는지 어둠 속에 확대된 눈동자로 세어보니 어림잡아 약 열사람 내외로 띄엄띄엄 자리에 앉아 있었다. 그 사람들의 뒷모습은 좀 어두운 계통의 옷을 입은 약간 나이 든 분들로 보였다. 몇 분은 졸고 있는 듯하였다. 다소 마음의 위안이 되었다. 누구의 눈치도 볼 필요 없이 그냥 피곤한 몸을 의자에 푹 빠져 영화를 감상하다 그도 졸리면 편하게 자면 되는 것이다.

영화가 막 시작하자마자 절벽에서 떨어지는 우산의 장면이 민의 눈을 확 사로잡았다. 너무나 애잔하고 아름다운 풍경이었다. 한 번도 보지 못한 아일랜드의 풍광과 절벽 해안가 경치가 눈물이 날 정도로 아름다웠다. 거의 3시간의 긴 대작이지만 순간마다 한마디로 숨이 막힐 정도의 미(美)적 장면으로 이어졌다. 민은 쿵쿵거리는 심장을 움켜쥐고 한 장면 한 장면을 놓치지 않고 보았다. 아일랜드 해변 중심으로 자연의 아름다움도 아름다움이지만 여주인공인 로지 역을 맡은 '사라 마일즈' 배우의 아름다운 몸매와 눈망울은 눈부실 정도였다. 강렬한 서정미가 가슴에 벅차올랐다. 어떻게 이렇게 고혹적인 영화를 만들 수 있단 말인가. 자연보다 더 아름다운 것을 영화의 스크린에서 잡아내다니 너무나 놀라웠고 '데이비드 린' 감독의 예술성에 감탄하였다. 아일랜드 여자로서 젊은 영국인 소령과 이루지 못할 사랑은 너무나 애잔하면서도 아름다웠다. 도리안 소령의 애수에 찬 눈빛과 잔잔한 표정은 그의 가슴에 영원히 남아있을 것 같았다. 소령 역을 맡은 '그리스토퍼 존스'는 어떤 연유인지 모르지만, 그 후 어떤 영화에도 모습을 보이지 않았다고 한다. 여주인공이 알몸으로 말을 타고 가는 장면과 숲속에서의 밀애는 다소 에로틱한 장면이지만 민에게는 숨 막히는 아름다움으로 다가왔다.

사랑이라는 거창한 단어로 포장된 테마와 함께 여자에 대한 아름다움과 성에 대한 호기심이 강하게 용솟아 올랐다. 사랑에 있어 정신적인 사랑과 육체적인 사랑의 구분은 어딜까? 대부분의 사람이 정신적인 사랑이 고귀하다고 말하는데 과연 그럴까? 그것은 인간이 가지고 있는 여러 가지 감정의 일부에 지나지 않을 수도 있다. 예를 들면 이성에 대한 호감이나 관심 그리고 외로움을 채워줄 인간애(人間愛), 인간의 근원적인 보호 본능 등이 사랑이라는 큰 단어에 녹아 있는 것처럼. 아름다운 육체적인 사랑이 좀 더 사랑이라는 단어에 가깝지 않을까? 인간의 본능으로 몸과 감정이 흘러가는 대로 사랑을 하면 되는 것이다. 동물의 사랑은 종족 번식의 저차원적인 짝지기라 말할 수도 있지만, 우리 인간도 한 동물로서 종속 번식이 가장 강한 동물이다. 민은 영화를 본 감동과 자연과 사람의 아름다움을 마음속에 느끼면서 집으로 다시 발걸음을 옮겼다. 어둠이 내리기 시작하였다.

집으로 향하는 골목길에 접어들고 어둑어둑했지만 익숙한 길이라 아무 생각 없이 걷는데 잔잔한 피아노 소리가 들렸다. 주위가 너무 조용하고 어둠이 내리는 시각이라 그 피아노 소리는 너무나 맑고 애잔하였다. 곡은 〈엘리제를 위하여〉라는 곡이었다. 괴팍한 성격과 형편없는 외모를 지닌 베토벤이 연이은 청혼에 실패하자 새롭게 결혼을 해보고자 이 곡을 적었다고 한다. 민은 여태껏 이 골목길에서 피아노 연주를 들어본 적이 없었다. 음악은 그의 마음을 애잔하게 만들었다. 오늘은 왜 이리도 애잔한 아름다움의 연속일까? 눈으로 귀로 그리고 마음으로 마음껏 아름다움을 오후 내내 느끼고 취하였다. 하지만 마음속 한편으로는 알 수 없는 슬픔이 함께하였다. 그는 자연히 그 피아노 소리를 따라 발걸음을 조심스레 옮겼다. 그 피아노 소리는 바로 그의 뒷집에서 흘러나오고 있었다.

며칠 전 새로 이사 온 그 뒷집이었다. 그는 급히 집으로 들어가 이 층으로 올라갔다. 민의 집은 조그마한 양옥 이층집으로 베란다가 있어 뒷집을 볼 수 있는 구조였다. 조심스레 숨을 죽이고 몸을 비스듬히 하고 뒷집을 내려다보았다. 뒷집은 단층의 양옥 주택으로 조각만 한 앞뜰이 있고 집 구조는 중간에 거실이 있고 그가 바라보는 방향으로 작은방이 있었다. 한 소녀가 그 작은방에서 피아노 연주를 하고 있었다. 다른 사람의 인기척은 느껴지지 않았다. 하늘엔 보름달이 서서히 떠오르고 만남의 이 순간을 위해 은은한 빛을 땅 위에 내려주기 시작하였다. 민은 그 소녀의 얼굴을 보니 그와 같은 또래의 고등학교 1, 2학년 정도라고 생각했다. 얼굴을 정면으로 바라볼 수는 없었지만 너무나 곱고 아름다운 얼굴이었다. 달빛 아래서 보는 여인의 얼굴은 신비감을 머금고 있었다. 그녀의 옆모습이지만 눈매와 콧등은 너무나 미(美)적 조화를 이루고 있었다. 앞뜰은 어둠이 내리고 열어둔 창문 사이로 환한 백열등 광선이 잔잔히 품어져 나오고 있었다. 어둠과 백열등 사이에서 보이는 그녀의 피부는 백옥같이 희었다. 가냘픈 어깨선으로 사뿐히 스치는 머리카락과 간혹 드러나는 그녀의 목덜미는 민을 완전히 넋을 잃게 했다. 그 소녀는 민이 동경하던 천사의 모습으로 보였다. 그 천사가 그를 향해 애절한 사랑의 소나타를 연주하고 있는 것이다. 민에게 사랑을 고백하고 있는 것이다. 그녀가 바로 '엘리제'였다. 그 순간의 감동은 영원히 잊을 수가 없을 것 같았다.

민은 어릴 적 꽃밭에서 천사를 본 이후 오늘 다시 천사를 만난 것이다. 작은 지팡이를 들고 그 앞에서 춤추다 사라진 작은 천사가 그동안 어디에 꼭꼭 숨어 있다가 오늘 불쑥 커 버린 여인의 모습으로 그에게 나타나 너무나 아름다운 음악을 선물하고 있는 것 같았다. 그의 방으로 돌아온 민은 한동안 흥분으로 감정을 억제하지 못했다. 오늘은 너무나 많은 것을 보았다. 고등학생 관람 불가인 영화 〈라이언의 처녀〉를 보고 자연과 여인의 아름다움에 너무 놀라 감명을 가슴에 품은 채, 바로 뒷집에서 그가 그동안 동경했던 천사와 같은 소녀를 만나다니 이 모든 것이 꿈만 같았다.

생각해 보니 며칠 전 뒷집은 새로 이사를 왔다. 그렇게 아름다운 소녀가 같이 왔다니 도저히 믿기가 힘들었다. 그 소녀의 가냘픈 모습이 떠오르고 가슴이 마구 뛰기 시작하였다. 누가 더 예쁠까? 영화 속의 여주인공인 '사라 마일즈'가 예쁠까? 바로 뒷집의 이름도 모르는 소녀가 더 예쁠까? 그의 머릿속에는 두 여인의 눈과 눈망울, 코와 입, 그리고 블론드 색깔의 머리칼과 부드러운 까만색의 머리카락들로 온통 뒤엉켜 흥분을 억제하지 못했다. 다시 보고픈 마음의 격정을 다스리며 차분히 시상(詩想)을 다듬어 시를 적어 보았다.

널 볼 수가 있다면

살아가면서 널 볼 수가 있다면
봄날 따스한 햇살 아래서도 좋고
겨울밤 차가운 빗속이라도 좋다.

널 볼 수 있는 눈동자가 있어
널 느낄 수 있는 심장이 있어
난 살아가는 행복을 느낀다.

서로가 서로를 바라보며
너의 아름다움이 나의 눈동자를 타고 들어와
나의 심장에 사랑의 불꽃을 피울 때

그 사랑의 불꽃은 너에게로 다가가
생명의 아름다움을 꽃 피우고
사랑의 축제가 시작된다.

민은 한참을 뒤척거리다 잠이 들었다. 어떤 여인이 그의 깊은 꿈
속에 나와 그를 품기 시작하였다. 그 여인은 영화의 여주인공 로지
였다. 풍만한 가슴과 따뜻한 손길로 다가왔다. 그 손길은 욕정에

사로잡힌 듯 점차 불같이 뜨거워지기 시작하고 민은 두려움과 열기와 환희로 몸부림쳤다. 순간 그 여인은 뒷집 소녀로 바뀌어 있었다. 차분한 미소를 머금으며 그의 머리를 쓰다듬어 주었다. 손길은 너무나 부드럽고 따뜻했다. 그는 그대로 그녀 가슴에 머리를 파묻고 울고 있었다. 한참을 울다가 잠이 든 것 같다. 꿈속에서 다시 잠든 것이다. 몽롱한 기분을 느끼다 순간 눈을 뜨고 고개를 들어 보니 그녀는 사라지고 그를 안고 있는 사람은 그의 어머니 얼굴이었다.

혼란스러웠다. 그를 안아준 사람은 과연 누구인가? 〈라이언의 처녀〉 영화에 나오는 로지인가 아니면 뒷집 소녀인가 아니면 그의 어머니인가? 세 여자 사이에서 그가 갈구하는 이상형은 누구인가? 요염하고 아름다운 육체를 가진 금발의 여인 로지인가 아니면 천사로 여겨지는 뒷집 소녀인가 아니면 그를 보살펴 주고 한없이 사랑하는 그의 어머니인가 아마도 그 모두를 원하는 것은 아닐까? 그렇다. 그는 남자로서 그 세 가지를 갖춘 여자를 원했던 것이다. 민은 그동안 그가 원하는 여자의 이상형에 대해 생각해 본 적이 없었다. 그는 현실이 아닌 꿈속에서 진정으로 그가 원하는 여인상을 만난 것이다. 그는 아직 완전한 성인은 아니지만, 비로소 이성(異性)에 대해 눈을 뜨고 아름다운 여인을 갈구하게 되었다.

그날 이후 민의 남성 호르몬은 급격히 솟아나오며 몸의 변화가 생기기 시작하였다. 수염도 빠른 속도로 자라고 몸의 골격이 단단해지고 목소리도 무게감 있는 저음으로 변하고 상체는 어깨를 중심으로 삼각형 모양을 보이기 시작하였다. 하지만 그날 이후 민의 머릿속은 너무나 갈등과 번뇌로 불타오르기 시작하였다. 점차 더워지는 여름이 다가오면서 그는 주위에서 자극적으로 노출된 여자의 살결을 보면 야릇한 기분을 느꼈지만, 전혀 내색하지 않았다. 무작정 억제하고 자책하였다. 하지만 그런 날은 어김없이 꿈속에 세 여인이 나타나 그를 안아주고 살포시 키스해 주었다. 그것이 황홀한 때도 있지만 대체로 그의 마음의 갈등을 증폭시키고 그를 끊임없이 괴롭히고 있었다. 민은 영원히 그 굴레에서 빠져나오지 못할 것 같은 무서움에 그는 더욱더 괴로움에 빠져들곤 하였다. 그의 인생에 세 여인의 꿈속 비밀이 쌓여 현실 세계에서는 누구와도 사랑을 하지 못할 것 같았다. 그런 현실에서의 사랑은 세 여인에 대한 배신이요 또한 현실의 여자에 대해 꿈속의 비밀로 인해 떳떳지 못한 죄의식을 가지게 될 것이 분명하기 때문이었다.

그날 이후 민은 뒷집 소녀를 '엘리제'라 부르기로 했다. 만나본 적도 없고 말도 나눈 적도 없지만, 그는 그 소녀의 이름을 엘리제라 부르며 막연한 그리움을 가졌다. 엘리제의 실제 이름은 무엇일까? 이름도 궁금하기도 했지만 목소리도 듣고 싶었다. 하지만 알 길이 전혀 없었다. 민은 여자 앞에서는 전혀 숫기가 없고 말을 걸 용기조차 없었다. 불붙기 시작한 그 소녀에 대한 관심과 호기심, 때론 욕정이 민을 매일 밤 괴롭혔다. 그날 이후 며칠간 전혀 피아노 소리가 들리지 않았다. 〈엘리제를 위하여〉라는 피아노 연주를 다시 듣고 싶었다. 궁금증이 생기기도 하고 그 소녀를 다시 보고 싶기도 하여 마음에 내키지는 않았지만, 다시 이 층 발코니를 돌아 뒷집을 엿볼 수 있는 자리로 갔다. 물론 저녁이 되어 어둑해지고 곧 캄캄한 밤이 되는 그 경계선의 시각에 민은 뒷집 그 소녀의 방을 다시 훔쳐보았다. 소녀는 샤워하였는지 수건으로 머리를 다듬고 있었다. 너무나 아름답고 매혹적인 모습이었다. 여자의 그런 모습을 본 적이 없었다. 물론 가족 사이에서 그런 경우는 있었지만 그건 아무런 감정 없이 바라보는 드라이나 수건으로 머리칼을 말리는 단순한 과정이었을 뿐이었다. 한데 지금 눈앞에서 보이는 저 모습은 이상하게 민을 매료시키기에 충분히 아름답고 신비로워 보였다. 찰랑거리는 머리칼과 윤기가 넘치는 머릿결, 그리고 수건을 틀면서 나오는 작은 물기의 수증기가 그를 얼음처럼 굳게 만들었다. 무슨 샴푸를 사용하였는지 모르겠지만 초여름의 저녁 잔잔히 흐르는 공기를 타고 샴푸의 향이 그의 후각을 자극하기 시작하였다. 아니 그것은 그의 상상이 만들어 낸 향일 수도 있다. 그의 머릿속 밑바닥에 깊숙이 간직된 향의 냄새이었다. 이날을 위해 고이고이 간직한 채 묻어두었던 향이었다. 그녀의 고개 숙인 한쪽 어깨 사이로 살짝 보이는 부드러운 피부는 너무나 숨 막힐 정도의 자극적인 부드러움으로 그가 훔쳐본 것 자체가 마치 큰 범죄를 저지른 듯 양심의 가책을 받지 않을 수가 없었다.

민은 순간 그 자리를 비켜나야 한다고 생각했다. 도저히 이렇게 엿보는 행위가 스스로 용납이 되지 않았다. 민은 조용히 그의 방으로 돌아왔다. 조금 전의 모든 감정을 차분히 억누르니 그의 마음속에 하나의 큰 의문점이 생기며 혼자 중얼거렸다.

"엘리제는 나의 존재를 알까?"

아마도 느낌으로 알고 있을지도 모른다. 여자의 감각보다 더 뛰어난 감각은 없다. 특히 남자에 대한 여자의 감각은 인간의 어떤 감각보다 월등히 뛰어난 것이다. 어떤 때는 무의식적으로 느낄 수도 있을 것이다. 엘리제는 눈으로 민을 직접 보지는 못했지만, 육감으로 누군가가 자기를 본다는 것을 어렴풋이 느낄 수도 있을 것이다. 그런 것을 느끼는 순간 여자는 점차 아름다워진다. 본능적으로 이성을 찾고 이성의 관심을 끄는 것은 남자 여자 모두 동일하지 않을까? 남자는 여자를 여자답게, 여자는 남자를 남자답게 만드는 것이다. 점차 더워지는 민의 이층 방에서 그는 엘리제를 위한 노래를 머릿속에서 부르며 상상의 나래를 폈다. 익어가는 밤에 높이 떠오른 둥근 달을 보면서 그는 깊은 산속 고요한 밤에 달을 보고 외로이 울부짖는 늑대의 모습으로 변하였다. 그날 밤 민은 여지없이 그 소녀의 꿈을 꾸었다. 홀로 외로이 나체로 나타나 그에게로 다가왔다. 그의 손을 잡으며 한 송이의 장미를 건네주었다. 눈이 타오를 정도로 붉고 붉은 막 피어난 장미 한 송이를 받아든 순간 장미 가시에 찔려 그는 붉은 피를 토하며 오열하기 시작하였다. 그런 자신을 보면서 그는 꿈속에서 자작시를 읊어 나가기 시작하였다. 엘리제와 장미 그리고 그 자신을 엮어주는 붉은 색깔의 시를.

엘리제의 장미

너를 보는 순간
너는 나의 몸 깊숙이 들어와
눈 시리운 붉은색과 향기를 뿜으며
날카로운 가시로 나를 찌르네.

색과 향기와 가시에 중독된 난
정욕의 늪으로 빠지네.
너의 몸으로 변신한 난
푸른 숲속에서 그리운 여인을 찾아 헤매네.

쏟아지는 햇살과 산들바람을
맞으며 여인을 유혹하고
진한 사랑과 날카로운 가시로
그녀의 마음에 붉은 장미 문신을 새긴다.

붉은 태양의 이글거림에
몸부림치다 새벽녘에는
이별의 눈물이 이슬이 되어
신성한 대지를 물들인다.

민은 더는 엘리제를 가슴속 깊은 곳에 묻고 생각을 하지 않으려고 노력했다. 혼자만의 열병으로 엘리제에 빠져들면 그는 그대로 무너질 것 같았다. 뭐라고 표현할 수 없는 감정이지만 호연지기를 부르짖으며 엘리제를 잊으려고 발버둥 쳤다. 그러던 어느 날 민에게 쪽지가 왔다. 그 쪽지는 예쁜 메모지에 쓴 글이지만 필체가 힘이 있어 보였다. 호연의 글이었다.

"요즘 너 이상하다. 잠시 매점으로 올래? From HY"

민은 발걸음을 옮겨 매점에 들어서니 호연이가 빵과 우유를 사 놓고 기다리고 있었다. 호연이는 항상 무일푼이었는데 이렇게 빵과 우유를 사다니 그저 놀라울 뿐이었다. 한편으로 너무나 고마운 마음이 들었다.

"웬일이야? 그리고 네가 무슨 돈이 있다고 이렇게 빵과 우유를 사나?"

"어제 알바하고 돈이 좀 생겨서… 부담 갖지 말고 먹어라. 요즘 너의 얼굴이 영 말이 아니라서…. 무슨 일이 있나?"

누구도 알아보지 못한 민의 마음의 갈등과 혼란을 호연만이 눈치를 챈 것이었다. 자신도 모르고 있었지만, 그의 혼란스러운 마음이 얼굴과 행동에 나타난 모양이었다. 민은 처음에는 수줍어 발뺌을 뺐다.

"무슨 일이긴… 별일 없어."

"민아, 내 눈은 못 속여. 분명 너는 마음속에 커다란 고민이 있는 거야. 그렇지 않고는 이렇게 너의 얼굴이 어둡게 보일 리가 없어."

호연이는 너무나 단호하게 말을 했다. 민은 부인할 수도 없고 하고 싶지도 않았다. 누구에겐가 속 시원히 그의 혼란을 털어놓고 싶은 생각도 들었던 것이다. 말하고 나면 속이 후련해질 것 같았다. 그리고 호연이는 그와 의기투합하여 은밀하게 야간수업을 탈출하여 막걸리를 나눈 친구이지 않은가.

민은 그동안 있었던 이야기를 차분히 허심탄회하게 해주었다. 처음에는 사건 중심으로 고등학교 관람 불가인 영화 〈라이언의 처녀〉를 본 일부터 그날 밤 뒷집 소녀의 음악을 들었던 기분과 이름 모를 소녀의 이름을 엘리제라 지어주고 매일 밤 꿈속에서 엘리제를 만난다는 것을 이야기했다. 이어 민은 그의 마음의 갈등과 여인에 대한 그리움인지 욕정인지 사랑인지는 모르겠지만 주체할 수 없는 감정들로 생활이 혼란하다는 것을 솔직히 털어놓았다. 호연이는 아무 말 없이 그냥 민의 마음속 이야기가 끝날 때까지 진지하게 들었다. 그리곤 말문을 열었다.

"엘리제는 예뻐?"

호연이의 너무나 의외의 첫 질문에 그는 당황했지만 애써 감추며 답변하길,

"그래…. 내 눈에는 너무나 아름다워. 내가 어릴 적 본 적 있는 천사처럼."

"그래 그러면 너의 마음을 고백해."

"뭐라고? 난 아직 그래 본 적도 없고 어떻게 하는지도 몰라…."

"우린 남자야. 여자에게 사랑을 고백할 수 있는 용기를 가진 남

자만이 미인을 가질 수 있어. 너는 지금 그 소녀에 대한 사랑이 싹 트고 있는 거야."

민의 머릿속 모든 혼란은 결국은 호연이가 말하는 사랑 때문인가? 그는 사랑이라는 단어에 대해 생각해 보았다. 막연히 이성에 대한 호기심과 좋아하는 감정은 가지지만 그런 감정이 소위 말하는 사랑이라고 감히 말하지 못했다. 사랑의 개념은 무엇일까? 많이 생각하고 사모하는 것일까? 사랑이라는 단어가 혹 사량(思量)이 아닐까? 생각의 양인 것이다. 그렇게 본다면 민은 뒷집 소녀에 대해 사랑이 싹튼다는 호연이의 말이 맞는지도 모른다. 심지어 꿈속에서도 그 소녀를 생각하고 있지 않은가? 심지어 학교 수업 시간에도 그 소녀의 옆모습을 떠올리곤 한 적이 있다. 민은 속으로 생각하다 말을 이었다.

"그럴지도 모르지…. 허나 고백하고 싶지는 않아. 아직 나의 감정이 정리되지 않았고 나의 마음은 안개 속을 걸어가듯이 가야 할 길을 정하지 못한 상태라고 할까? 나는 좀 더 나의 마음이 가는 길을 보고 싶어. 여성에게 고백한다는 것은 너무나 나에게는 큰 중압감이고 책임감이 앞서."

호연이는 물끄러미 그를 쳐다보면서 그의 의식 세계의 흐름을 감지하는 것 같았다.

"민, 너는 지금 우리들이 느낄 수 있는 가장 아름다운 고민을 하는 거란다. 이런 순수한 감정은 일생에 몇 번 찾아오지 않을 거야. 이런 감정을 느낄 수 있다는 것은 우리 젊은이들의 특권이니 마음껏 즐겼으면 해. 한편으론 혼란을 느끼고 질풍노도와 같은 감정에 괴로울 때도 있겠지만 이 모든 것은 결국 아름다운 거야."

그날 밤 민은 그 소녀를 보고 싶은 마음에 다시 베란다를 나가 그녀를 훔쳐보고 싶었다. 하지만 꾹 참았다. 무작정 참았다. 남자가 할 일이 아니라 생각했다. 사랑에 대해 생각을 하기 시작했다. 순수한 감정이지만 분명히 상대가 있기에 상대의 감정도 배려하고 나름의 책임감도 있어야 한다고 여겼다. 사랑에 있어 인간의 순수한 감정이 최우선이고 다른 무엇도 개입되어서는 안 된다는 이야기도 있지만, 그것은 너무나 이상적이고 이기적인 면도 있는 것 같았다. 순수한 마음도 키우면서 그 마음의 크기와 진실성이 느껴질 때 그 소녀에게 다가가리라. 그리고 말하리라, 보고 싶었다고, 진실한 눈빛과 목소리로 그 소녀에게 다가가리라. 그날 밤 꿈속에 어김없이 그 소녀가 나타났다. 야릇한 미소를 머금은 채 그에게 손짓하였다. 그는 그 소녀에게 다가가려고 하였지만, 몸은 꼼짝을 못하고 안타까운 마음만 커질 뿐이었다. 그녀가 약간씩 그에게로 한발 한발 다가오다 갑자기 허공으로 사라져 버렸다. 민은 꿈속이었지만 엘리제를 외치며 그 소녀를 찾아 헤맬 뿐이었다.

며칠이 지난 어느 날 호연이는 그에게 쪽지를 보내왔다.
"민, 오늘 밤 우리 외박할까?"
너무나 도발적인 제안이었다. 그동안 민은 일상적인 학교생활 동안 별도로 외박을 한 적은 없었다. 호연이는 이미 그날 다른 친구와 외박이 잡혀 있었다. 다음날이 학교 개교기념일로 휴일이었기에 너무나 적당한 시점이었다. 외박할 곳은 같은 반 친구 '성욱'의 집이었다. 성욱이는 말이 별로 없지만 나름의 매력이 있는 친구로 민도 관심을 가지고 지켜보는 중이었다. 성욱이는 매사에 집중력이 강하고 공부도 잘하는 친구였다. 하지만 성욱이의 관심사와 정신세계는 알 길이 없었다. 민은 성욱이에 대해 알고 싶기도 하고 그동안 엘리제에 대한 정신적 속박에서 훨훨 탈출하고픈 생각으로 흔쾌히 수락하였다.

그들 세 명은 어두워지는 밤거리를 헤치며 힘찬 발걸음으로 성욱이의 집으로 향했다. 성욱이의 집은 아담하고 조용한 주택이었다. 성욱이 어머님께서는 그들을 따뜻이 반겨주시고 성심껏 따뜻한 쌀밥으로 저녁을 마련해 주셨다. 너무나 맛있었다. 오랜만에 밖에서 먹어보는 새로운 맛이었다. 그는 염치 불고하고 밥을 한 공기 더 먹었다. 방으로 돌아와서는 바닥에 세 명이 같이 누워 배부른 포만감을 즐겼다. 한참 있다가 성욱이는 슬그머니 방을 나가 술과 과일을 가지고 왔다. 술은 집에서 담근 과일주라고 하였다. 세 명은 작은 방 중심에 자리를 잡고 조그마한 술상을 중간에 놓고 둘러앉았다. 작은 술잔이지만 붉은색의 과일주를 그득 채우고 모두 건배를 하였다.

"건배!"

작지만 엄숙한 목소리로 건배를 한 후 첫 잔을 마셨다. 입에서부터 식도를 따라 천천히 흘러내리는 과일주는 그야말로 일품이었다.

향(香)과 색(色) 그리고 맛이 어울려 그야말로 그 방의 분위기를 최고조로 끌어 올렸다. 술의 향과 우정의 꽃으로 모두가 도취되기 시작하였다.

그들은 엘피판으로 음악을 듣기 시작하였다. 첫 곡은 폴모리 악단(Paul Mauriat)의 경음악 〈눈이 내리네(Tombe La Neige)〉. 말로 표현할 수 없을 정도로 아름다운 음악이었다. 마음에 눈이 쌓이고 이 세상이 티끌 하나 없는 아름다운 백색으로 변하였다. 우정이라는 글이 그 하얀 눈 위에 새겨지는 것 같았다. 그리고 영원히 녹지 않고 세월이 갈수록 더욱더 단단해질 것 같았다. 어떤 시련이 와도 어떤 불길이 와도 한번 남자로서 새긴 우정은 변치 않을 것 같았다. 그들은 그날 밤 결코 우정이란 말을 꺼낸 적이 없다. 우정이란 결코 세 치 혓바닥으로 맺어지는 것이 아니라는 것을 마음으로 느꼈기 때문이리라. 남자의 가슴속 깊은 곳에서 우러나오는 감정의 결합만이 우정을 만들 수 있기 때문이다. 한번 품은 우정의 감정이 오래가길 스스로 다짐하고 또 다짐하였다.

한 잔 한 잔 술을 마시며 그들은 엘피판으로 무디블루스(Moody Blues)의 〈멜랑콜리맨(Melancholy Man)〉을 들었다. 술에 적당히 취하면서 듣는 이 음악은 그의 마음을 송두리째 빼앗았다. 가사와 곡조는 민의 마음을 너무나 정확히 표현하고 있었다. 그동안 얼마나 그는 외로웠던가? 그는 홀로 우주와 이 세상의 무언가를 찾기 위해 얼마나 헤매고 다녔던가? 한마디로 그는 우울한 것이었다. 우울할 때는 더 우울한 음악과 책을 보고 그 자신을 치료해야 한다. 마음이 열리고 그 자신의 내면이 속속들이 들여다보이는 것 같았다. 청명한 하늘 사이로 보이는 잘 익은 감처럼 그의 마음이 선명한 색깔을 띤 채 나타났다. 앞으로 민은 이 우울한 사내처럼 이 우울한 곡을 들으며 살아가리라. 우울한 것이 결코 불행한 것이 아니다. 우울한 마음을 진정 느낄 수 있어야 인생의 행복과 기쁨의 의미를 알 수 있으리라. 얼마나 많은 허구적인 웃음과 값싼 행복에 많은 사람이 진정한 인생을 낭비하고 있는가?

그들은 연이어 아름다운 기타반주로 시작하는 닐 다이아몬드 (Neil Diamond)의 〈솔리타리맨(Solitary Man)〉을 들으며 외로운 늑대가 되어 거친 광야를 헤매곤 하였다. 앞으로는 그들은 결코 혼자가 아닐 것이다. 우정을 나누며 철학을 나누며 외로움을 나누며 슬픔을 나누며 기쁨을 나누며 술을 나누며 인생을 살아갈 것이다.

단 한 번뿐인 인생이다. 인간답게 인생을 음미하며 가볍지 않게, 하나 너무 힘들고 무겁게 살지는 않을 것이다. 항상 민의 머릿속에 남아있는 화두 '나는 누구인가?'로 시작하여 마지막 질문 '어떻게 살아야 하는가?'에 대해 이제 그는 허심탄회하게 밤새워 토론할 친구를 만난 것 같아 흥분된 기분으로 술과 음악에 점차 도취되기 시작하였다. 서로가 말을 많이 하지는 않았다. 그냥 엷지만 따뜻한 미소만 보일 뿐 결코 쉽게 입을 열지 않았다. 그들은 지금 입을 열지 않고 마음을 열고 있었다. 우정이라는 마음과 갈구하는 열정과 젊음이라는 푸른 색깔을 마음껏 발산하고 있었다. 묵직한 동작으로 주전자에 담긴 술을 친구의 잔에 그득 채워주곤 하였다.

나폴리 민요로 커티스(Curtis) 형제가 작곡, 작사하고 테너 가수인 파바로티가 부르는 〈돌아와요 소렌토(Torna A Surriento)〉가 흘러나오고 그들은 애잔한 멜로디에 말없이 빠져들었다. 소렌토라는 이름 자체가 얼마나 아름다운 이름인가. 그 항구는 얼마나 눈부시고 아름다울까? 하지만 옛날 그 항구에서 많은 이탈리아 사람들이 이민을 떠났다고 하니 이탈리아 사람의 마음속에는 〈돌아와요 소렌토〉가 얼마나 향수가 담긴 슬프고 애절한 노래였을까? 민은 언젠가 반드시 그 항구에 가서 이 노래를 들으며 지금의 이 애잔한 기분을 되살리며 이 친구들을 떠올리리라 마음을 먹었다. 성욱이의 집에는 엘피판이 많았다. 아마도 나이 차가 나는 성욱이 형이 모은 것으로 생각되었다. 성욱이는 엘피판을 고르면서 다음과 같이 말을 하였다.

"비슷한 분위기가 나는 곡을 틀어줄까?"

버키 하긴스(Bertie Higgins)가 부른 〈카사블랑카(Casablanca)〉였다. 아프리카에 위치한 모로코 항구인 카사블랑카를 배경으로 한 영화 주제곡이었다. 옛 연인을 그 항구에서 우연히 만나고 다시 떠나보내야만 하는 상황에서 다시 카사블랑카로 돌아와 달라는 애절한 노래였다. 사랑하는 연인과 헤어져야 하는 마음이란 어떤 것일까? 그들 모두는 그런 경험은 없지만, 사랑하는 연인과 헤어질 때의 감정으로 그 노래를 감상하였다. 민은 눈을 감고 은근히 술에 취한 몽롱한 기분으로 가사에 나오는 달콤한 Kiss를 생각하였다. 순간 민은 가슴속의 연인 '엘리제'를 떠올렸다. 보고 싶었다. 비록 아직 한마디 말도 못 했지만 그녀의 옆모습이라도 다시 보고픈 마음이 생겼다. 감미로운 노래가 끝났지만 노래의 여운 속에 오랫동안 눈을 감고 있었다.

〈돌아와요 소렌토〉와 〈카사블랑카〉는 항구를 배경으로 한 노래였다. 모두가 사랑하는 연인과 헤어지고 아름답지만, 이별한 항구의 우수를 담고 있는 것이었다. 우리들의 인생이 항구처럼 사람을 만나고 사랑하고 헤어지는 것이 숙명이거늘. 그 과정에서 기쁨도 있지만, 그 기쁨 속에는 슬픔이 잉태되고 가슴이 찢어지는 이별이 다가오고 있다. 항구의 비린내는 인생의 진정한 향내이고 뱃고동 소리는 인생의 슬픈 멜로디이다. 그들은 태어난 곳이 항구도시인 부산이고 어릴 적부터 부산 앞바다를 보면서 항구의 비린내와 그 뱃고동 소리를 들으며 자랐다. 항구의 우수(憂愁)가 뼛속까지 스며들고 있었다. 그것은 그들의 삶이요 그들의 정서였으며 살아가는 에너지였다. 항상 마음속에, 혓바닥 속에 짠 바닷물 내음이 묻어있었다. 마음속에는 바다에 내려앉는 햇살의 반짝거림이 항상 선명하게 떠오르곤 하였다. 결코 싱겁게 살고 싶은 생각은 없었고 짠물에 물든 인생은 그야말로 짠 소금처럼 화끈한 삶을 이어갈 것이다.

몇 곡의 우수에 잠긴 음악을 들은 후 그들은 술에 취하고 음악에 취하고 우정에 취하여 시간 가는 줄을 몰랐다. 밤은 깊어가고 성욱이의 가족은 모두 잠이 들었는지 불이 꺼지고 조용하였다. 이제는 그들은 음악을 켜지 않고 조용한 목소리로 대화를 하기 시작하였다. 주제는 다양하였다. 학교생활의 사소한 일부터 요즘은 무슨 책을 읽는지, 앞으로 무엇을 진정하고 싶은지, 인생이 무엇인지로 점차 무거운 주제로 넘어가며 이거저거 이야기하였다. 토론 형식은 아니고 그냥 한마디씩 각자 평소에 생각한 부분을 부담 없이 주고받았다. 비록 가벼운 이야기이지만 호연과 성욱이의 이야기에는 나름대로 내공이 있고 고민의 흔적이 담겨있었다.

민은 그동안 밤새워 치열하게 고민했지만, 영원히 풀지 못할 인생의 근원적인 질문들을 이 친구들도 가슴속에 품고 고민을 하고 있다고 생각을 하였다. 그는 외롭지 않았다. 앞으로도 같이 고민하고 같이 느끼며 주어진 삶을 같이할 것을 생각하니 마음이 든든하였다. 민이 보지 못하는 부분을 그 친구들을 통해 볼 것이며 그 친구들에게 그의 생각과 철학을 여지없이 순수한 모습으로 보여줄 것이다. 정립된 철학과 순수한 마음을 서로가 서로에게 보여준다면 그들은 진정 우정이라는 큰 성(城)을 쌓을 수가 있을 것이다. 그들은 때론 심각하게 때론 웃으며 때론 사랑스러운 눈길을 주고받으며 그날 밤의 추억을 쌓으며 새벽을 맞이하고 있었다.

민은 누워 창문 너머로 빛을 잃어가는 샛별을 바라보면서 마음속에 깊이 새긴 '호연지기(浩然之氣)'를 생각하였다. 삼국지에 나오는 유비 관우 장비처럼 한번 맹세한 우정의 약속은 죽을 때까지 변치 않고 지키리라 다짐했다. 그의 가슴을 뜨겁게 하고 벅차오르는 남자의 큰 우정으로 살아가리라. 민이 삼국지 책에서 보았던 멋, 의리, 그리고 의연함을 이 친구들과 평생 나누리라. 민은 그들과 함께 이천 년 전, 중국 땅에서 큰 칼과 창을 휘두르는 우람한 장군이 되어 무쇠 같은 팔뚝과 휘날리는 수염을 다듬으며 전장에 나가, 천하를 도모하는 모습이 상상 속에 그려졌다. 흐뭇하고 가슴 벅찬 하루였다.

현우 형으로부터 그에게 연락이 다시 온 것은 형과 헤어진 후 몇 개월이 지난 어느 날이었다.

"민, 잘 지냈니?"

"형 오랜만이야. 어떻게 지냈어? 몹시 궁금했어요."

"그럭저럭, 너에게 부탁할 일이 있어서. 너에게 전에 말했듯이 그 나쁜 녀석과 결투를 하기로 했어. 유치한 싸움이 아니고 정식 결투를 하기로 했어. 순전히 주먹으로만. 남자 대 남자로. 고민 끝에 선택한 이 방법만이 나에게 남은 그 녀석에 대한 감정이 정리될 것같아서. 그 녀석도 흔쾌히 수락했고. 장소와 시간은 너의 집 근처 초등학교에서 다가오는 일요일 저녁 6시에 하기로 했어. 한데 각자 한 명씩 증인을 데려오기로 했어. 싸움의 공정성과 결과를 보기 위해서. 네가 이번 결투의 증인이 되어주었으면 하네."

형은 너무나 차분한 목소리로 말하였다. 민은 결투라는 말에 덜컹 가슴이 내려앉았지만, 한편으론 너무나 다행이라 생각하였다. 마지막 현우 형과 만남에서 그는 현우 형이 사람을 해치는 범죄를 저지를까 걱정을 했는데 이젠 남자 대 남자의 신성한 결투이다.

"형, 좋아! 기꺼이 증인으로 나갈게. 단 형이 반드시 이겨야만 해!"

민은 힘주어 말했다. 일요일 저녁 그는 약속된 초등학교로 갔다. 학교 뒤편 공터에 모두 모였다. 형은 차분한 얼굴로 미소를 띠며 민을 맞이해 주었다. 가벼운 운동복 복장에 운동화를 신고, 모자를 푹 눌러쓰고 있었다. 상대편은 인상부터가 좋지 않았다. 눈빛이 범죄자의 눈빛을 띠고 있었다. 가소롭다는 듯이 그를 보고 씩 웃었다. 몸은 비대했고 팔뚝은 굵었다. 얼룩덜룩한 남방을 걸치고 헐렁한 바지를 입고 있었다. 깡패가 데리고 온 증인은 몸은 왜소하나 날카로워 보였다. 그가 데리고 다니는 부하인 듯 보였다. 역시 불량기가 넘치고 있었다. 공터 주위에는 아무도 없었다. 어둠이 조용히 내리고 있었다. 결투하기엔 너무나 좋은 시각이었다. 현우 형이 말하였다.

"이번 결투는 남자 대 남자의 결투다. 그리고 이번 한 번의 결투로 끝낸다. 재결투는 없다. 상대편이 쓰러지거나 패배를 인정하면 결투는 끝난다. 혹 이번 결투에서 다치는 경우가 있더라도 결코 배상을 청구하거나 경찰에 신고하거나 하는 일은 없기로 한다. 지켜보는 두 명이 이 결투의 증인이 되어줄 것이다."

상대편도 인정하며 한마디 하였다.

"후회하지 말거라. 너를 실컷 패주고 싶었다. 이런 기회가 오길 기다렸다."

그 말을 들으니 민은 기분이 섬뜩하였다. 과연 형이 저런 깡패를 이길 수 있을까? 민은 가슴 졸이며 현우 형에게 다가가 조심스레 말했다.

"형, 정말 형 괜찮을까? 지금이라도 그만두는 것이 어때?"

현우 형은 주먹에 붕대를 감다, 쓱 웃으며 말했다.

"걱정하지 마. 오늘을 위해 절에 있을 때 몸을 단련해 두었단다."

"형, 두렵지 않아?"

형은 살짝 웃으며 부드럽게 말했다.

"두려움은 상상(想像)에서 오는 것이란다. 한 번도 질 것이라 생각하지 않았어."

"아마도 미카엘 대천사가 형을 보호해 줄 거야."

"아니, 오늘의 결투는 오직 나의 힘으로만 이길 것이야. 그래야 녀석에 대한 나의 감정이 정리될 것 같아⋯."

현우 형과 상대 깡패는 서로가 군말이 필요 없이 바로 결투로 들어갔다. 어둠이 내리기 시작하고 붉은 백열등 불빛의 조명 아래에서 두 명의 몸 움직임은 얇은 그림자를 만들며 조심스레 발걸음을 옮겼다. 서로가 상대편의 눈을 바라보면서 아주 천천히 원을 그리며 공격의 순간을 잡기 위한 긴장이 흘렀다. 현우 형은 절대 서둘지 않았다. 최대한 피해를 보지 않고 빠른 시간에 결투를 끝내야 하는 것으로 보였다. 하지만 그 깡패는 고등학교 시절부터 유명한 싸움꾼으로 지난 몇 년을 깡패 짓을 하면서 나름대로 싸움에는 이골이 난 자식이 아닌가. 현우 형은 상대가 들어오길 기다렸다. 인내를 가지고 상대를 기다렸다. 상대는 더는 참지 못하고 주먹을 휘두르며 정면으로 공격하였다. 현우 형은 옆으로 때론 뒤로 몸을 가볍게 움직이며 상대편의 묵직한 주먹을 피했다. 몇 번을 헛방을 날린 상대편은 좀 안달이 나서 더 과감히 정면 공격을 하기 시작하였다. 아마도 현우 형이 겁을 먹고 피하는 것이라 생각을 한 것 같았다. 현우 형의 눈빛이 순간 번득이며 정확히 오른손 주먹으로 일직선으로 뻗어 무작정 들어오고 있는 상대편의 턱을 명중시켰다. 순간이었다. 전광석화와 같이 빠른 동작이었다. 누구도 예상하지 못한 일격이었다. '퍽' 하는 간결한 소리와 함께 상대편은 뒤로 휘청거리며 몇 걸음 물러섰다. 충격을 받았는지 오른손으로 턱을 만지며 침을 뱉었다. 좀 어두웠지만 분명 붉은 피가 섞여 있었다. 상대편은 좀 당황을 했지만, 다시 어깨와 목을 옆으로 돌리며 몸을 풀기 시작하였다. 눈빛은 더욱더 사나워지기 시작하였다.

민은 현우 형의 빠른 일격에 놀라움을 금치 못하였다. 현우 형의 상체는 역삼각형으로 단순한 아름다움이 아니라 놀라운 파워와 순발력을 가진 진정한 남자의 몸이었다. 그 후 현우 형은 별로 움직이지 않았다. 상대편은 현우 형을 빙빙 돌며 다시 공격하기 위해 현우 형의 약점을 노렸다. 하지만 결코 현우 형은 약점을 보이지 않았다. 상대편은 태권도를 배웠는지 발로 현우 형을 공격하기 시작하였다. 상대편의 발차기 기술은 나름 정교하고 과감하였다. 현우 형은 상대편이 뻗어 올린 발을 피하다 몇 차례 맞았다. 하나 그것은 빗맞아 현우 형에게 심각한 충격은 주지 못했다. 그래도 현우 형은 뒤로 물러서지 않았다. 기회를 엿보고 있는 것이었다. 싸움은 타이밍이다. 상대편은 몇 번의 발차기가 공격 포인트를 올려 의기양양한 모습으로 현우 형에게 달려들었다.

그때였다.

현우 형은 순간 오른발을 거의 90도로 뻗어 거대한 몸집으로 들어오는 상대편의 옆구리를 정확히 찔렀다. 너무나 빠른 동작과 쭉 뻗은 다리를 보며 민과 상대편 증인은 순간 숨을 멈추었다. 상대편은 '헉' 하며 단말마의 거친 소리를 내며 그 자리에 폭 쓰러졌다. 깡패는 순간 숨을 쉬지 못하고 고통스러운 표정을 지었다. 현우 형은 그에게로 다가가 왼손으로 상대편의 목덜미를 잡고 오른손 주먹을 불끈 쥐고 그의 얼굴을 치려고 하다 상대편의 겁에 질린 눈을 보고 그만 멈추었다. 결투는 끝이 난 것이었다.

옆구리의 고통은 오래갈 것이다. 상대편은 손으로 옆구리를 감싼 채 일어서지 못하고 숨을 헐떡거리고 있었다. 현우 형은 조용히 상대편에게 말했다.

"너와의 감정은 이것으로 끝낸다. 더는 서로 보지 말자. 앞으로 착하게 살길 바란다."

현우 형과 민은 붉은 전등의 불빛을 뒤로하며 천천히 학교를 빠져나왔다. 그들은 근처 조그만 주막으로 갔다. 막걸리를 시켜 현우 형은 목마른 갈증을 채우며 말했다.

"앞으로는 절대 싸움을 하지 않을 것이다. 이 싸움이 나에게 있어 마지막이고 어떤 경우도 주먹을 쓰지 않을 것이다."

"형, 정말 놀랐어요. 저는 형이 지는 줄 알았어요."

현우 형은 다시 막걸리 한잔을 하며 결심한 듯 말을 이었다.

"이젠 대학에 가야겠다. 입학시험까지는 몇 개월 남았으니 준비를 하여 대학시험을 보아야겠다. 앞으로는 정의를 주먹으로가 아닌 법으로 실천할까 한다. 법을 공부하여 법관이 되어야겠다."

단호한 형의 결심을 듣고 민은 숙연하였다. 역시 멋진 형이었다. 속으로 진정 그렇게 되길 기원하였다. 그렇게 민의 학기는 끝나가고 있었다.

노동을 하다

여름방학이 시작되었다. 다른 학기처럼 그렇게 즐거운 방학은 아니었다. 이제부터는 대학 입시를 위해 준비를 해야 하는 시기가 온 것이다. 2학년 여름방학을 어떻게 보내는가에 따라 다음 학기가 순탄하게 되고 성적이 오를 것이다. 하지만 민은 이번 여름방학을 공부에만 매달리고 싶은 생각은 없었으며 이 시기만큼은 하고 싶은 것을 마지막으로 하고 싶었다. 고민을 거듭한 후에 다시는 오지 않을 이 시기에 민은 그가 마음속에 찾고자 하는 것을 찾기 위해 책을 읽고 사색을 즐기고 정신적인 만족을 가지고 싶었다. 한편으론 건장한 몸으로 일도 하면서 돈도 벌고 값진 땀도 흘려보고 싶었다. 일학년 시절에 정호와 함께 가야산 절에 갔던 그 시간이 민에게 성숙과 성찰의 시간이 되었던 것처럼 이번 여름방학에도 땀 흘려 번 돈으로 기회가 된다면 다음에 홀로 여행을 가고 싶었다.

민은 먼저 일을 시작하기 전에 평소에 읽고자 마음먹었던 책으로, 실존주의 문학의 선구자로 평가받는 카프카의 《변신》을 읽었다. 민은 평소에 내용이 너무 궁금하였다. 《변신》이라…. 작가 카프카는 프라하에 태어나 폐결핵으로 생애를 마감할 때까지 한곳에 머물며 글을 적었다. 벌레로 변신한 자신의 모습을 통해 카프카는 인간 운명의 부조리, 인간 존재의 불안과 허무 그리고 절대 고독을 표현하고 싶었던 것이었다. 소설의 색깔은 검은색이었다. 어떤 다른 색깔도 없었다. 하지만 그 검은 색에는 기이한 아름다움이 내포되어 있었다. 불확실하고 출구를 찾을 수 없는 현대인의 삶 속에서 인간에게 주어진 불안한 의식과 구원의 꿈을, 어느 날 방 안을 기어 다니는 하찮은 갑충으로 변신하는 이야기로 풀어내고 있었다.

민은 이 책이 민의 감정에 호소력 있게 다가왔기에 단숨에 읽어 버렸다. 소설을 읽은 이후로 민은 자기 전에 간혹 검은 벌레가 불 꺼진 방 안을 기어 다니는 상상을 하곤 하였다. 때론 그가 벌레로 변신하여 방 안을 기어 다니는 무서운 꿈을 꾸곤 하였다. 인간은 DNA의 명령을 받아 결코 털끝 하나 바꿀 수 없는 육체의 소유자이지만 민의 상상력과 꿈속에서는 어떤 날은 잠자리가 되어 하늘을 날고 어떤 날은 벌레로 변신하여 방 안을 돌아다녔다. 그 후 민은 끊임없이 변신과 인간의 한계에 대해 생각하곤 하였다. 그는 항상 주어진 삶에서 자신의 한계를 벗어나지 못하는 운명을 숙명적으로 받아들여야 하는지, 불가능한 변신을 위해 발버둥 치며 운명과 샅바 싸움을 해야 하는지를 고민하게 되었다.

책을 읽고 정신적인 고민을 하면 할수록 민의 머리는 복잡해지고 맑지가 않았다. 마치 안개 속을 걸어가는 것 같았다. 아직 인간의 부조리, 사회의 부조리에 대해서는 진정 겪어보지는 못했지만, 무언가 피할 수 없는 부조리 속에서 살아가야 하는 것이 인간의 숙명처럼 느껴졌다. 민은 복잡한 정신적인 세계에서 탈출하고픈 욕구가 생겼다. 너무나 단순하고 신선한 육체적인 일을 하고 싶었다. 다음 날 아침 일어나자 그는 바로 근처 공사장으로 달려갔다. 공사장은 조그마한 건물을 올리는 공사로 바쁘게 돌아가고 있었다. 여름철이라 성수기처럼 보였다. 공사장 한쪽에 있는 임시 건물이 사무실로 사용되는듯하여 문을 열고 다짜고짜 들어갔다. 입구 쪽에 앉아 있던 여직원이 물었다.

"어떻게 오셨나요?"

"일하려고 왔습니다."

"예?"

여직원은 의아하게 아래위로 민을 쳐다보다 사무실 뒤편에 고개 숙이고 서류를 보고 있던 공사 소장에게로 갔다. 소장은 민에게 자기 쪽으로 오라고 손짓을 하였다.

"무슨 기술이 있나요?"

"없습니다만 무슨 일이든 열심히 하겠습니다."

소장은 민의 얼굴과 몸을 보더니

"학생인가?"

"예."

"왜 일을 하려고 하나?"

"방학 중에 일하면서 돈도 벌고 신선한 노동의 경험을 쌓고 싶습니다.”

“흠… 나름 착한 학생이네. 한데 여긴 학생들이 일할 곳이 아니야. 거칠고 힘들고 위험하기도 하고….”

“괜찮습니다. 무슨 일이든 열심히 하겠습니다.”

소장은 한참을 고민하다가 민의 단호한 마음을 읽었는지 조심스레 입을 열었다.

“지금 성수기 철이라 손이 많이 딸리니 심부름이나 하면서 일을 도우도록 하게나. 초보이니 일당은 많지 않을 거네. 항상 조심하고.”

다음 날 아침 민은 일찍 공사장으로 나갔다. 아침이라 날씨는 덥지는 않았지만, 공사장 대지의 열기는 서서히 올라오기 시작하였다. 그는 먼저 작업반장에게 인사를 하고 지시받은 대로 공사장에 물을 뿌려 먼지를 없애고 열기를 식혔다. 다음은 한쪽에 있던 붉은 벽돌을 올라가고 있는 건물 옆으로 옮겼다. 사실 민은 이런 육체노동은 해 본 적이 없었다. 성격이 다소 내성적이고 사색을 좋아하는 귀족풍의 소년이었지 이런 거친 일을 해본 적이 없었다. 물론 부모님에게도 이야기하지 않았다. 정오가 다가오면서 열기가 그의 콧구멍으로 들어오면서 숨이 거칠어지기 시작하였다. 차분한 마음을 가지고 오직 일에만 집중하려고 노력하였다. 일하던 몇몇 분들이 옆 눈으로 민을 간혹 쳐다보기도 하였다. 아마도 걱정도 되고 안쓰러워하는 것 같았다.

다행히 오전 일이 끝나고 작업장에서 준비해준 식사를 맛있게 먹었다. 백반이었다. 밥이 이렇게 고마울 수가 없었다. 꿀맛이었다.

반찬도 하나도 남기지 않고 다 먹었다. 건물의 그늘 밑에 앉아 휴식을 취하면서 민은 이글거리는 태양을 바라보았다. 눈부신 태양. 이 세상의 중심이 태양이다. 지구의 모든 생명과 에너지는 저 멀리 이글거리는 태양이 없으면 다 없어진다. 휴식을 취하고 오후 작업 시간이 되었다. 오후는 시멘트 포대를 작업장으로 날아야 하는 것이었다. 작업의 이동 거리가 가까워 한 포대 한 포대씩 손으로 날라야만 했다. 한 포대의 무게가 얼마인지는 모르겠지만 꽤 무거웠고 움직일 때마다 시멘트 가루가 품어져 나왔다. 마스크를 했지만 아마도 꽤 마셨으리라. 처음엔 셔츠를 입고 일했지만 더워지는 열기에 셔츠를 벗어버렸다. 오후 세 시 경에 접어들면서 더위는 거의 절정을 달했다. 8월 초의 더위에 공사장의 열기와 노동으로 인해 몸의 온도는 치솟기 시작하였다. 이마에는 땀이 맺히고 떨어지기를 반복하였다. 등에도 땀으로 범벅이었다. 민의 몸은 더없이 뜨겁고 땀으로 샤워를 하고 있었지만, 마음만은 이상하게도 상쾌함을 느꼈다.

그렇다. 이 일은 민이 원해서 하는 것이고 정신적인 복잡함에서 탈출하고자 하는 몸부림이기에 그런 상쾌한 해방감을 느꼈다. 노동은 거짓말을 하지 않는다. 그냥 노동이다. 말이 필요 없다. 미사여구나 철학이 필요치 않다. 노동은 신선하고 그 대가는 그만큼 반드시 돌아온다. 현대 사회의 노동 문제는 노동을 도구이고 조직이고 투쟁이고 이념으로 바라보기 때문에 발생하는 것이 아닌가. 오후에 중간 휴식을 하면서 아직도 흘러내리는 땀방울을 민은 멍

하게 바라보았다. 땀의 신성함과 숭고함을 찬양하는 시상이 떠올
라 민은 혼잣말로 시(詩)를 읊조린다.

땀

구릿빛 어깨 위로 땀이 흐른다.
꿈틀거리는 근육 위로 끈적이는 땀방울이 얼룩지며
태양의 열기를 태운다.
그 땀방울은
이글거리는 독수리의 눈망울처럼
검은 진주알처럼
강렬하게 땅끝에 떨어진다.

인간의 거친 숨소리와 함께 자라는 땀은
인간이 살아 있다는 가장 확실한 말 없는 언어.

신성한 태양의 정기를 받아
신비로운 어깨 위 수증기와 함께
솟구치는 땀방울을 보면서
난 어느새 무소의 뿔처럼
묵묵히 걸어가는 외로운 투우사처럼

숭고함이 깃든 땀과 함께 하루의 삶을 이어간다.

　그날 밤 민은 저녁을 먹은 후 시체처럼 단잠을 잤다. 방 안에는 갑충이 기어 다니지 않았다. 꿈도 꾸지 않았다. 한순간이 지나간 것 같은데 눈을 뜨니 벌써 해가 저 멀리 솟아 있었다. 역시 변함없이 더운 날이 될 것 같았다. 그는 급히 샤워하고 공사장으로 달려갔다. 어깨는 벌써 결리기 시작하고 발꿈치는 욱신거렸다. 하지만 그는 조금도 요령을 피우지 않고 오직 노동에 충실하였다. 노동에 대한 경험이 없어 일은 서툴고 힘들었지만 직접 육체노동을 하면서 돈을 버는 것에 대해 뿌듯함도 느꼈다. 벽돌 나르기, 시멘트 포대 나르기, 모래 나르기, 자재 정리하기 등 작업반장이 시키는 대로 묵묵히 하였다. 날씨는 날로 더워지고 작업장은 찜통 같았지만, 그는 불평하지 않았다. 구비된 물과 소금을 일하는 중간중간 먹었다. 오후 휴식 시간에는 아이스바를 나누어 먹으며 열기를 식혔다. 민은 그동안 엉켜있던 머릿속을 완전히 비우려고 생각 자체를 아예 하지 않기로 했다. 어디에도 그를 알아보는 사람이 없고 누구도 그의 일에 관심을 보이지 않았다. 작업장에서는 그냥 학생이 돈을 벌기 위해 아르바이트를 한다고 알고 있고 나이 차가 많아 별로 말을 걸어오지도 않았다. 그는 그냥 말없이 열심히 일하는 순박한 어린 노동자이었다.

민은 그동안 읽은 책에 대해 생각을 하였다. 책은 경험하지 못한 세상을 보여주고 사고의 폭도 넓혀주고 읽는 재미도 주지만 한편으론 정신세계를 혼란스럽게 하기도 하였다. 민은 앞으로 책을 읽지 않기로 하였다. 지난 세월 다양하게 많은 책을 읽었고 많은 화두가 그의 머릿속에 자리 잡고 인간과 사회를 보는 시각도 커지고 사고의 근육이 엄청나게 자랐겠지만, 아직 충분히 이해되지 않고 소화되지 않은 부분이 많았다. 그런 부분은 앞으로 치열하게 고민하고 반추(反芻)하면서 그의 인생에 영양분이 되고 꽃을 피우도록 할 것이다.

　민은 노동에 열중하였다. 열흘간의 노동을 하면서 그는 삶의 보람도 느끼고 하루하루의 존재 가치도 느끼고 입으로 들어가는 음식의 가치와 수면(睡眠)의 위대함을 느꼈다. 정신세계보다 신성한 육체의 노동이 더 거짓이 없고 순수하지 않은가? 이번 경험은 그에게 육체의 강인함뿐만 아니라 정신적 충만감을 주었다. 그의 노력으로 빌딩은 몇 층이 올라가고 있었다. 그는 빌딩이 올라가는 자체가 신기하다고 생각했다. 그의 땀이 그의 시간이 그의 열정이 벽돌 하나하나에 스며든 빌딩이 될 것이다. 앞으로 빌딩이 완성된 후 그 빌딩 앞을 지나갈 때, 그가 느낄 기분이 어떨까 상상을 해보곤 하였다.

　민은 이글거리는 태양을 바라보면서 생각하였다. 살아가면서 여태껏 태양을 생각해 보고 태양의 열기를 그렇게 느껴 본 적이 없었다. 순간 엉뚱하게도 카뮈의 《이방인》책 문구가 떠올랐다. 주인공 뫼르소는 해변에서 한 번도 만난 적 없는 아랍인을 총으로 살인한 후 살인의 동기를 묻는 재판장에게 '태양의 강렬함' 때문이라고 태연하게 말하는 부분이 생각났다. 그렇다. 작열(灼熱)하는 태양은 인간에게 어떤 일도 일어나게 할 수 있는 것이었다.

태양과 육체의 열기가 만든 땀으로 목욕하며 지나온 십 일이었다. 태양은 위대하다. 지난 열흘 동안 항상 그 위대한 태양은 민의 머리 위에서 순간이 영원처럼 이글거리고 있었다. 태양의 열기는 민의 어깨를 통해 그의 심장에 와 닿아 영원히 식지 않을 불기둥을 만들고 있었다. 어떤 두려움과 악마가 그에게 다가오더라도 태양의 열기를 머금은 그의 심장으로 불태우고 이겨낼 수 있을 것 같았다. 민의 팔뚝 근육도 제법 자리를 잡아가고 있었다. 구릿빛으로 변한 팔뚝을 보면서 민은 이제 작업장을 떠날 때가 되었다고 생각하였다. 마지막으로 태양의 위대함을 찬양하는 자작시를 읊으며.

태양

이글거리는 태양 속에서
생명이 자라고 에너지가 넘친다.
붉게 타오르는 너의 모습을 보면
나의 붉은 심장이 너의 모습을 닮아간다.

이것저것 엉킨 인간의 일들이
한순간 녹아 너의 품 안으로 조용히 사라진다.
수십억 년을 살아오면서 그 기세는 더욱더 강해지고
모든 생명을 잉태시키고 꽃피게 한다.

너 앞에 선 나의 모습은 티끌이지만
너의 기상과 자태로 나의 세상을 펼쳐 나가리라.

엘리제와 만나다

엘리제를 다시 본 것은 어느 날 우연히 동네 골목길이었다. 얼마나 보고 싶었던 민의 마음속 천사 '엘리제'였던가. 여름방학이 끝나가는 8월의 마지막 주 이미 한여름의 폭염은 고개를 숙이고 신선한 바람이 저 산 너머에서 조용히 동네의 골목길로 스며드는 때였다. 무료한 하루를 보내고 있던 민은 오후가 되어 태양의 하루가 저편으로 넘어가는 시간에 산책하기 위해 집을 나섰다. 그가 천천히 골목길을 들어설 때 막연한 적막감이 주위를 감돌았다. 개 짖는 소리, 기침 소리, 사람 말소리 하나 들리지 않는 조용한 골목길이었다. 낮에 아직도 남아있던 태양의 열기도 이미 숨죽은 듯 흔적을 감추고 있었다. 그런 가운데 그는 무언가 이상하리만큼 강렬한 느낌을 받아 고개를 드니 저편에서 한 여자가 사뿐히 걸어오고 있는 것이었다.

민은 직감적으로 그녀가 '엘리제'라는 것을 알았다. 그동안 얼마나 보고 싶었던가. 그동안 내색하지 않고 머릿속에서 잊으려고 노력을 하였지만, 그녀는 한 번도 민의 마음을 떠난 적은 없었다. 민의 마음속 천사였지 않은가? 얼마나 그의 꿈속에 많이 나타났던가. 그는 실제로 이렇게 만나리라고는 생각하지 못했다. 숨이 막혀 오기 시작했다. 그는 심호흡하고 그녀를 바라보았다. 그녀는 긴 치마에 흰색 블라우스를 입고 있었다. 블라우스에는 잔잔한 꽃무늬가 수 놓여 있어 흰색이지만 단조롭게 보이지는 않았다. 신발은 단아한 검정 단화를 신고 있었다. 걸음걸이는 너무나 가볍고 우아하고 품위가 있었다. 얼굴은 동화에서 본 백설 공주처럼 눈은 둥글고 약간 컸으며 갸름한 얼굴에 우윳빛 피부를 가지고 있었다.

골목길은 약 30m 정도 길이에 폭은 좁은 편이었다. 한발 한발 서로가 서로를 향해 걸어오고 걸어가고 있었다. 결국 서로가 눈이 마주치는 순간이 왔다. 숨이 막혔다. 더 보고 싶지만 용기가 나지 않았다. 그녀도 마찬가지였다. 그 짧은 순간의 눈 맞춤이었지만 그들은 많은 대화를 나누었다. 민의 마음은 그녀에게로 흘러갔다. 그녀의 눈빛에는 이미 민의 존재를 알고 있다는 것을 숨길 수가 없었다. 순간 환희를 느꼈지만 어떤 말도 못 하고 발걸음을 옮길 수밖에 없었다. 스쳐 지나가는 그 순간 민은 생각하였다. 이 순간을 멈출 수만 있다면 얼마나 좋을까? 그녀의 뺨은 엷은 분홍빛을 머금었다. 숨 가쁘게 넘어가는 태양의 낙조(落照)가 골목길을 채우기 시작하였다. 붉은빛의 기쁨과 슬픔이 공존하는 잔인한 골목길이었다. 그날의 만남은 영원히 민에게 잊지 못할 날이 될 것이다.

다음 날 저녁 무렵에 민은 '엘리제'의 피아노 연주를 들었다. 잔잔한 음악이 엘리제의 숨결과 함께 그에게 그리고 동네에 스며들었다. 그녀는 베토벤의 〈엘리제를 위하여〉에 이어 쇼팽의 〈피아노 소나타 3번〉을 연주하였다. 그 연주는 민(敏)을 위한 것이었다. 너무나 감미로운 연주였다. 천사가 하늘나라에서 연주하는 듯 그에게 큰 기쁨을 선사하였다. 이 연주는 전날 서로가 말을 하지 못한 아쉬움을 담은 아름다운 마음의 언어(言語)였다.

그녀를 사랑하고 싶었다. 한여름의 열기는 식어가고 있지만, 민의 마음속의 열기는 불타오르기 시작하였다. 아마도 이 여름이 가기 전에 그는 불타 안개 속으로 사라질지도 모른다. 그는 만일 그의 몸이 불타 없어진다면 아름다운 나비로 변해 그녀의 꽃 속에서 영원히 춤추며 그녀의 향기를 맡으며 그녀를 사랑하리라. 어둠이 내리고 둥근 달이 서서히 그 자태를 들어낼 때 그녀는 마지막 곡을 연주했다. 그 곡은 슈베르트의 〈세레나데〉였다. 너무나 잔잔하고 아름다운 곡이다. 세레나데는 연인의 창 밑에서 노래하거나 연주하는 곡을 말하지 않는가. 이 곡은 그녀가 민에게 사랑을 고백하는 연주처럼 들렸다. 하지만 이 곡은 애달픈 사랑에 이어 이별을 예감하는 슬픈 곡으로 여겨졌다. 곡 자체가 《백조의 노래》라는 연가곡집에 수록된 곡으로 백조는 일생 울지 않다가 죽기 직전에 딱한 번 운다는 전설이 있다. 실제 슈베르트가 죽는 해에 이 곡이 탄생이 되었다고 한다. 음악을 들으며 민은 멍하게 구름을 비껴가는 푸른빛의 달을 쳐다보았다. 사랑은 이별을 잉태하고 있다는 것을 느끼며 뭔가 '엘리제'와의 만남이 가슴 아프게 끝날 것 같은 직감이 순간 민의 머릿속을 스쳤다. 세레나데의 가사를 찾아 읽어보고 또 읽으며 애절한 사랑의 세레나데의 곡을 연상하였다.

명랑한 저 달빛 아래 들리는 소리, 무슨 비밀 여기 있어 소근거리나
만날 언약 맺은 우리, 달 밝은 오늘, 달 밝은 오늘
우리 서로 잠시라도 잊지 못하여, 잊지 못하여
수풀 사이 덮인 곳에 따뜻한 사랑, 적막한 밤 달빛 아래 꿈을 꾸었네.
밤은 깊고 고요한데 들리는 소리, 들리는 소리
들려오는 그대 소리 들려오지만 분명치 않네.
오라는가 나의 사랑, 들리는 곳에 타는 듯한 나의 생각
기다리는 너 잊을 수 없구나. 나의 사랑

그날 밤 어김없이 엘리제는 민의 꿈속에 나타나 그녀의 가냘픈 흰 손으로 손짓하며 그녀에게 오라고 하였다. 그는 지칠 대로 지친 모습으로 엘리제의 가슴에 안겼다. 그녀의 뜨거운 손길과 풍만한 가슴을 느끼는 순간 엘리제는 갑자기 멀어지기만 하였다. 민은 멀어져 가는 엘리제를 쳐다보면서 가지 말라고 말했지만 말소리는 나지 않았다. 더욱더 힘을 내어 고함을 쳤지만 분명 아무런 소리가 나지 않았다. 애달픈 눈으로 멀어져 가는 엘리제를 바라보면서 그

는 절규하다시피 손을 뻗으며 엘리제를 불렀다. 엘리제는 아무런 표정도 없이 민을 쳐다보면서 점점 사라져 가는 것이었다. 이내 주위는 암흑으로 변하고 스산하고 차가운 기운이 민의 몸을 감싸기 시작했다. 너무나 답답하고 암울한 느낌으로 몸부림치다 잠이 깨었다. 몸은 식은땀으로 젖어 있고 달빛만 구름 사이로 무심하게 비껴가고 있었다. 그렇게 잔인하게 민의 여름방학이 끝나가고 있었다.

그녀를 다시 만난 것은 2학년 2학기가 시작되고 얼마 되지 않은 어느 날이었다. 반가운 친구들도 다시 만나고 호연이와 성욱이와의 우정도 깊어지고 학교 수업도 좀 더 긴장감 있게 흘러가고 있을 때였다. 여느 날과 같이 민은 두꺼운 가방을 들고 아침 일찍 학교에 가기 위해 버스정류장으로 나갔다. 마침 학교로 가는 버스가 막 출발하려고 하기에 그는 그 버스를 타기 위해 뛰어가 겨우 마지막 승객으로 버스를 탔다. 역시나 생각한 대로 빈자리는 없고 그는 중간쯤으로 가서 서려고 하는데 옆 창가 좌석에 엘리제가 앉아 있었다. 순간 둘은 다시 눈이 마주쳤다. 엘리제는 다소 수줍은 엷은 미소를 띠었다. 민은 당황을 했지만 다른 곳으로 도망가지 않고 고개를 살짝 숙이며 인사를 하였다. 의자에 다소곳이 앉아 있는 엘리제의 옆에 서게 되었다. 심장이 급하게 뛰기 시작하였다. 엘리제는 고개를 들고 그를 쳐다보면서 조용히 말했다.

"가방 받아줄게요."

그러고는 자연스레 그의 가방을 잡아당겼다.

"고마워요."

민은 멋쩍은 표정으로 엘리제의 옆에서 수호신처럼 섰다. 이렇게 가까이서 엘리제를 볼 수 있다니 그저 그는 그 순간이 너무 행복했다. 그리고 그들은 짧지만, 한마디씩 말을 서로 주고받았지 않은가. 교복을 보니 민이 다니는 고등학교 근처의 여학교였다. 여태껏 전혀 그런 사실을 몰랐다. 그날 그는 교복을 입은 엘리제의 모습을 처음 본 것이었다. 흰 교복은 그녀에게 너무나 잘 어울렸다. 민은 차 안에서 그녀의 이마와 콧잔등을 훔쳐보았다. 그녀는 그냥 그의 시선을 피하고자 창밖만 바라보고 있었다. 약 20분 후 그들은 같은 정류장에서 내렸다. 민은 용기를 내어 그녀에게 말을 걸었다.

"근처 테레사 학교에 다니는 줄 몰랐습니다."

그녀는 조심스레 예쁘게 응대해 주었다.

"뜻밖이네요. 같은 동네에 살고 근처 고등학교에 같이 다니고."

"저는 2학년 '민'이라 합니다."

"저도 같은 2학년이고, '은경'이라고 합니다."

같은 나이이구나. 엘리제의 이름이 은경이었구나. 그녀와 함께 같은 방향으로 걷는 것이 너무나 행복한 순간이었다. 그녀는 말을 하지 않았다. 이름을 말한 것이 너무나 큰 비밀을 민에게 들킨 것 같이 더는 말을 하지 않았다. 그렇게 그들은 서로 가벼운 눈인사를 하면서 길이 나누어지는 곳에서 아쉽지만 짧고 행복한 아침의 만남을 정리하였다. 그녀에게 민이 편지를 보낸 것은 차 안에서의 만남 이후 보름이 지나서였다. 그날 이후 이상하게도 차 안에서 그녀를 볼 수가 없었기 때문이었다. 너무나 그녀가 궁금하고 무언가 민의 마음을 알려야 할 것 같아 짧은 내용의 편지를 적었다. 편지라기보다는 일종의 메시지에 가까웠다.

To. 은경

안녕? 저는 앞집 '민'입니다.

차 안에서 다시 볼 수 있으리라 기대했지만 보이지 않아 이렇게 용기를 내어 글을 적어봅니다.

요즘은 피아노 연주도 안 들리고 은경 씨 집이 너무나 조용하네요.

다름이 아니라 말씀드릴 것이 있어 혹 이번 일요일 시간을 잠시 내주실 수 있는지요?

만남은 근처 유엔묘지 공원 입구에서 오후 4시로 했으면 합니다.

나와 주신다면 제에게는 너무나 큰 영광이 될 것입니다.

From. 민

민은 편지를 그녀의 집 편지함에 넣고 일요일이 오기를 손꼽아 기다렸다. 무슨 말을 할까? 그녀는 그의 편지를 받아 보았을까? 그녀는 과연 나올까? 왜 요즘은 피아노 연주를 하지 않을까? 이상하리만큼 은경씨 집안은 적막감이 흘렀다. 민은 하는 일이 손에 잡히지도 않고 학교 수업도 듣는 둥 마는 둥 시간이 흘러가기만을 기다렸다. 기다리는 일이 있으면 시간은 가지 않는 법. 민은 인내심이 강한 편이었지만 여자의 만남에 대해서는 의외로 참지 못하고 애간장을 태웠다. 며칠간 잠을 뒤척이다 드디어 일요일을 맞이하였다. 그는 아침 일찍 일어나 샤워를 하고 아침밥을 먹은 후 집 근처로 산책하러 나갔다. 마음을 안정시키고 만남에 대한 마음의 준비와 어떤 말을 할까 생각하기 위함이었다. 천천히 걸으며 엘리제의 얼굴을 떠올렸다. 그녀의 가냘픈 손길, 그녀의 목소리, 그녀의 걸음걸이, 그녀의 피아노 연주, 심지어 그녀의 샴푸 향까지 떠올렸다.

오후가 되어 민은 약속장소로 나갔다. 옷은 최대한 깔끔하게 입고 나갔다. 그는 태어나서 처음으로 여자를 기다리고 있었다. 그가 다닌 중학교와 지금의 고등학교는 남자 학교로 여학생과 같이 수업하고 말을 섞을 기회가 없었다. 다른 친구들은 교회에서 혹은 서클에 가입하여 자연스레 또래의 여학생들과 어울리기도 하였지만 민은 그동안 전혀 그런 기회가 없었다. 설레는 마음을 움켜잡고 그녀가 오기를 기다렸다. 일 분의 흐름이 마치 한 시간을 기다리는 듯 그는 초조함을 감추지 못하고 연거푸 손목시계를 바라보았다. 9월 초의 가을 날씨는 부드러운 산들바람과 함께 따스한 햇살이 그의 뺨을 스쳐 지나가며 나름 그의 마음을 진정시켜 주었다. 그때, 저편에서 그녀가 천사와 같은 아름다운 자태로 모습을 보이기 시작하였다. 그녀가 나온 것이다. 민은 뛰어가 그녀를 맞이하고 싶었지만 차분한 마음으로 한 걸음 한 걸음 다가오는 그녀 쪽으로 다가갔다. 반가운 얼굴로 그녀를 맞이하며 다시 만남의 기쁨을 표현하였다.

"은경 씨, 나와 주어서 고마워요."

그녀는 살짝 웃음을 머금은 채 고개를 숙여 인사를 하였다. 그녀가 입은 옷은 화사하지는 않았지만, 품위가 있어 보이고 무언가 매력이 담긴 드레스였다. 그들은 말없이 유엔공원 안으로 들어갔다. 오후의 시간이라 사람은 거의 보이지 않고 묘비들이 적막함과 엄숙함으로 공원 안의 분위기를 만들고 있었다. 묘비에는 망자의 이름들이 각 나라말로 새겨져 있고 꽃들이 묘비 앞에 헌화가 되어 있었다. 그들은 공원 안을 길 따라 천천히 걸었다. 길옆에는 이름 모를 가을꽃들이 코스모스와 함께 어울려 그들의 산책을 반겨주었다.

"가을꽃이 피기 시작하였네요…. 요즘은 피아노 소리가 들리지 않아요."

그녀는 답변을 망설이다 낮은 목소리로 말을 하였다.

"며칠 몸이 안 좋아서."

"아 그랬군요. 지금은 괜찮은지요?"

"지금은 많이 나아졌어요."

그녀의 약함과 아픔은 민에게 강한 보호 본능을 자극하였다. 그녀를 감싸주고 보호해 주고 더욱더 사랑해주고 싶은 욕망이 생겼다.

"저는 사실 이런 만남이 처음이라 무슨 말을 하고 어떻게 해야 할지 잘 모르겠어요. 하지만 은경 씨와 이렇게 함께 걸으니 좋네요."

"저도 이런 경험 처음이에요. 오늘 나오기가 많이 망설여졌지만,

민이 나쁜 학생으로 안 보이고 같은 동네에 살고 학교도 서로 근처에 있고."

"고마워요. 믿고 나와 주어서. 사실 안 나올까 많이 걱정했어요."

잠시 적막감이 흘렀다. 어디선가 숨어 있던 새들의 지저귀는 소리만 들렸다. 암수 한 쌍의 사랑 노래로 들렸다. 그는 어색함을 벗어나려고 말을 이었다.

"은경 씨의 이름을 알기 전에 저는 은경 씨를 부를 때 '엘리제'라는 애칭을 사용했어요. 은경 씨가 즐겨 연주하던 〈엘리제를 위하여〉에서 따온 애칭입니다."

그녀는 살포시 웃음을 머금으며

"재미있네요. 저가 '엘리제'라는 애칭으로 불리고 있었다니. '줄리엣'이 아니라 다행이네요."

민은 그녀의 재치 있는 말에 긴장이 풀리고 웃으며 말을 이었다.

"'줄리엣'으로 부르면 저는 '로미오'가 되어야 하기에. 그리고 잘못하면 이룰 수 없는 사랑이 되기에…. 엘리제, 지난 며칠간 버스에서 안 보여 마음을 많이 애태웠는데 이렇게 다시 보게 되니 이젠 안심이 되네요. 사실 그동안 보고 싶었고…."

민은 너무 반가운 나머지 마음속의 말을 거침없이 뱉어내었다. 아마도 특유한 유엔묘지 공원의 분위기와 산들거리는 꽃향기가 그의 용기를 북돋아 주었으리라. 따스한 가을의 햇살이 그들의 발끝에 머물며 그들 만남을 축복해 주는 것 같았다. 수많은 무명용사도 묘비 밑에서 모두 숨죽이고 그들의 데이트를 흥미롭게 구경하는 듯하였다. 그런 만남에 찬물을 끼얹은 것은 잠시 끊어진 대화에서 조심스레 나온 그녀의 말이었다.

"곧 이사할 것 같아요."

민은 너무나 놀라며 되물었다.

"예? 이사 온 지가 얼마 되지 않은 것 같은데 또 이사를?"

"아버지께서 갑자기 서울로 발령받으셔서 가족 모두 서울로 갈 것 같아요."

아니 이런 일이 생기다니…. 그녀에게 마음을 빼앗기고 민은 이제 처음으로 그녀와 데이트를 하며 속마음을 열어 보이는 이 순간에 그녀로부터 강제 이별을 통보받는 기분으로 말문이 막혔다. 하지만 그는 내색하지 않고 최대한 밝은 표정으로 그 분위기를 깨지 않으려 안간힘을 썼다.

"…."

"놀라셨죠?"

"엘리제의 감미로운 피아노 연주를 들으며 그동안 엘리제에 대해 많이 궁금하고 보고 싶었어요. 이렇게 만나 같이 걸으며 대화를 한다는 것이 저에게는 꿈만 같은데… 그런데 다시 이사를 한다니 너무 뜻밖이에요. 다른 동네도 아니고, 서울로 간다고 하니… 앞으로 보기 힘들 것 같은 불안감도 들고."

"저도 가기 싫어요. 모르는 친구 속에서 새로운 학교에 다녀야 하고… 대입 입시도 얼마 남지 않은 시기라 저는 너무 싫어요. 하지만 저가 여자라 꼭 같이 가야 한다고 하네요."

그리고 그들은 이사에 관해 더 이야기하지 않았다. 무거운 주제의 이야기는 피하고 취미생활, 학교생활에 관해 이야기하면서 서로의 생각에 닮은 점이 많다는 것을 알았다. 걷다가 공원 안 큰 나무 옆에 다소곳이 자리 잡은 벤치에 앉아 끝없는 대화를 이어갔다. 물론 그는 그녀의 피아노 연주 실력을 칭찬하고 즐기고 있다고 말해주었다. 감사의 표시와 함께 앞으로 못 들을 것을 생각하니 아쉽다고 하였다. 그들의 그 첫 번째 만남은 그것으로 끝나고 각자 집으로 돌아갔다. 조용히 가을의 어둠이 골목길에, 민의 마음에 내리고 있었다.

일주일 후 다시 만난 곳은 동네의 조용한 경양식집이었다. 민은 그녀에게 저녁을 같이하자고 제의했다. 지난 여름방학 동안에 공사장 노동으로 모은 돈이 있어 가장 맛있고 비싼 저녁을 그녀에게 사주고 싶었다. 그들은 조용한 좌석에 앉아 돈가스를 먹으며 대화를 이어갔다. 민은 지난 여름방학 동안에 노동한 일을 자랑삼아 말했다. 그녀는 그가 어떤 말을 하든 조용히 경청하고 살짝 웃음을 머금으며 맞장구를 쳐주었다. 그런 그녀는 민에게 너무나 사랑스러웠다. 식사를 마치고 커피를 한 잔씩 시켰다. 그녀는 스푼으로 조용히 찻잔을 저으며 말을 이었다.

"곧 떠나야 해요. 이젠 볼 수 없을 것 같아요. 저는 서울로 전학을 해야 하기에 다음 주 바로 서울로 가야 해요. 서울 이모 집에서 며칠 머물고 있으면 가족 모두 뒤에 올라오고…"

아니 이렇게 빨리 헤어져야 하다니…. 이사를 하더라도 그녀가 먼저 홀로 떠나가야 한다니. 그것도 잔인하게 다음 주에. 민은 아무 말 없이 듣고만 있었다. 그녀는 가방 속에서 뭔가를 꺼내 그에게 주며 말을 이었다. 예쁜 포장에 리본이 달려 있었다.

"제가 몇 달 전에 피아노 연주회를 한 적이 있는데 그때 녹음한 테이프예요. 민에게 선물로 주고 싶어서."

그녀의 가냘픈 손으로 포장된 테이프를 테이블 위에서 민에게 밀었다. 민은 이별이라는 감정이 마음속에 북돋아 올랐다. 그는 아무런 말 없이 그녀가 내미는 테이프 대신 그녀의 백옥 같은 가냘픈 손을 잡았다. 그녀는 움칠했지만, 손을 뿌리치지는 않았다. 그녀의 손은 온기가 없고 다소 싸늘한 편이었다. 곧 따뜻한 온기가 서서히 생기기 시작하였다. 민은 그의 뜨거운 심장 온기가 전달되리라 믿었다. 서로의 맥박이 조화롭게 뜀박질함을 느꼈다. 그는 말없이 그녀를 보았지만 그녀는 그의 눈을 피하였다. 그는 눈으로, 잡은 손으로, 모든 것을 그녀에게 말하였다. 민은 조용히 목소리를 낮추어 말하였다.

"은경, 잊지 않을게요. 은경 씨의 가냘픈 손으로 연주한 이 피아노 테이프를 들으며 잊지 않을게요. 서울에서 좋은 대학가고 그때 우리 서로 다시 보도록 해요."

그녀는 아무 말 없이 있다가 한마디 마무리했다.

"민, 나도 잊지 않을게요. 민도 좋은 대학가고 우리 인연이 되면 반드시 다시 만날 거라고 믿어요."

그렇게 그들은 먼 훗날 막연히 다시 만날 것을 기약하며 그날의 만남과 이별은 끝이 났다.

　민은 그날 이후 말을 거의 하지 않았다. 집에서도 학교에서도 거의 말을 하지 않고 지냈다. 그냥 숨만 쉴 뿐 특별한 행동이나 모임도 하지 않았다. 엘리제를 떠나보내야 한다는 마음을 쉽게 받아들이기 힘들었다. 하나 그럴수록 그녀의 얼굴과 말, 모습들이 마음속에 더욱더 각인되고 마음속에 견디기 힘든 그리움만 처절하게 남을 뿐이었다. 만남이 시작하는 그 순간 이별이 잉태되고 사랑이 시작하는 그 순간 아픔이 잉태되고 승리의 축배를 드는 순간 처절한 패배의 기운이 스며드는 것으로 생각하니 인생사라는 것이 허무하게 느껴졌다. 만일 영원히 끝나지 않는 만남과 사랑 그리고 승리만 있다면 과연 그것은 영원한 기쁨이 될까? 아마도 벗어날 수 없는 더 큰 고통이 될 것이고 인간은 타락하게 될 것이다. 만해 한용운 선생께서 남긴 말이 생각났다. "우리는 만날 때에 떠날 것을 염려하는 것과 같이 떠날 때 다시 만날 것을 믿습니다." 민은 엘리제로부터 받은 이별 선물인 테이프를 포장도 뜯지 않고 서랍의 안쪽에 보관해 두었다. 포장을 연 순간 이별은 진정 이별이 될 것이고 만일 그가 그 음악을 듣는 순간 그녀는 영원히 그 음악과 함께 연기 속으로 사라질 것 같은 두려움이 막연히 생겼기 때문이다.
　민은 그렇게 아무런 생각 없이 하루하루를 견뎌 나가고 있었다. 가능한 방과 후 자습 시간을 늘려 밤늦게 집에 들어와 집에 머무는 시간을 줄여나갔다. 엘리제가 생각나 베란다를 통해 뒷집의 동향을 살피고 싶었지만 강한 인내로 참고 대신 밤하늘을 쳐다보며 별을 세곤 하였다. 하지만 그의 꿈속에서는 엘리제에 대한 그리움의 간절함을 감출 수가 없었다. 그럴 때는 어김없이 꿈속에 엘리제가 나타나 그를 안아주거나 손을 잡아주거나 미소를 보내주었다. 어떤 날은 잠에서 깨어나도 밤새 그와 함께 보낸 그녀가 옆에 있는 듯 착각을 하곤 하였다. 민은 그런 기분이 나쁘지는 않았지만, 막연히 그런 감정에서 탈출해야 한다는 느낌이 들었다. 해결 방법은 단 한 가지였다. 일체 그녀에 대해 말하지 않고 생각하지 않고 일상생활을 더 열심히 하면서 시간을 보내는 것이었다. 시간은 인간에게 최대의 선물이다. 치유의 힘을 가진 것으로 신이 만든 위대한 산물이다. 아마도 시간은 신보다 앞서 존재하는지도 모른다. 그렇게 한 달 이상을 견디니 민은 주위가 보이기 시작하고 생각이 정리되기 시작하였다.

민은 엘리제에서 벗어나 새로운 그만의 세계를 가지고 싶었다. 그러기 위해서는 과거 추억과의 단절을 위한 투쟁이 필요했다. 새로운 탄생에는 고통이 따른다. 병아리가 태어나기 위해서는 컴컴한 어둠 속에서 덜 익은 부리로 희미한 빛이 보이는 곳을 향해 알을 쪼아야 한다. 아름다운 나비가 되어 하늘 높이 날기 위해서 번데기는 고치를 찢어내고 날개를 말려야 한다. 꽃이 피기 위해 그동안 영글었던 꽃망울을 터뜨려야 한다. 인간의 일생에 있어 가장 스트레스를 받고 고통이 따르는 순간은 인간의 탄생 순간이라 한다. 태아는 있는 힘을 다해 엄마의 자궁을 발로 차고 나오며 탄생 과정의 스트레스와 이 세상의 새로운 환경에서 오는 스트레스로 태아는 최고조의 고통을 느끼나, 태아는 그것을 첫울음으로 털어내며 밝은 세상을 맞이하는 것이다.

민은 가슴속에서 꿈틀거리는 친구의 우정이 그리웠다. 모든 정열을 우정에 쏟아붓고 그 자신을 돌아보고 싶었다. 그는 호연이와 성욱이를 집으로 초청하였다. 막연히 친구와 시간을 보내고 싶었다. 마음속에 '호연지기'를 부르짖으며 그들과 이야기하고 시간을 보내면 다소 마음이 위로될 것 같았다. 어머니께서 정성껏 차려주신 저녁을 배불리 먹고 모두 민의 보금자리인 이 층 방에 모였다. 그의 방은 원래 한 면을 전체 유리로 만들어 햇볕을 잘 들어오게 하여 난을 키우기 적당한 방이었다. 커튼을 치지 않으면 달빛이 창문과 유리를 타고 방으로 과감하게 들어와 운치 있는 분위기를 만들어주었다. 민은 그 방을 좋아하였다. 사방이 벽으로 된 방에 살았다면 그의 사고(思考)는 그 방의 크기만큼 자랐겠지만, 낮의 햇볕과 밤하늘의 달빛과 별로 통하는 유리방이었기에 그는 마음껏 상상의 나래를 펼 수가 있었던 것이었다.

민은 지난 여름방학 때 노동하여 번 돈으로 맥주 몇 병과 안줏거리를 마련하였다. 이 층 방에는 누구도 올라오지 않아 그들은 편한 마음으로 맥주를 방바닥 중간에 펼치고 둘러앉았다. 시원한 가을

밤공기와 함께 달빛이 맥주병에 살포시 내려앉았다. 그들은 첫 잔을 '우정을 위하여'라는 구호와 함께 들이켰다. 그동안 서로가 너무 무미건조하게 지낸 것 같았다. 서로에 대한 호기심은 여전히 마음속에 가지고 있었다. 좀 더 서로를 알아야 하며 서로의 생각과 철학의 공유는 그들을 정신적으로 감정적으로 묶어줄 수가 있기 때문이다. 지금 그들은 일생에 있어 가장 지적 욕구와 호기심이 많은 시기이다. 이 시기에 나눈 대화와 철학적인 주제들은 영원히 그들의 가슴속에 머릿속에 남아 그들의 삶을 형성해 나갈 것이다. 불쑥 호연이가 입가에 엷은 미소를 머금으며 조심스레 민에게 뒷집 소녀에 관해 물었다.

"민, 요즘 뒷집 소녀와 잘 되어가니?"

소녀란 말에 성욱이는 민과 호연이의 얼굴을 번갈아 보면서 무슨 말인지 호기심을 보였다. 엘리제에 대해서는 성욱이는 그동안 전혀 모르고 있었다. 이제 엘리제가 서울로 가버린 이상 민은 친구에게 그동안의 일을 말하고 엘리제에 대한 그의 감정을 정리하고 싶었다. 그녀의 애칭과 실제 이름, 그녀가 다닌 학교 이름을 포함하여 그동안의 만남에 대해 꾸밈없이 날짜별로 이야기해 주었다. 물론 만남의 순간순간 그가 느낀 감정도 그대로 이야기했다. 그들은 숨죽이며 이야기를 들었다. 민은 그 소녀와 더 사귀고 싶었지만, 그 소녀는 그를 떠나 서울로 가버렸다고 이야기하며 말을 마무리하였다. 조용하던 성욱이가 말을 이었다.

"아름답지만 슬픈 만남이었네. 이별은 다음의 만남을 기약하니 너무 상심하지 말게.”

호연이도 말을 이었다.

“그래도 너의 마음속 말을 하고 그 소녀도 너의 마음을 알아주
니 얼마나 좋아. 이제는 우리가 너의 허전한 마음을 채워줄게.”

민은 말없이 생각에 잠겨 있다가 갑자기 그녀로부터 받은 테이프
를 듣고 싶었다. 혼자서는 도저히 들을 자신이 없었지만, 그들과 함
께 들으면 감정의 연대 속에 슬픔을 극복할 수가 있을 것 같았다.
서랍 안쪽에 고이 모셔두었던 포장된 테이프를 꺼내 음악을 조심
스레 틀었다.

“그녀와 마지막 만남 때 선물로 받은 테이프인데 그녀가 연주한
곡이라네.”

테이프를 틀자 차분한 그녀의 목소리가 나왔다.

“민에게 보내는 나의 연주이니 즐거운 마음으로 들어주길. 다음
에 만날 때까지 안녕…. 엘리제가.”

전혀 예상치 못한 그녀의 목소리가 녹음되어있어 민과 그의 친
구들은 놀라움과 함께 잔잔한 감동 속에 빠졌다. 녹음된 곡은 평
소에 자주 치던 베토벤의 〈엘리제를 위하여〉와 쇼팽의 〈피아노 소
나타 3번〉으로 그녀의 손길을 거쳐 아름다운 음악으로 퍼지고 있
었다. 이어 〈로미오와 줄리엣 주제곡〉 연주가 이어졌다. 곡은 창문
을 통해 스며드는 달빛과 함께 그들의 마음을 특히 민의 가슴속을
잔잔히 물들이며 사랑의 기쁨과 아픔을 동시에 느끼게 하였다. 음
악은 사람의 상상을 자극하고 감정을 북돋운다. 민은 맥주잔을 가

득 채워 음악과 함께 마셨다. 마신 것은 술이지만 그것은 지난 시간의 추억이고 그리움이었다. 민은 저 멀리 떠 있는 둥근 달을 쳐다보며 엘리제의 얼굴을 떠올렸다. 원래는 이런 연주는 뒷집에서 흘러나와야 하는데 오늘은 앞집에서 이 음악이 울려 퍼지다니 좀 아이러니하였다. 그렇게 그녀에 대해 짧지만 아름다운 시간은 달이 구름 사이로 지나가듯 조용히 민의 마음속에서 지나가고 있었다.

연주를 들은 후 그들은 더는 엘리제에 관해 이야기하지 않았다. 우울하고 슬픈 분위기에서 벗어나 무언가 새롭고 재미난 주제로 넘어가서 서로의 생각에 대해 알고 싶었다. 포문은 호연이가 열었다.

"너희들, 헤르만 헤세의 작품 《데미안》을 읽었지?"

민은 순간 중학 시절 데미안을 민에게 물어보던 철규의 얼굴이 떠올랐다. 철규는 학교에 잘 다니고 있는지? 한데 엉뚱하게 호연이의 입을 통해 데미안을 다시 듣게 되다니…. 갑자기 호연이와 철규의 얼굴이 겹쳐 보이고 많이 닮아있다는 생각이 스쳐 지나갔다. 민의 심장은 뛰기 시작하고 호연이가 어떤 이야기를 할지 궁금하였다. 성욱이도 호기심이 가득한 눈으로 호연이를 쳐다보면서 답했다.

"물론 읽었지."

"그럼 데미안에 대해 어떻게 생각하니?"

성욱이는 잠시 생각하다 말을 이었다.

"약간은 신비롭고 이상한 마력을 지닌 자. 본인의 철학이 뚜렷하고 새로운 세계를 찾아 투쟁하며 신을 찾으려는 자."

이에 호연이는 알 수 없는 질문을 던졌다

"데미안이 추구하는 신(神)은 어떤 신일까?"

민과 성욱이는 아주 흥미 진지한 얼굴이었지만 선뜻 답을 하지 못했다. 호연이는 그의 생각을 조심스럽지만, 신념에 찬 목소리로 말하기 시작했다.

"먼저 데미안을 알기 전에 데미안이 싱클레어에게 한 유명한 말, '태어나려고 하는 자는 한 세계를 깨뜨리지 않으면 안 된다. 새는 신에게 날아간다. 신의 이름은 아브락사스다.' 여기에서 신(神) '아브락사스'는 어떤 신일까? 아브락사스는 고대 철학의 신비주의를 바탕으로 신적인 것과 악마적인 것을 결합한 상징적 신이지. 빛과 어둠, 내면과 외면, 신과 악마가 공존하는 두 개의 세계를 인정하는 최고의 신이라네. 데미안은 결코 신성하고 의로운 신이 아닌 악마적인 신을 향해 나아가고자 했던 거야. 아브락사스를 동경하는 데미안, 그의 이름도 악마라는 영문 'Demon'에서 나온 것이지. 재미있지 않아? 데미안은 싱클레어에게 끊임없이 자신의 내면에서 진리를 찾으라고 이야기하지. 이 말은 우리 인간의 마음에는 악마와 신이 공존하며 악마를 인정해야 진정한 자아를 볼 수 있다는 것이지. 혹 데미안은 싱클레어가 만든 허구의 인물일 수도 있지. 싱클레어의 마음속에 존재하는 인물인 거지. 자아를 찾아가는 과정에 싱클레어는 데미안의 어머니 에바 부인을 사랑하게 되는 부분은 좀 이해하기가 힘들지만… 내면의 욕정을 숨기고 자아발견이라는 가면을 쓰고 친구의 어머니를…."

호연이의 거침없는 설명에 민은 놀라움을 감추지 못했다. 망치로 뒷머리를 맞은 듯 멍하게 할 말을 잊었다. 나름 새로운 시각으로 흥미로운 해석이었다. 민은 그동안 데미안은 선각자요, 신을 찾아가는 구도자로 생각하며 마음속에 데미안을 품고 닮아가고자 하였다. 그들은 각자 데미안에 대해 품었던 생각을 솔직하게 털어놓았다. 마음에 맞는 친구들과 함께 가을 달빛 아래 시원한 맥주를 마시며 이런 토론을 하니 그들은 모두 지적인 희열과 함께 솟구치는 호기심과 친구의 우정이 방 안 가득 차올랐다. 그들은 토론의 결말은 내지 않고 대학생이 된 후 다시 토론해 보기로 하였다. 머리가 성숙하고 보는 시각이 커지면 다르게 해석되는 것이 데미안이기 때문이었다.

열띤 토론을 한 후에 그들은 좀 더 그들의 현실 문제에 이야기하기 시작하였다. 얼마 되지 않아 3학년이 되기에 그들은 대학 진학을 무시할 수가 없었다. 진학과 함께 앞으로 무엇이 되고 싶은지 각자의 미래상에 대해 서로가 알고 싶었다. 역시 호연이가 포문을 열며 성욱이에게 물었다.

"성욱아, 너는 대학에서 뭘 전공하고 싶니?"

성욱이는 낮은 톤이지만 확고하게 말했다.

"법대를 가서 법관이 되려고 해."

짧고도 강렬한 답변이었다. 민은 주저 없이 말하는 성욱이를 바라보면서 성욱이는 법관이 되고자 이미 마음을 굳힌 것 같다는 인상을 받았다. 이유는 간단했다. 성욱이에겐 법관의 길은 매력적인 도전이고 출세의 길이며 국가를 위해 일할 기회가 되기 때문이었다. 아마도 공무원이신 그의 아버지로부터 영향을 받은 것 같기도 했다. 성욱이는 호연이에게 물었다.

"호연아, 너는 어떤 생각이야?"

호연이의 답변도 단호했다.

"상대에 진학하여 졸업 후에는 큰 사업을 하고 싶네. 돈을 원 없이 벌어보고 싶어. 그동안의 지겨운 가난에서 벗어났으면 해. 큰 부자가 되면 불우한 이웃도 도와주고, 형편이 어려운 학생이 장학금으로 학업을 계속할 수 있도록 학교에 돈을 기부하려고 해."

민과 성욱이는 그런 호연이의 마음을 잘 알고 있었다. 지금은 가진 것 없지만 그의 꿈대로 앞으로 멋지고 훌륭한 사업가가 되리라 민은 믿었다. 성욱이와 호연이는 확고한 꿈과 야망을 품은 훌륭한 친구였다. 설사 대학 진학이 뜻대로 되지 않는다 하더라도 그런 정신과 포부를 가슴속에 품다니 대단하다는 생각이 들었다. 민은 선뜻 자신의 마음을 열 자신이 없었다. 그동안 진지하게 대학 진학에 대해 고민을 해 본 적이 없어 망설여졌지만 말을 이었다.

"난 아직 구체적으로 정하지는 못했지만… 너희들이 법대와 상대에 간다고 하니 할 수 없이 난 다른 곳을 가야겠네. 우리 모두문과 공부를 하고 있으니 남은 곳은 인문대밖에 없고 그중에 영문과가 나에게 맞을 것 같네. 문학을 공부해 보고 싶네. 배고픈 길이지만…."

호연이와 성욱이는 민의 말에 고개를 끄덕이며 나름의 동조를

해 주었다. 그들은 민의 예민한 성격과 분위기가 인문학과 어울리리라 여겼다. 그리하여 그들은 모두 본인들이 원하는 법대, 상대, 인문대로 진학하기로 뜻을 모으고 그들의 꿈이 펼쳐지기를 기원하였다. 마음의 간절함을 맥주잔에 그득 담아 건배를 하였다.

"일 년 후 우리의 뜻이 이루어지길!"

그렇게 2학기가 끝나고 겨울방학이 시작되는 어느 추운 겨울날 민은 한 통의 편지를 받았다. 그 편지는 중학교 시절 같은 반 철규로부터 온 것이었다. 전혀 예상 밖이었다. 그동안 민은 철규의 소식이 궁금했지만 고등학교가 다르고 중학 졸업 후 전혀 만난 적도 없어 민의 기억 속에서 잊혀가고 있는 친구였기 때문이다. 그는 다소 떨리는 손으로 편지를 조심스럽게 열었다.

민,
오랜만이다.
한번 보고 싶구나. 너에게 부탁할 것도 있고….
나에게 와줄 수 있겠니?
여긴 부산 소년교도소이다
불편하다면 안 와도 괜찮다.
철규가.

너무도 놀라운 내용이었다. 철규가 왜 소년교도소에 있단 말인가? 무슨 잘못을 했단 말인가? 그리고 철규는 민에게 무슨 부탁이 있어 이런 편지를 쓴 것일까? 그동안 그들은 서로 연락도 없이 지내지 않았던가? 민은 정신적으로 혼란하였다. 철규를 보는 것은 문제가 아니지만 그를 보기 위해서는 교도소 면회를 가야 한다는 것이 영 마음에 내키지 않았다. 처음 철규의 집에 갔던 음침하고 야릇한 시간이 떠올랐다. 그땐 철규는 민에게 두렵고 신비로운 존재였다. 철규 어머니의 우수 어린 얼굴과 눈망울이 눈앞에 어른거렸다. 민은 이런 생각 저런 생각을 하다가 잠이 들었다.

다음날 민은 이불 속에서 눈을 뜨자마자 철규에게 가기로 마음을 정했다. 그 이유는 빨리 그에게 가지 않으면 도저히 일상생활이 되지 않을 정도로 중압감이 밀려왔기 때문이었다. 민은 급히 비상금을 챙기고 그가 최근에 읽었던 책과 빵과 우유를 가지고 그에게 달려갔다. 잔뜩 긴장을 한 채 면회 수속을 끝내고 면회실에서 철규를 기다렸다. 면회실에는 철창문 사이로 겨울 햇살이 무심하게 쏟아 들어와 그나마 음침한 분위기를 밀어내고 있었다. 창가 옆모서리에는 조그만 화분에 담긴 전설 속의 꽃 시클라멘이 분홍빛 꽃망울을 품고 햇살 쪽으로 기울고 있었다. 덜컹 탁한 소리를 내며 철문이 열리고 철규가 덤덤한 표정으로 민에게로 왔다.

"민, 와주었구나. 고마워."

"철규야, 대체 어떻게 된 일이야?"

철규는 한참을 말하지 않다가 말문을 열었다.

"난 고등학교에 가서는 도저히 집에 있을 수가 없었어. 나만의 자유와 공간이 필요했었어. 엄마와 누나들의 밤의 세계에서 나는 숨이 막혀오기 시작하였고 적응을 거부하는 영원한 이방인으로 남겨졌지. 나는 무작정 가출을 여러 번 했었어. 지금 여기 있는 것이 그 가출의 결과야."

"나도 언젠가는 네가 집을 떠나리라 생각은 했지만 이렇게 빨리… 그리고 가출이라니…"

"어둡고 칙칙한 그 골목길에서 탈출하여 나만의 세계로 나아가고자 발버둥 쳤지. 마치 알이 새로운 세계를 위해 나아가듯이…. 허나 그것은 허상이었어. 그 골목길에서의 탈출은 결국 더 어두운 세계로 빠져든 꼴이 되었지. 조그만 알의 보금자리에서 크고 무서운 암흑의 알로 들어갔다고나 할까? 암흑의 세계에서는 나를 지켜주는 천사는 없었어. 내가 마음속에 동경하고 찾고자 하는 메타트론 천사는 그 어디에도 없었지. 처음부터 모든 것은 마음속의 허상이고 현실은 오직 악과 사탄만이 날뛰었지. 암흑의 세계는 결코 나를 쉽게 놓아주질 않았어. 나는 할 수없이 많은 범죄를 저지르고 지금 벌을 받기 위해 여기에 와 있는 거야."

민은 철규의 말을 듣고 가슴이 아팠다. 36개의 날개를 가지고 무서운 힘을 지닌 메타트론은 현실에는 없단 말인가? 천사가 천상에만 존재한다면 무슨 의미가 있단 말인가? 철규는 그 천사를 찾아 집에서 뛰쳐나왔지만 결국 철규가 다다른 곳은 더 큰 암흑의 알이라는 말을 듣고는 환상이 무너지는 것 같은 느낌을 받았다. 민은 철규의 내면세계가 이해되고 안타까울 뿐이었다. 현실 세계는 악과 어둠의 기운이 더 강한 것인가? 그 악은 그의 마음에서 나온 것이 아닐까? 민은 복잡한 생각을 접으며 철규에게 부탁할 것이 무엇인지 물었다.

"민, 너에게 부탁하고자 하는 것은 이 편지를 나의 어머니에게 전해주었으면 해. 네가 유일하게 내 집을 아는 친구이니깐. 그리고 내가 잘 있다고 전해다오. 그동안 나는 어머니의 면회를 거절해 왔었어. 이런 나의 모습을 도저히 보여줄 수가 없었어."

그러면서 철규는 한 통의 편지를 민에게 건네주었다.

"그러마. 철규야…. 몸조심하고 잘 지내거라."

민은 철규에게 가지고 간 책을 건네주었다. 책은 그가 읽었던 리처드 바크의 《갈매기의 꿈》이었다. 철규도 민에게 책 한 권을 선물하였다. 철규가 민에게 할 수 있는 유일한 감사의 표시였다. 철규가 교도소 안에서 한 페이지 한 페이지 고민하며 읽었던 책 《죄와 벌》이었다. 면회를 마치고 적은 돈이었지만 영치금을 넣어주고 나왔다. 교도소 철문을 나서며 겨울의 청명한 하늘을 올려 보았다. 하얀 새 한 마리가 저 붉은 태양 속으로 날아오르고 있었다.

갈매기의 꿈…. 민은 철규가 갑갑한 철장 안에서 푸른 하늘을 바라보며 외로이 날아오르는 갈매기의 꿈을 가지길 원했다. '조나단' 갈매기는 꿈을 이루기 위해서는 항상 외로웠고 도전 속에서 살아야만 했다. 좀 더 높은 곳으로 날아 더 멀리 보고자 하였다. 때론 비바람으로 실패를 거듭하더라도 용기를 잃지 않았다. 철규도 결코 꿈을 포기해서는 안 된다. 민은 철규가 꿈을 가슴속에 품지 않으면 더 악마와 친해지리라 생각이 들었다. 철규는 암흑의 알에서 빠져나와야만 했다.

곧바로 민은 철규의 집으로 향했다. 그날도 어김없이 어둠은 그 골목길에 빨리 찾아왔다. 민은 대문을 열고 들어가 철규 심부름을 왔다고 말하였다. 추운 겨울 저녁이었건만 여전히 미니스커트에 부드러운 양모 코트를 걸친 여인이 놀라운 표정으로 민을 보더니, 종종걸음으로 안으로 사라졌다. 민은 대문 옆에 걸려 있는 붉은 전등 밑에서 외로이 땅만 쳐다보며 두 발을 땅에 굳게 딛고 기다렸다. 민의 얼굴에는 비장함이 묻어있었고 민의 검은 그림자는 마당에 길게 드리웠다. 아주 짧은 시간이었건만 민은 몇 시간이 흘러간 듯 착각을 하였다. 철규 어머니는 마치 철규를 본 듯, 반가움과 근심스러운 얼굴로 민에게 뛰다시피 다가왔다. 민은 품에서 편지를 꺼내 드리며 철규는 잘 지내고 있다고 전해드렸다. 안으로 들어가자는 어머니의 제의를 인사로 대신하며 뒤돌아섰다. 어머니의 작은 눈에는 이미 눈물로 넘쳐나기 시작하여 도저히 그 자리에 있을 수가 없었기 때문이었다. 나오는 골목길은 어느새 철창문이 있는 어둠의 골목길이 아니고 어머님의 따뜻한 품 같은 영원한 보금자리로 변해있었다. 민은 철규의 편지 내용이 궁금했지만, 그것은 중요하지 않았다. 아마도 철규가 어머니에게 보내는 첫 번째 편지였으리라 생각하며 그것은 철규 어머니에게 가장 큰 선물이 될 것이었다. 그 이유는 철규가 처음으로 어머니에게 마음을 열었다는 증표가 되기 때문이었다.

　민은 그날 밤 잠을 청할 수가 없었다. 너무나 힘든 하루였다. 교도소에서 면회를 마치고 돌아서는 철규의 무거운 어깨가 떠올랐다. 철규는 어린 나이이지만 기구한 삶을 살아오고 있었다. 그리고 앞으로의 그의 인생은 어떤 모습이 될까? 민은 이런저런 생각에 잠을 뒤척였다. 그날 밤 민은 철규도 철창 안에서 잠을 이루지 못할 거라 생각이 들었다. 삭풍의 겨울밤 철규의 가슴속에는 뜨거운 눈물이 흘러내릴 것이다. 철규의 어머니는 편지를 읽으며 또 얼마나 많은 눈물을 흘리실까?
　민은 마음이 아팠다. 민은 그들에게 편한 잠과 마음의 평화가 오길 바랐다. 잠속에서 아픔과 상처가 치유되고 어두운 기억들은 가장 밑바닥에 있는 기억의 창고 뒤 칸에 넣고 자물쇠로 굳게 잠그기를 바랐다. 그리고 다음 날 붉은 태양을 맞이하며 아픔을 씻어내리고 편안한 마음으로 돌아가길 기원했다.
　열병을 앓듯 민은 힘든 며칠을 보낸 후 안정을 찾아가고 있었다. 방 안 책상 위에 고이 모셔져 있던 철규로부터 받은 책 도스토옙스키의 《죄와 벌》이 눈에 들어왔다. 민은 책 제목부터 별로 마음에 들지 않고 두꺼운 책이라 선뜻 손이 가지 않았지만 철규가 주었던 책이라 어쩔 수 없이 읽기 시작하였다. 어렵고 지루하기도 하고 특유의 러시아 문체로서 글이 늘어지고 내용도 복잡하였다. 하지만 매력을 느낄 정도의 신비로움이 책 속에 녹아 있었다. 책에는 철규의 손때와 고뇌가 묻어 있었다. 몇몇 문장에는 밑줄이 쳐있었고 의문부호와 느낌표가 군데군데 있었다. 민은 생각하길, 철규는 책의 주인공이 가진 이방인의 감정과 동질감을 느꼈을 것이고 주인공의 죄의식과 그의 죄의식을 철저히 비교했을 것이다. 그들은 병적인 사색(思索)에서 자기만의 세상에 살았던 것이다. 군중 속의 고독을 느끼게 만드는 '상트페트르부르크' 도시의 뒷골목은 철규가 태어나고 자란 그 골목길이었다. 방황하고 절망하고 희망을 찾고 고백하는 주인공은 철규와 민의 자화상이기도 하였다.

민은 어린 시절의 느꼈던 죄의식을 상기하였다. 돌이켜 보면 그것은 아무런 죄도 아니고 너무나 사소한 생활의 일부였던 것인데 그땐 왜 그런 생각으로 괴로워했을까? 아마도 인간은 태어날 때부터 우리들의 DNA에 이미 죄와 벌에 대해 인식을 하는 것 같았다. 죄를 행했더라도 그 죄를 느끼지 못하고 반성을 하지 않으면 그 죄는 점점 커져 열매를 맺어 어느 날 자기에게로 다가와 벌을 주지만 그 죄를 인정하고 반성한다면 이미 그 죄는 반으로 줄어든다고 생각했다. 죄의식 그리고 유혹에 빠져 악을 행하는 행위에서 생기는 쾌락과 갈등 그리고 후회는 우리의 삶에서 뿌리 깊게 함께 공존해 가는 것 같았다.

바티칸

한해가 넘어가고 새해를 맞이한 기쁨과 설렘이 서서히 사라지며 모두가 일상으로 돌아가는 일월 중순경, 밤은 깊어가고 엄동설한이 전국을 덮은 어느 날 현우 형의 연락이 왔다. 너무나 반가운 전화였다. 그동안 현우 형의 근황에 관해 매우 궁금했기 때문이었다. 몇 개월 전 마지막 결투를 끝으로 서로가 연락이 없었던 것이었다. 보고 싶었지만 연락을 먼저 할 수가 없었다. 언제나 현우 형은 민의 마음속에 신비롭게 자리 잡은 신기루처럼 어떤 환상을 불러일으키고 있었다. 그 환상이 무엇인지 모르고 설명할 수도 없지만, 민에게는 한 줄기 빛처럼 다가와 때론 그의 눈을 뜨게 하고 심장을 불태우게 하고 때론 무서움의 존재로 다가오기도 하였다. 그는 현우 형을 닮고 싶었다. 그의 말투와 행동, 몸맵시 모두가 그의 동경 대상이었다.

너무나 반가운 소식이 전화선을 타고 넘어왔다. 현우 형이 고려대학교 법학과에 합격했다는 소식이었다. 얼마나 기다리고 기다린 소식이었던가? 민은 본인이 합격한 것처럼 기뻐하였다. 의지의 한 국인처럼 여겨졌다. 존경스러웠다. 고등학교 일학년 때 학교 집단 패싸움에 연루되어 학교를 떠나 절에서 생활하면서 처절하게 본인 운명과 싸우며 치열하게 하루하루를 견디지 않았는가? 한때는 자살을 시도하면서 정신적 방황을 했지만 결국 검정고시를 치르고 결국 한국에서 유명대학의 법학과를 입학하다니…. 이는 현우 형의 강인한 정신과 노력의 산물이었다. 정의를 실현하기 위해 법을 공부하겠다는 현우 형의 철학이 그를 채찍질하고 담금질하였을 것이다. 민이 현우 형을 처음 보았던 절 생활이 주마등처럼 떠올랐다. 현우 형의 방에서 보았던 그의 시(詩), 〈나의 기도〉의 마지막 부분이 생각났다.

"나의 기도가 항상 신에게 도달하게 해 주소서."

"신을 믿는 자 항상 신이 나의 마음속에 함께 해 주소서."

현우 형에게는 말할 수 없는 신의 힘과 기운이 서려 있는 것 같았다. 앞으로도 형이 기도하는 신이 그를 잘 이끌어 주시리라 믿었다. 다음날 민은 형을 만나러 나갔다. 형이 서울로 올라가기 전에 먹고 싶다고 자갈치시장 골목길에 자리 잡은 고래 고기를 파는 식당으로 찾아갔다. 형은 혼자가 아니었다. 미모의 여성과 함께였으며 민은 그 여자가 절에서 보았던 그 여자라는 것을 단박에 알아보았다. 의외였지만 그는 약간 떨리는 목소리로 인사를 하고 같이 자리를 잡았다. 현우 형이 웃으며 말했다.

"구면이지?"

민은 웃음으로 답을 하면서 그녀를 살짝 보았다. 불쑥 섹시한 몸매로 변한 그녀도 민을 보면서 살짝 웃음을 머금었다. 그렇게 현우 형의 대학 합격을 축하하는 그들의 축제가 시작되었다. 현우 형은 별말이 없었다. 대학 합격에 대해 본인 자랑도 할 만하지만, 거기에 대해서는 말을 하지 않고 소주잔만 기울였다. 민과 그녀도 축하한다고 말하면서 첫 소주잔을 비웠다. 소주는 목을 넘어가면서 진하고 묘한 기분을 만들었다. 약간 비린내 나는 고래 고기 한 점을 소금에 듬뿍 찍어 입안에 넣었다. 특유의 맛이 입안에 그득하게 몰려왔다. 몇 잔을 말없이 마셨다. 전혀 예상과 달리 그녀는 술을 잘 마셨다. 여자와 함께 술을 먹는 것은 민에게 처음 있는 일이었다. 한두 잔 정도로 분위기만 맞출 것으로 생각했지만 그녀는 현우 형과 보조를 맞추며 정확히 같이 마시고 있었다. 여자가 술잔을 입술에 대며 먹는 것을 보니 야릇한 기분이 들었지만 더는 눈길을 주지 않고 형에게만 집중하려고 하였다.

민은 아직 고등학생이고 자신의 주량에 대해서는 전혀 모르기에 조심스레 한 잔씩 형이 따라주는 것만 예의상 마시려고 하였다. 형은 원래부터 술을 잘 마셨다. 하지만 한 번도 말실수나 자세가 흐트러진 적은 없었다. 그날도 얼굴에 별다른 기쁨이나 표정 없이 덤덤히 부산을 떠날 마음의 채비를 하는 것이었다. 아마도 옆에 앉아 다소곳이 소주잔을 기웃거리는 그녀와도 이제 떠나야 할 시간이 온 것이었다. 그녀도 그것을 직감적으로 알고 있는 듯했다. 여러 잔을 마셨지만 그녀의 얼굴은 전혀 빨개지지 않고 도리어 창백해지는 것 같았다. 마치 이슬을 마시고 피어난 흰 꽃이랄까. 창백한 얼굴에 묘한 아름다움이 스쳐 지나갔다. 그녀는 현우 형이 어디를 가더라도 그를 사랑할 것 같았다. 이미 그녀의 마음속엔 현우 형의 미카엘 대천사 조각상이 자리 잡고 있는지도 모른다. 그녀는 형으로부터 보호받는 듯하였다. 보지 않으면 멀어진다는 서양속담이 있지만, 그들에게는 맞지 않으리라 믿었다. 그렇게 합격이라는 축하 자리에서 이별의 슬픔이 기웃거리는 술잔 너머로 슬금슬금 찾아오기 시작하였다.

잠시 침묵이 흘렀다. 모두가 가슴속 밑바닥에 이별을 직감적으로 느꼈기 때문이리라. 침묵을 깬 것은 현우 형이었다.

"빛과 소금."

민과 그녀는 무슨 말인지 몰라 현우 형을 바라보았다. 현우 형은 다시 말을 하였다.

"빛과 소금."

다시 한번 말을 되씹은 후 묵직한 침묵을 하며 생각하는 듯하다가

"법을 공부하고자 하는 이유는 나의 한 몸이 미약하나마 국가와 사회를 위해 그리고 국민을 위해 빛과 소금이 되기 위함이다."

현우 형의 결연한 마음과 의지가 담긴 목소리에 모두가 숙연하였다.

"입신양명(立身揚名)과 출세를 버리고 정의(正義)를 향해 그리고 양심에 기초한 법조인이 되어 사회를 바로 세우는데 밀알이 되려고

하네. 하나 나의 마음에 한 가지 의문이 생기는 것이 있어 나의 마음을 어지럽히네."

　민과 그녀는 현우 형의 마음속 이야기를 숨죽이며 들었다. 워낙 말이 없고 생각을 표현하는 형이 아니었기에 이런 마음의 결심을 드러내는 이야기는 앞으로의 형의 미래가 투영되기 때문이었다. 그들은 형의 말을 절대적으로 믿었다. 틀림없이 훌륭한 판검사가 되어 미카엘 대천사처럼 악마를 물리칠 것이라 굳게 믿었다. 꿈속에서만 보는 형의 모습이 실제 곧 현실사회에서 그렇게 악마와 불의(不義)와 싸우는 전사(戰士)의 모습이 민의 눈앞에 어른거렸다. 현우 형의 마음을 어지럽히는 것은 무엇이란 말인가? 안타깝기도 하고 궁금하기도 하였다. 형은 조심스럽게 말을 이었다.

　"과연 사람이 사람을 단죄할 수 있을까? 신처럼 완벽하고 전지전능한 사람이 없는바 한 인간이 다른 인간을 어떻게 판단을 한단 말인가? 남은 일생을 악을 물리치고 죄에 따라 벌을 주는 일을 한 후에는 결국 나의 마음에는 무엇이 남을 것인가? 오히려 판결에 대한 후회와 자책감이 들까 두렵네. 한편으론 무섭네. 빛과 소금으로 살고자 하는 나의 인생관과 과연 맞는 일인지 모르겠네."

　민은 현우 형의 고뇌(苦惱)가 담긴 말을 들으니 일반적인 사람들이 생각하는 이상의, 삶을 대하는 철학이 담긴 것 같아 존경심이 우러나왔다. 민은 조용히 현우 형에게 말을 했다.

　"형, 그러면 훌륭한 변호사가 되어 인간의 죄를 변호하고 억울한 사람을 구제해주는 일을 하면 되지 않을까?"

형은 그에 대해 그의 마음을 이야기했다.

"사람을 변호하고 용서를 구하는 일도 사람이 할 일이 아니라는 생각이 드네. 변호하는 일에는 너무나 많은 실수와 음모와 후회가 따르는 것 같아. 용서와 구제의 영역도 신의 영역인 것 같아. 법의 세계는 오직 법령에 따라 판단되고 변호되고 그에 따른 법적인 신체의 구속이 이루어지고 죗값을 치르게 하지만, 인간세계는 정신적이고 양심의 문제가 먼저라는 생각이 든단 말이야."

현우 형은 더 말을 하지 않고 소주잔을 입안에 틀어넣었다. 민과 그녀도 그에 대해 말하지 않았다. 그렇게 현우 형의 대학 합격 축하 자리가 현우 형의 새로운 철학적인 고민거리로 물들고 긴 이별이 이 세 사람에게 다가옴을 모두 마음속 깊이 느꼈다. 차가운 자갈치시장의 바닷바람이 비린내를 머금은 채 순간 그들의 술잔 사이로 헤집고 지나갔다.

민은 집으로 돌아가는 버스 안 뒤 칸에 앉아 창밖을 내다보며 현우 형과의 만남을 다시 생각하였다. 현우 형은 역시 멋진 형이었다. 정의를 실현하고자 법대를 가지만 인간만이 할 수 있는 철학적인 고뇌(苦惱)에 사로잡혀 있는 것이다. 현우 형이 결국 추구하고자 하는 것은 무엇일까? 한마디로 정의(定義)하기가 힘들었다. 현우 형은 절대적인 선(善)을 꿈꾸고 있는지 모른다. 마음속의 선(善)을 통해 신(神)을 찾고자 하는지도 모른다. 절대적인 선(善)은 있을까? 절대적인 악(惡)은 있을까? 선과 악은 인간이 만든 형이상학(形而上學)적이고 착시이며 시차로서 발생하는 착각인지도 모른다. 선이 악이 되었다가 악이 선이 되는 경우가 인간사에 허다하기 때문이다. 아마도 선과 악은 한 몸인지도 모른다. 또한 절대적인 것은 존재하지 않는다.

나약한 인간은 선과 악의 쌍곡선 속에서 갈등하고 투쟁하고 후회하고 반성하면서도 벗어날 수 없는 인간의 굴레와 속박 속에서 발버둥 치며 살아가는 것이리라. 그런 삶이 축복이 될 수 있을까도 의문을 가졌지만 민은 인간으로 태어난 것은 일생에 최고의 축복이고 천운(天運)으로 생각했다. 비록 모순과 회한으로 가득 찬 지옥과 같은 일생일지라도 눈 한번 감았다가 다시 활짝 눈을 떠보면 이 우주와 지구는 너무나 완벽하고 아름답고 신비로움에 충만해 있기 때문이다. 현우 형은 지금 신(神)을 마음속에 품고 있는지 모른다. 신(神)을 찾아가는 길은 고독의 길이다. 사람은 어머니의 자궁을 거쳐 태어나 탯줄을 끊는 순간 홀로 선다. 홀로 되는 그 순간이 탄생이다. 홀로 된다는 것은 외로움이다. 운명적인 탄생은 운명적인 외로움을 잉태한다. 하여 인간의 가장 근원적인 최초의 감정은 외로움이라 생각이 되었다.

민의 생각은 덜커덕거리는 버스 안에서 끊임없이 이어졌다. 적당한 알코올과 현우 형의 만남과 대화 그리고 다시 본 섹시한 그녀와의 술자리 이 모든 것이 민의 모든 감각과 세포를 폭발시키고 있었다. 외로움은 한 인간의 탄생과 동시에 생겨 죽을 때까지 함께하다 결국 외로운 죽음과 함께 사라진다. 아마도 윤회하여 다시 태어 난다면 그때까지 느끼지 못했던 외로움도 다시 태어나는 것이다. 일반적인 사람은 외로움을 피하고 벗어나고자 군중을 찾고 끼리끼리 어울리고 집단생활을 하고 있지만 어떤 사람은 스스로 외로움을 찾아 떠나기도 한다. 인간은 간혹 군중 속에서 고독감과 외로움을 느낄 때가 있다. 가식적인 집단생활이 힘들고 역겨울 때도 있으며 외로움이 인간의 감정을 가장 차분하게 만들고 묘한 편안함을 가져다준다. 외로움은 인간이 가진 가장 순수하고 숙명적이고 친근한 최초의 감정이기에 이를 두려워할 필요가 없다. 현우 형은 지금 그 길을 택해 가장 인간적이며 가장 신적(神的)인 무언가를 찾으려고 하는 것인지도 모른다. 민은 현우 형이 앞으로 걸어갈 길을 생각하면서 결국 우리는 외로운 존재이고 홀로라는 생각이 온몸에 젖으며 마음속으로 자작시를 적어본다.

너와 나

내가 너의 삶을 모르는데
어찌 네가 나의 삶을 이해할까?
우리 모두는 각자 주어진 길만 갈 뿐
그 길이 순탄하든 험하든 누구도 이해하지 못하는 길을 갈 뿐.

나는 나로 태어난 이상 나의 한계가 있듯

나비처럼 날수도

연어처럼 대양도 누빌 수도 없다.

같은 공기를 마시고 같은 물을 나누더라도

그저 우리는 우리라는 이름일 뿐

결국은 나는 외로운 나인 것이다.

하지만

나의 상처를 치료해 주고 일으켜 세워주는 것은

너의 따뜻한 눈길과 위로의 말이라는 것을

너와 나 모두의 가슴속 깊이 오래전부터 알고 있다.

　현우 형의 편지를 받은 것은 몇 개월이 지난 어느 봄날이었다. 형은 결국은 자신을 찾기 위해 길고 긴 여행을 떠난 것이다. 현우 형의 편지는 이렇게 시작하였다.

민, 오랜만이다.

지금 나는 로마의 어느 조그만 민박집이다. 대학에 입학 후 얼마나 많은 술을 먹고 방황을 했는지 모르겠다. 민은 나의 방황과 번뇌가 무엇인지 이해하리라 믿는다. 대학 캠퍼스의 공간이 나에게는 감옥 같았지. 근원적인 나의 고민에 대한 해답을 얻기 전에는 대학의 낭만은 한낱 허상과 무미건조한 나날의 연속이었지. 지금 대학은 봄 축제로 모두가 즐거운 시간을 보내고 있겠지. 나는 나의 축제를 홀로 여기서 보낼 것이다. 축제가 아닌 고행의 길을 갈 것이다. 내가 어떻게 살고 무엇을 할 것인가에 대한 답을 로마에서 찾을 것이다. 로마를 선택한 것은 여행하기 위함이 아니라 신(神)을 찾고 나 자신을 찾기 위함이다. 오늘 낮 로마 시내를 걸으면서 원형 경기장 및 많은 유적지를 보았네. 나에게는 그런 유적지와 역사가 중요하지는 않아. 역사 속에 걸어 다니고 숨 쉬는 나 자신에 대해 골똘히 생각하고 또 생각하였네. 오늘 오만 보를 무작정 걸으면서 나 자신을 보고 싶었네.

내일부터는 5일간 바티칸에 갈 생각이다. 바티칸 성당에서 신을 찾고 대화하고 나 자신을 찾을 것이다. 마음이 많이 설렌다. 만일 나 자신에 대한 확고한 해답을 얻지 못하면 여기를 떠나지 않을 각오로 앞으로 5일간 첫 입장을 하고 마지막 퇴장 시간까지 바티칸 성당 안에서 지낼 생각이다. 신과 가장 가까운 성당, 바티칸이다. 신의 영적 감각과 성령(聖靈)으로 만들어진 신의 작품을 보고 싶다. 신의 위대함을 찬미하고 싶네. 오늘 낮 걸으면서 시상이 떠올라 적어본 시(詩)이니 읽어다오.

여행

간혹 긴 여행을 할 때,
긴 사색을 통해 마음속의 성숙함을 맛보고

때론 군중 속의 절대적인 고독감을 느낀다.

유적지를 보면서
인간의 위대함과 지혜에 찬탄하면서도
인간의 고통과 신음을 느낀다.

현 지구의 가장 위대한 것은
고대의 유물과 보물이 아닌
현재 열심히 살아가는 평범한 너와 나인 것이다.

가장 가보고 싶고 가도 가도 또 가보고 싶은 곳은
나의 고향이고 부모님의 품인 것이다.
영원한 나의 가슴속 여행지이다.

우리의 인생이란
소풍 나온 것처럼 이리저리 즐겁게 여행하다
결국 고향의 길을 찾아 되돌아가는 것이다.

또 연락하마. 잘 지내거라.
너를 사랑하는 형, 현우

현우 형의 2번째 편지를 받은 것은 그로부터 며칠 지난 개나리 향기가 그득한 어느 봄날이었다. 편지는 깨알 같은 글씨로 바티칸 문장이 찍혀 있는 편지지에 빽빽이 적혀 있었다. 연필로 정성스럽게 써 내려갔으며 고친 흔적은 별로 보이지 않았다. 그만큼 그의 생각이 정리되어 있으며 거침없는 표현은 그의 사색이 흔들림이 없다는 것을 보여주고 있었다. 국제 우편 봉투에는 바티칸 우체국의 소인(消印)이 찍혀 있었다. 잘 접힌 편지지는 비장함의 기운이 묻어나왔다. 글은 이렇게 시작하였다.

민 보아라.

인류가 만든 최고의 보물, 최고의 유산인 바티칸.

현존하는 나라 중 가장 작은 나라 바티칸.

난 바티칸에서 지난 3일을 보내며 내가 찾고자 하는 것을 위해 처절하게 뒤지고 있다네. 어디엔가 비밀의 열쇠가 숨겨져 있으리라 믿으며 혹 그 열쇠를 찾지 못한다면 분명 나는 신(神)이 나에게 보내는 영감(靈感)은 얻으리라. 그리고 난 나의 길을 가리라. 나는 대부분의 시간을 시스티나 성당에 있는 미켈란젤로의 〈천지창조〉 천장화와 〈최후의 심판〉 벽화를 보면서 지냈네. 한마디로 그 두 작품은 인간의 창조물이 아니라 신(神)이 만든 것이라는 표현이 맞으리라. 감히 신의 천지창조를 한 인간이 그림으로 표현하다니…. 그것도 혼자서 천장에 거꾸로 매달려서 그리다니, 도저히 상상이 가지 않는다. 신에 대한 믿음과 자신의 희생정신이 없었다면 엄두도 내지 못할 창조물이다. 나는 그림 하나하나를 감상하면서 그 의미를 알아내고자 하였네. 한참을 보다 보면 천장의 그림은 순간 천장에서 나의 눈 안으로 떨어지곤 하였네. 어떤 때는 나의 몸이 붕 떠서 천장 속 그림 속에 갇히곤 했네. 물감으로 얼룩진 나의 몸은 그림 속의 한 인물로 굳어버렸네. 그럴 때는 놀라기도 하지만 한편 행복하기도 했네. 신의 위대함과 우리들의 삶이, 모든 행복과 불행이 공존하는 이 천지가 한편의 그림 속에 담겨있다니. 〈최후의 심판〉에서는 예수와 함께 천국과 지옥을 보여주지. 이 성당 안에서 교황을 선출하는 거룩한 행사인 콘클라베가 열린다고 하니 얼마나 신성한 장소인가? 이 성당 안에 있으면 난 너무나 행복하단다.

그동안 나의 모든 고민과 갈등은 사람으로부터 생긴 것 같아. 사람을 사랑하고 미워하고 이 모든 것들이 부질없는 짓으로 여겨지네. 사회규범과 법이란 모두 인간이 만든 것이고 그런 법을 공부하여 인간의 행위에 대해 판결을 해야 하는 법관의 일도 부질없이 여겨지네. 만일 신이 인간을 창조했다면 그 위대한 뜻과 의미를 공부하고 그 의미를 찾아 살아가는 것이 나름대로 의미 있는 삶이라 생각이 드네. 또한 신을 찬양하고 숭배하고 신에게 제사를 지내는 일은 숭고한 일이라 여겨지네. 인간으로부터 배신당하지 않고 속지 않고 가식으로 살기가 싫어지네. 이 모든 글은 극히 나의 개인적인 생각이니 너그러이 이해하고 읽어주길 바라네.

바티칸에서의 하루의 일과가 끝날 때는 나는 성 베드로 성당으로 가서 바티칸의 초대 주교이며 예수님의 첫 제자인 베드로의 무덤 앞에서 기도하며 하루를 마무리한단다. 예수님과 같은 모습으로 십자가에 매달리는 것은 제자의 도리가 아니라고 십자가에 거꾸로 매달려 돌아가신 성 베드로의 순교에 나는 한없이 부끄러워지네. 짧은 그 기도 시간에는 석양의 신비로운 색깔의 햇살이 스테인드글라스를 통해 스며들어와 어김없이 나의 어깨에 살포시 내려와 나의 기도를 지켜본단다. 며칠간의 바티칸 생활 속에서 하루하루 성스러운 공기가 나의 몸속에 들어와 나의 몸과 마음을 정화해 주고 있다는 느낌으로 보내고 있단다.

그 무언가를 찾기 위해 처절하게 고민하는 바티칸의 외로운 방랑자, 현우.

민은 현우 형의 편지를 읽고 또 읽었다. 현우 형의 바티칸 생활이 눈에 너무나 선하게 그려졌다. 보고 싶었다. 소주를 마시며 형과 밤새워 이야기하고 싶었다, 불과 얼마 전에 형의 합격 축하의 자리를 가지고 앞으로 형이 법관이 되는 모습을 그렸지 않은가? 한데 지금 형님은 저 멀리 이탈리아 로마 속의 작은 국가인 바티칸에서 그 무언가를 찾기 위해 고민하고 있지 않은가? 현우 형이 찾고자 하는 것이 결국 무엇인가? 형님은 손목에 새겨진 문신, 대미카엘 천사가 진정 되고자 하는 것일까? 민은 개개인의 인생에 대해 생각해 보았다. 우리 모두의 인생은 누구도 가보지 않은 길을 가는 것이다. 외로운 나그네처럼 길 없는 길을, 문 없는 문을 박차고 내일의 햇살을 맞이하는 것이다. 형의 3번째 편지를 받은 것은 그로부터 3일이 지나서였다.

민 보아라.

지난 5일간의 바티칸 생활에서 치열하게 고민 후 내린 결론은 난 모든 것을 버리고 신부가 되고자 하네. 법관이 되어 사회정의를 실현할 수도 있지만 난 신부가 되어 사람의 마음속에 자리 잡은 악과 싸우고자 하네. 성 베드로 성당의 부속실에서 〈사탄을 밟은 성 미카엘〉 모자이크 작품을 보고 난 나의 몸에 새겨진 미카엘 천사와 같이 이 몸 던져 세상의 사탄과 싸우려고 하네. 한국에 돌아가자마자 학교를 그만두고 가톨릭대학에 가서 정식으로 신부의 길을 밟고자 하네. 앞으로 나의 인생에서 더는 갈등이 없길 스스로 마음속 깊이 나의 결심을 새기고 그 결심을 성 베드로 성당에서 밝히려고 하네.

너와 나의 길에 신의 축복이 있길!

방황의 길을 끝내고… 너를 사랑하는 현우가

민은 아무 말 없이 형의 편지를 고이 접어 책상에 넣었다. 현우 형은 결국 자신의 길을 찾은 것이다. 길 없는 길을 가는 것이다. 끝없는 길을 가는 것이다. 그의 인생을 사는 것이다. 그 길이 현우 형의 운명이라 생각하였다. 형에게는 법복보다는 사제의 옷이 더 어울리리라. 현우 형이 존경스러웠지만 결코 그 길은 쉽지 않을 것이다. 근원적인 인간의 욕망을 없애는 것은 인간으로서 가장 고통스러운 일이 될 것이다. 하나님의 축복은 쉽게 드러나지도 보이지도 않는다. 때론 시험에 들게 될 것이고 힘든 나날이 이어질 것이다.

끓어오르는 의심과 욕망에 순간순간 무너질 때도 있을 것이다. 자학적(自虐的)인 학대에 가까운 기도를 처절하게 할 때도 있을 것이다. 눈물을 머금고 기도를 할 때도 있을 것이다. 쇠창살 없는 감옥에 갇혀 절대적인 고독을 느낄 때도 있겠지만 이 모든 시련은 결국 형을 더 단단하고 강하게 만들 것이다. 형이 신에게 경건하게 제사를 모시는 모습이 떠올랐다. 신의 축복이 현우 형과 항상 함께하길 마음속으로 기도하였다.

대학

시간은 사람을 늙게 하지만 한편으론 성숙하게 만든다. 또한 인생에 있어 충격적인 사건은 사람을 병들게도 하지만 정신적인 성장의 씨앗이 되기도 한다. 특히 억울하고 불행한 일을 당하면 자신의 과거를 돌아보고 비굴한 반성을 하고 나약해진다. 바티칸에서의 현우 형의 갈등과 고민 그리고 결심은 민의 정신세계에 커다란 충격이었다. 자신의 하루하루 생활과 삶이 무의미하게 여겨지며 회의가 들었다. 민은 이런 정신적인 충격과 회의가 결코 대학 입시를 앞둔 자신에게 좋지 않다는 것을 직감했지만, 현우 형의 편지 내용과 현실과 종교에 대해 생각하지 않을 수 없었다. 민은 이런 이야기를 호연이와 성욱에게 전혀 하지 않았다. 그 이유는 그들은 현우 형의 존재에 대해 모르고 있으며 미묘한 민과 현우 형의 관계와 정신세계를 이해하기가 힘들 것이라 민은 생각했기 때문이었다. 마음 속의 비밀과 신비를 감추고 싶은 생각도 있었으리라. 또한 민이 감당하기 힘든 이런 정신적인 갈등과 충격을 괜히 친한 친구들에게 털어놓음으로써 부담을 주기 싫었다. 외향적이면서도 내성적인 성격을 지닌 민은 현우 형의 삶에 대해 좀 더 차분히 지켜보고 침묵을 지키는 것이 현우 형에 대한 최소한의 도리라는 생각이 들었다.

　그렇게 3학년의 시간이 재깍재깍 흘러가고 있었다. 민은 대학 입시를 위해 최선을 다했다고 보기는 힘들지만 그렇다고 노력을 하지 않은 것은 아니다. 민은 학원을 다니거나 과외수업을 받지 않고 홀로 공부하기를 선택했다. 스스로 시간 계획을 세우고 체계적으로 공부하니 머리도 맑아지고 학습효과가 극대화되는 것 같았다. 어떤 문제도 풀 수 있을 것 같았고 자신감이 생겼다. 전국적으로 치는 학력고사를 가벼운 마음으로 마쳤다.
　민과 호연이 그리고 성욱이는 1년 전 결심했던 대학의 학과에 각자 지원하였다. 성욱이는 과감하게 서울대 법대에 원서를 넣었다. 그들이 다니는 고등학교에서 가기 힘든 학교 학과였다. 결국 아쉽게도 성욱이는 재수해야 했지만 모두가 원하는 학교 학과에 들어갈 수가 있었다. 그렇게 그들은 대학이라는 또 하나의 세상에 발을 들이게 되었다.
　입시 시험을 치르고 이틀이 지난 추운 겨울 저녁, 민은 호연이와 서면의 뒷골목 포장마차에 앉아 소주잔을 기울였다. 이제는 주위의 눈치를 보지 않고 편하게 낭만적으로 술을 마실 수가 있었다. 민은 2학년 때 막노동으로 번 돈이 있어 마음껏 마시며 호연이와 이야기하고 싶었다. 안주는 따끈한 어묵과 기름진 닭다리와 닭똥

집으로 시작하였다. 그 둘은 건배를 하였다.

"건배. 수고했다."

첫 잔을 들이켰다. 맑은 이슬과도 같은 소주는 추운 겨울밤 잔뜩 움츠린 목 안을 타고 작은 불꽃을 피우며 위를 때렸다. 해방감이 몰려왔다. 그 둘은 그 순간이 얼마나 값지고 잊지 못할 중요한 시간이라는 것을 몸으로 느꼈다. 그동안 고등학교라는 억눌린 공간과 억압의 3년 시간을 견뎌왔지 않은가? 입시 결과에 대해서는 그 둘은 전혀 의심치 않았다. 그 둘은 자신감이 있었고 시험문제를 대부분 만족스럽게 풀었기 때문에 걱정은커녕 심지어 생각조차 하지 않았다. 호연이가 말문을 열었다.

"민, 앞으로 대학 생활도 같이하게 되네… 우리 함께 대학 생활 멋있게 잘하자. 민, 그런 의미에서 나의 우정의 잔을 받아라."

호연이는 민에게 그의 소주잔을 마저 비우고 잔을 건넸다. 이렇게 술잔을 주거니 받거니 하면서 포장마차의 백열전등과 연탄불의 열기와 함께 그들의 우정과 술기운은 함께 타올랐다. 그렇게 시험 결과가 발표 나기 전까지 민은 그동안 만나지 못한 몇몇 친구들을 만나며 술을 마시고 앞날에 대해 이런저런 생각으로 시간을 보냈다.

합격 발표가 나자마자 민은 바로 서울행 열차에 몸을 실었다. 전부터 학수고대하고 기다린 일이었다. 그동안 너무나 보고 싶었던 사람들, 엘리제를 만나고 현우 형을 보아야 했다. 서울역에 오후 3시경에 도착했다. 엘리제가 마중을 나와 있었다. 얼마 만에 보는 보고픈 얼굴인가? 일 년을 넘게 보지 못하고 간헐적으로 연락만 주고받았을 뿐이었다. 말 없는 그리움으로 그동안 민의 마음을 다 채웠다. 아마도 엘리제도 같은 그리움으로 그를 보고 싶어 했으리라. 엘리제는 타고난 아름다움에 창백하고 여윈 모습으로 민을 맞이하였다. 살포시 미소를 머금은 채 수줍어하는 그녀의 얼굴은 민의 마음을 사로잡았다. 갑자기 엘리제를 어떤 악마와 불행으로부터 보호해 주고 싶은 보호 본능이 생겼다. 민은 다가오는 엘리제를 향해

"엘리제, 너무 반가워. 그동안 보고 싶었어. 잘 지냈어요?"

엘리제는 답변 대신 고개를 끄덕이며 말했다.

"온다고 힘들었지? 나도 반가워요."

그들은 택시를 타고 서울역과 가까운 덕수궁으로 갔다. 다소 날씨가 추웠지만, 그들은 조용한 궁터를 거닐고 싶었다. 덕수궁 안에는 사람이 거의 보이지 않았다. 가지는 앙상하지만 오랜 세월의 풍파를 머금은 굵고 큰 키의 나무들이 그들을 걸음걸이 중간에서 말 없이 반겨주었다. 민은 자기의 목도리를 엘리제의 목에 감아주며 엘리제의 눈과 콧등을 보았다. 콧등의 곡선은 아름다운 공작의 꼬리처럼 우아하면서 부드러운 선을 가지고 있었다. 하지만 눈은 왜 그렇게도 슬퍼 보이는지 순간 민은 움찔 놀랐다. 민은 직감적으로 엘리제에게 무슨 일이 있다고 느꼈다. 조심스레 엘리제에게 말을 걸었다.

"그동안 어떻게 지냈는지? 대학 입시는 어떻게 되었는지? 모두

궁금하네."

엘리제는 잠시 망설이다 말문을 열었다.

"민, 진심으로 합격 축하해요. 대학에서 마음껏 캠퍼스 생활을 즐기고 멋진 대학 생활을 했으면 해요. 난… 난… 이번에는 대학은 못 갈 것 같아. 그동안 몸이 아파서… 대학은 다음에…."

엘리제의 입술은 가늘게 떨리고 있었다. 민은 마음이 아팠다.

"엘리제, 무슨 힘든 일이 있구나."

엘리제는 그동안의 사연을 조심스레 이야기하였다.

"서울은 나에게 맞지 않은 것 같아. 서울로 전학 오니 모든 것이 생소하고 친구도 없고 학교도 낯설어… 지난 일 년 학교생활이 지옥 같았어요. 난 어디에도 마음을 두지 못하고… 밤에 잠을 자기도 힘들어서 요즘은 정신과 치료까지 받고…."

엘리제의 이야기에 민은 충격을 받았다. 민에게는 천사 같은 엘리제가 그동안 서울 생활에 적응 못 하고 괴로워했다니… 그리고 지금 정신과 약을 먹고 있다니…. 마음이 찢어질 듯 아팠다. 민은 살며시 엘리제의 어깨를 감싸주며 따뜻하면서도 부드럽게 말을 이었다.

"엘리제, 이젠 괜찮아요. 너의 옆에서 항상 민이 지켜줄 거야."

엘리제는 아무 말 없이 머리를 민에게 기대며 한발 한발 걸어나갔다. 그들은 별다른 이야기를 하지 않았다. 천천히 걷다가, 간혹 벤치에 앉아 있으며 시간을 보냈다. 같이 시간을 보내는 자체가 그들에게는 기쁨이었다. 말은 필요치 않았다. 눈빛과 느낌으로 충분히 서로의 감정을 이해하고 감싸주고 있는 것이었다. 슬그머니 어둠이 내릴 때쯤에 민과 엘리제는 덕수궁을 빠져나와 덕수궁 돌담길을 서로 손을 잡고 말없이 걸었다. 호젓한 돌담길은 음산함과 운치가 함께 숨 쉬고 있었다. 정동극장을 지나 조그마하지만 나름 예쁜 경양식집에서 파스타를 주문했다. 파스타를 먹기 전에 둘은 하우스 와인 한 잔씩 먹기로 했다. 큰 와인 잔에 담긴 붉은 포도주 빛깔이 둘의 만남을 축복하는 것 같았다. 둘은 잔을 들면서 건배했다.

"민과 엘리제를 위해!"

민은 붉은 와인을 음미하며 엘리제를 바라보았다. 포도주를 한 모금 마시는 엘리제의 모습이 너무나 아름다웠다. 차갑고 창백한 얼굴은 붉은빛으로 서서히 물들었다. 그동안 우울한 시간을 보냈던 엘리제를 생각하니 마음이 무거웠다. 민은 엘리제를 앞으로 반드시 지켜주어야겠다고 생각했다. 그러나 모두 것이 너무나 막연했다. 각자가 서울, 부산에 있어 과연 일 년에 몇 번을 볼 수 있을까? 민은 와인 잔을 놓으며 살며시 엘리제의 손을 잡았다. 너무나 가냘픈 손이었다. 실내로 들어온 지가 꽤 시간이 되었건만 그녀의 손은 왜 그렇게도 차가운지? 민은 끓어오르는 사랑의 감정과 연민으로 타오르는 손으로 그녀의 얼음 같은 손을 녹였다. 민은 그녀를 즐겁게 하려고 최대한 즐거운 이야기를 골라서 해주었다. 그녀는 민의 이야기를 재미있게 들으며 간혹 미소만 보낼 뿐이었다. 그녀의 눈동자에는 투명하고 슬픈 이슬이 담겨 민의 마음을 아프게 하고 있

었다. 헤어지기 전 마지막으로 한 엘리제의 말,

"부산 앞바다가 보고 싶어요. 푸르고 푸른 바다를 보면서 바다 냄새를 맡고⋯. 나의 머릿속을 푸름과 바다 냄새로 가득 채우고 싶어."

"엘리제, 언제든지 내려와. 나와 함께 바다로 가자."

민은 아픈 마음을 움켜잡고 현우 형이 머무는 안암동 하숙집으로 갔다. 덜커덩거리는 버스를 타고 뿌옇게 성에가 낀 버스 창문을 통해 서울의 풍경을 듬성듬성 구경하였다. 민의 머릿속은 온통 엘리제에 대한 애틋한 감정뿐이었다. 민은 안암동 버스 정류장에서 현우 형을 만났다. 형은 딱 벌어진 어깨에 후드 티셔츠를 입고 마중 나왔다. 후드 티 속에서 번득이는 눈빛이 뿜어져 나왔다. 형은 미소를 지으며 민을 반가이 맞이했다.

"민 오랜만이야. 온다고 수고했네."

"형, 너무 반가워."

그들은 음침한 골목길을 따라 형의 하숙집으로 갔다. 형은 이미 고려대 법과를 휴학한 상태로 학교에는 가지 않지만 그대로 하숙집에 남아 있었다. 형의 방은 역시나 생각한 대로 깔끔하고 잘 정돈되어 있었다. 몇 년 전 절에서 본 형의 방 느낌과 흡사했다. 단지 낯선 종교에 관한 책들이 책상 위에 잔뜩 쌓여 있었다. 모두가 양장본 두꺼운 서적들이었다. 서적 위에는 묵주가 소중히 얹혀 있었다. 바티칸에서만 판다는 장미 묵주였다. 방 안에 바티칸의 장미 향내가 은은히 퍼지고 있는 듯, 묘한 느낌이 들었다. 붉은색의 묵주 중간에는 교황의 모습이 새겨져 있고 끝에는 십자가가 달려 있었다. 앞으로 이 바티칸 묵주를 가지고 현우 형은 구마사제(驅魔司祭)가 되어 사탄과 맞설 것이다. 형은 이미 민을 위해 술상을 준비해 두었다. 오늘은 형과 함께 이 하숙방에서 잘 것이다. 술을 마시며 밤새워 밀린 이야기를 할 것이다. 민은 엘리제를 만나고 가슴속에 타오르는 갈증을 느끼고 있었다. 형이 먼저 말을 꺼냈다.

"민, 대학은?"

민은 그동안의 과정을 간략히 말하고 바로 질문했다.

"형, 형은?"

"민, 축하해. 역시 내가 생각한 대로 선택했구나. 난 전에 바티칸에서 결심한 대로 가톨릭 대학에 무사히 합격했어."

민은 너무나 반가운 소식을 듣고 진정으로 축하해 주었다. 이제야 현우 형은 대학과 그가 가고자 하는 길, 사제(司祭)의 길이 정해진 것이었다. 세 살이나 많은 형이었지만 우여곡절 끝에 민과 같은 년도에 대학에 입학한 것이다. 사제의 길은 너무나 힘들고 외로운 길이 될 것이다. 약 7년의 세월을 견뎌야 한다. 형은 반드시 이겨낼 것이다. 아니 즐거이 그 인고(忍苦)의 세월을 맞이할 것이다. 엎드려 사제품을 받으면 형은 신에게 제사를 지낼 수 있는 사제로 일어설 것이다. 사람은 신에게 기도는 할 수 있지만 제사를 지낼 수는 없다.

민과 형은 앞으로 서로가 가야 할 길은 너무나 다른 길이 될 것이다. 비록 길은 다를지라도 그 둘은 인간으로서 근원적인 삶의 의문과 해답을 찾고자 하는 구도자의 자세는 같으리라. 선과 악이 공존하는, 아니 한 몸인 이 세상에서 치열하게 고민하고 악과 싸우리라. 민은 현우 형의 눈치를 보지 않고 술을 마시기 시작하였다. 오늘은 어떤 말 어떤 행동도 허락되리라. 형과의 만남이라는 기쁨과 함께 둘의 대학 합격을 축하하는 의미 있는 자리이기도 하였지만, 민에게는 오늘 보았던 엘리제의 잔영이 눈앞을 가려 취하지 않고는 애절한 감정을 자제할 수가 없었다. 민은 별다른 안주 없이 이슬과 같은 소주를 입안에 틀어넣었다. 술은 달았다. 여러 가지 엉킨 감정들과 기차를 타고 올라와 추운 날씨 속에 엘리제와 보낸 시간으로 인해 지친 몸과 마음이 술로 촉촉이 젖어 들고 있었다.

간혹 술병에서 별이 떨어지곤 하였다. 현우 형도 술을 마다하지 않았다. 하지만 결코 말을 실수한다든지 자세가 흐트러지지 않았다. 민의 눈에 시간이 지나감에 따라 술잔을 기웃거릴 때마다 현우 형의 어깨에서 솟아오르는 성 미카엘 천사의 날개가 보였다. 형의 결심과 의지는 조금씩 단단하게 자라고 있는 것이다. 이제 가톨릭대학에서 미카엘의 천사 날개에 정령(精靈)을 넣을 것이다. 그 만의 무서운 힘과 무기가 양어깨에서 꿈틀거리고 있는 것이다. 악마와 싸울 때가 다가오는 것이다. 많은 이야기를 했지만 민은 결코 엘리제 이야기는 하지 않았다. 말을 하면서 자기의 모든 감정을 열고 싶지 않았다. 오늘만은 아니 영원히 엘리제와의 은밀한 비밀을 말하지 않으리라. 형은 마지막 잔을 마신 후 무거운 표정으로 한마디 하였다.

"빛과 소금."

208

앞으로 형의 인생은 이 한마디로 압축될 것이다. 민은 비장한 형의 그 말을 가슴속에 담으며 옆으로 쓰러졌다. 형은 민을 위해 잠자리를 만들어 주었다. 민은 빙빙 돌아가는 천장을 보았다. 무거운 몸은 물먹은 스펀지처럼 잠으로 푹 빠질 것 같았다. 눈꺼풀이 처지기 시작할 때 민은 순간 엘리제의 마지막 말 "바다가 보고 싶다"는 애절한 한마디가 귀에 들어왔다. 순간 부산의 부서지는 파도 소리가 귀에서 들렸다. 그는 꿈속인지 상상인지 모르겠지만 시원하고도 푸른 바다를 보면서 철썩거리는 파도 소리를 들으며 시상(詩想)을 떠올렸다. 아마도 이 시상은 민이 아니라 엘리제의 시상이리라. 엘리제가 잠드는 민의 귓가에서 시를 조용히 속삭였다.

속삭임

부서지는 파도 소리가 나의 귓가에 속삭이네.
바닷가 자갈 소리가 나에게 간지럽게 속삭이네.

갈매기가 저 멀리 날아가며 소곤소곤 나에게 속삭이네.
해녀들의 재잘거림이 자장가처럼 포근히 나의 귓가에 와 닿네.

뭐라고 하는지 궁금하여, 조용히 귀 기울이니

모두 바닷가에 와서 사랑하며 놀자고 하네.

　민은 부산으로 내려온 후 홀로 술만 먹었다. 주로 포장마차에서 이것저것 생각하며 술을 마셨다. 술은 항상 엘리제의 눈물을 머금고 있었다. 혼자서 술을 먹는 경우는 이번이 처음이었다. 어떤 일도 관심이 없었다. 생각조차도 싫었다. 그냥 몸과 정신이 방전된 기분이었다. 엘리제의 우울한 아픔과 정신적인 외로움이 그를 괴롭혔다. 엘리제의 고독이 그에게로 밀려와 같이 그 순간을 맛보곤 하였다. 사랑한다는 것은 아픔을 같이 품고 책임을 어깨에 지는 것으로 생각하니 민의 마음이 무거웠다. 민은 잊으려고 하였지만, 더욱더 엘리제는 그를 놓아주지 않았다.

　어느 날 서면의 뒷골목 모퉁이에 붉지만 낮은 조도의 백열전등이 걸린 전봇대 옆 포장마차에서 술을 마시고 나오는데 엘리제가 저 멀리서 지나갔다. 순간 민은 너무 놀라 엘리제에게로 비틀거리며 다가갔다. 속으로 '엘리제, 엘리제'를 외치며 다가가니 그녀는 엘리제가 아니었다. 민은 마음을 다잡고 아무런 감정 없이 그냥 그녀를 뒤따라갔다. 적당한 거리를 두고 그냥 그녀의 뒷모습만 바라보며 걸었다. 날씨는 춥고 바람이 귓불을 때렸다. 골목길이라 어두웠고 간혹 지나가는 사람은 무관심하게 스쳐 지나갔다. 그녀가 어디를 가는지 몰랐지만 제발 천천히 오랫동안 걸어주기를 바랬다. 민에게는 지금 누군가가 필요한 것이다. 시간이 얼마큼 흘렀는지는 모르지만, 시간이 흐름에 따라 민은 점차 용기가 생기기 시작하였다. 민은 속으로 저 여인은 지금 뒤따라가는 나의 존재를 알까? 망설여지고 주저되었지만, 민은 여인에게로 조심스럽게 다가갔다. 적당한 거리를 두고 여인의 얼굴을 비스듬히 보면서 말을 부드럽게 걸었다.

"혹 같이 걸어도 될까요?"

여인은 다소 놀라는 눈치였지만 답변을 하지는 않았다. 민은 그녀가 싫다는 의사는 아니라고 생각하였다. 그녀는 민보다는 몇 살 나이가 있어 보였다. 얇은 화장에 가냘픈 얼굴이었다. 왜 그리도 눈빛이 슬퍼 보이는지… 민은 발걸음을 옮기며 말을 이었다.

"제가 사랑하는 사람과 너무 닮아서… 그냥… 그녀는 지금 서울에 있어요."

그녀는 그냥 듣기만 했다. 아무 말 하지 않았다. 말은 필요치 않았다. 지금 같이 걷고 있지 않은가? 매운 찬바람이 골목을 타고 들어와 그들을 때리고 돌아나갔다. 민은 그녀에게 어디를 가는지 묻지 않았다. 그녀가 가는 길을 따라 무작정 같이 걸었다. 아마도 그녀는 길을 맴돌고 있는 것 같았다. 거의 한 시간을 말없이 같이 걸은 것 같았다. 옛날 친구의 누나와 골목길을 같이 걷던 아득한 추억이 떠올랐다. 간혹 그녀가 움직일 때 옅은 향수 냄새가 민의 콧잔등을 간지럽게 와 닿았다. 그녀가 작은 목소리로 민에게 물었다.

"뭘 하는지?"

민은 아직 대학생이 아니지만, 대학생이라 둘러대었다. 그 여인은 처음에 볼 때 엘리제와 너무 닮은 아바타처럼 보였지만 시간이 지남에 따라 완전히 새로운 여인의 모습으로 색다른 매력이 있어 보였다. 모든 여인은 그 자체의 고유한 매력이 있는 것 같았다. 민은 그녀에게 말하길,

"같이 걸어주어 감사해요. 추운 날씨에 너무 오래 잡아두는 것 같아 이제 헤어지는 것이…. 그런데 추운 날씨라 몸이 많이 얼어 있는 것 같아 저가 어깨는 감싸주고 싶어요."

그녀는 아무 말 하지 않았다. 민은 조심스레 그녀의 어깨를 감싸며 그의 체온을 나누어 주었다. 겨울옷 속에 숨어있던 그녀의 어깨는 너무나 야위어 있었다. 민은 끼고 있던 가죽장갑을 벗어 그 여인의 희고 가냘픈 손에 끼워주었다. 그 여인의 손은 그야말로 얼음같이 보였다. 방황하고 고독을 느끼는 시간에 같이 걸어주면서, 민의 옆에 있어 준 것에 대해 진정한 감사의 마음을 담아 자연스레 나온 행동이었다. 여인에 대한 최소한의 남자의 도리이고 예의였다. 그날 민은 결코 그녀의 이름을 묻지 않았다. 미안하고 감사한 마음은 그의 마음을, 짙은 어둠은 골목길을 조용히 뒤덮고 있었다.

다음날 민은 늦게까지 잠을 잤다. 일어나니 갈증을 느껴 시원한 물을 들이켰다. 집은 조용하였다. 온실과 같은 그의 이 층 방에 따스한 햇볕이 쏟아 들어왔다. 그는 생각하였다. 더 이상의 방황은 그만하자. 엘리제를 위해 지금 자신이 할 수 있는 일은 아무것도 없

지 않은가? 대학 입학까지는 얼마의 시간이 남아있었다. 그동안 몇 몇 친구들과 술을 마시며 시간을 보냈기 때문에 더는 친구들을 만나고 싶지가 않았다. 한참을 생각하다 그는 평소에 꿈꾸었던 글을 한번 적고 싶었다. 여태껏 한 번도 원고지에 글을 적어 본 적은 없었다. 무엇을 어떻게 적어볼까 고민을 하다 마음을 굳힌 것은 현재 마음이 무겁고 벗어나지 못하는 자신의 상황을 희곡 형식으로 표현해 보기로 하였다.

민은 그날부터 단단한 마음으로 글을 적었다. 조그만 앉은뱅이 탁자를 가져와 햇살이 들어오는 창가 쪽으로 놓고 그는 두문불출하고 글을 적어 나갔다. 민은 정열과 체력을 다해 글을 적기 시작했다. 그의 온실 방에서 모든 잡념을 없애고 누구도 만나지 않고 바깥출입을 금하고 오직 그의 꿈과 열정을 불태웠다.

희곡 제목은 '올가미'였다. 현재의 현실에서 방황하고 벗어나고자 매번 자살을 시도하지만, 결코 성공하지 못하는 고단한 청년의 삶을 적고자 하였다. 상황 설정은 아주 심플하게, 조그만 의자와 천장에서 내려온 굵은 동아줄이 전부이며 주인공은 그 의자 위에서 올가미 사이로 얼굴을 내밀고 독백을 하는 장면부터 시작된다. 무대는 전체적으로 어둡고 음침하며 오직 주인공의 얼굴에만 강렬한 붉은 불빛이 비치며 주인공 얼굴의 감정 표현을 대사와 함께 극대화하고자 했다. 출연자는 오직 세 명으로 복잡하고 다양한 스토리를 배제하고 오직 주인공의 고민을, 민의 고민을, 인간의 고민을, 올가미에 걸린 젊은 청춘의 고뇌를 표현하고자 하였다. 밀려오는 고뇌와 고독은 흰 독버섯처럼 주인공의 몸에서 자라 올가미에 스스로 목을 매어 끝나는 것이 아니라 올가미 앞에서 자아를 발견하고 진정한 자유를 찾아가는 과정을 적으려고 했다. 결말은 눈부신 자유를 맛보며 고뇌와 고독이 그에게 진정 살아가는 의미와 힘으로 새로 탄생하는 것으로 마무리하였다.

책상에서 나온 묵은 잉크와 펜촉으로 마구 적어 나갔다. 끊임없이 마음에 들지 않는 문장의 원고지는 너무나 과감히 구겨져 방안 이쪽저쪽에 던져졌다. 그 순간은 민은 위대한 작가가 된 기분이었다. 비록 글은 습작이고 매끄럽지는 않았지만, 그는 자기 생각을 그의 상상을 담기 시작하였다. 몇 시간씩 앉은뱅이 자세로 집중해 글을 적으면 다리와 허리가 아팠지만 민은 너무나 행복한 시간을 가지고 있었다. 오직 그에게는 벽면 전체가 통유리인 전면을 통해 들어오는 2월의 겨울 햇살이 그를 위로하고 힘이 되어주었다. 민이 전에 한여름의 땡볕에서 노동할 때 그의 어깨에 쏟아졌던 햇빛과는 너무나 다른 햇살이었다.

겨울의 햇살은 생명을 잉태시키고 초봄에 싹을 돋게 한다. 그렇게 민은 대학 입학을 앞두고 겨울을 지내며 초봄의 탄생을 위해 익어가고 있었다. 고통과 희열의 잉태시간을 가지고 희곡은 완성이 되었다. 처음 적어 보는 습작이고 다시 읽어보니 좀 유치하고 구성에 엉성한 부분도 많았지만 그는 개의치 않았다. 그는 다시 고치고 싶은 생각은 전혀 없었다. 엉터리 작품이라도 민이 처음 적은 작품이고 그의 감정 표현이었다. 민은 글을 적는다는 것이 자신을 나타내고 그의 정신과 속살을 드러내는 것이기에 두렵기도 하였다. 글을 적는 순간 글이 그를 구속하고 그의 생활을 간섭할 것 같았다. 그의 글을 읽는 다른 사람의 눈이 괜히 무섭고 부담이 되었다.

민은 그만의 완벽한 정신적 자유와 홀로 상상의 나래를 펴고 유희(遊戲) 만족을 가지고 싶었다. 하지만 그의 상상과 그의 무한한 우주여행이 글로 아름답게 표현되어 읽는 이에게 혹 즐거움과 영감(靈感)을 줄 수가 있다면 나름대로 의미도 있으리라고 민은 스스로 위로하였다. 그렇게 민의 첫 번째 문학작품인 '올가미'는 그의 책상 서랍 안에 조용히 숨겨져 있었다. 민은 몇 달 보관되어 있던 그 희곡을 대학 입학 첫해 대학축제와 함께 마련된 신춘문예에 재미 삼아 응모를 하였다. 전혀 기대는 하지 않았지만, 그 희곡은 가작으로 뽑혔다. 희곡 부분은 입상자는 없었으며 심사위원이 민의 희곡을 "습작으로 보이지만 나름 창의성과 과감한 시도가 돋보여…"로 평하였다. 민은 가작이라도 뽑혀 나름 우쭐했지만, 속으로는 희곡은 워낙 불모지고 응모자가 없기에 격려 차원에서 그렇게 했으리라 생각하였다. 민은 별다른 의미와 가치를 두지 않고 곧 그 사실 자체를 잊어버렸다.

화사한 봄날 캠퍼스는 온갖 봄의 꽃들과 젊은 청춘남녀들이 뿜어내는 무한한 에너지와 싱싱함으로 덮여가기 시작하였다. 간지럽고 부드러운 봄바람이 모든 사람과 꽃들에 다가오면 꽃은 가볍게 춤을 추며 꽃잎을 피우기 시작하고 학생들의 얼굴은 아무런 이유

없이 웃음과 행복감으로 그득 찼다. 정문 근처 교정에 세워져 있는 독수리탑은 '웅비(雄飛)의 탑(塔)'이라는 이름 아래 언제나 하늘로 비상하는 자세로 그들을 바라보고 있었다. 언젠가는 학생들의 꿈과 열정을 태우고 하늘 높이 비상할 것 같은 분위기였다.

민은 햇살이 내리는 벤치에 홀로 앉자 독수리탑을 바라보며 고등학교 시절에 읽었던 리처드 바크의 작품《갈매기의 꿈》을 생각하였다. 책을 펴는 그 날 그는 밤새워 단숨에 읽었던 생각이 났다. 그때 그는 그 자신이 큰 꿈을 가진 갈매기 조나단 리빙스턴이었다. 꿈을 이루기 위해서는 항상 외로웠고 도전 속에서 살아야만 했다. 좀 더 높은 곳으로 날아 더 멀리 보고자 했다. 그런 간절한 마음으로 민이 읽었던 그 책을 중학 친구였던 철규에게 선물한 기억이 떠올랐다. 철규는 지금 꿈을 품고 날아오르고 있을까? 아니면 더 큰 어둠의 세계에서 사탄의 노예로 살고 있지 않을까? 그날 교도소에서 본 이후 철규는 민에게 일절 연락을 하지 않았다. 민도 궁금했지만 연락하지 않았다. 연락하는 순간 민이 감당하기 어려운 어둠의 세계가 그를 덮칠 것 같았다. 서로는 서로의 인생이 있으며 홀로 맞이하고 투쟁하여야 할 외로운 길이 인생이라 생각했다.

민은 생각하였다. 이제부터는 그는 갈매기 조나단이 아니라 저 태양을 향해 날아오르는 독수리가 되자. 하늘의 왕으로 우람한 날개를 펴고 비상하는 모습이 눈에 그려졌다. 언제나 이글거리는 독수리의 눈을 가슴에 품자. 불타는 태양을 향해 솟아오르는 독수리의 야망을 꿈꾸자. 비록 태양의 뜨거움으로 몸이 녹고 심장이 불타더라도 후회는 하지 않으리라. 욕망을 좇아 밀랍의 날개로 태양을 향해 나아가다 녹아내리는 '이카루스'가 아닌, 꿈을 품고 야망을 품고 강철 같은 날개로 날아가리라. 누구도 알아주지 않을 외로운 그만의 비행(飛行)을 그는 다짐하고 또 다짐하였다. 벤치 앞에는 민이 던져준 빵 부스러기를 비둘기 서너 마리가 '구구'거리며 민의 결심과 아랑곳없이 쪼아대는 어느 봄날의 오후가 지나가고 있었다.

기대했던 대학의 수업들은 대체로 산만하게 진행되었으며 민은 별로 흥미를 느낄 수가 없었다. 학생들은 열심히 강의실을 찾아 분주히 움직이며 활발한 모습을 보였지만 민에게는 이 모든 것이 왜 이렇게 부질없이 보이고 심지어 전혀 의욕조차 생기지 않았다. 민은 같이 수업을 듣는 친구들에게 관심을 가지려고 하였지만, 말조차 붙이기가 힘들었다. 마치 봄날 꽃가루 알레르기를 앓는 듯, 홍역을 치르는 듯 홀로 힘든 시간을 보내고 있었다. 그나마 그를 위로하고 흥미를 끈 과목은 교양과목으로 '미학개론(美學槪論)'과 '법철학(法哲學)'이었다.

일단 미학개론은 민의 호기심을 불러일으켰다. '미(美)란 무엇인가?'라는 명제부터 시작하여 고대 그리스 로마 시대에서 생긴 미의 개념과 현대로 넘어오면서 변화하는 미의 과정과 변천사는 그의 미적 감각을 발동시켰다. 민은 여태껏 미(美)라는 아름다움은 사람마다 극히 주관적이고 개개인의 감각에 따라 자연스럽게 판단되는 것으로 생각했는데 인간에게는 오랜 세월 보편타당한 절대적인 미가 존재한다는 사실이 흥미로웠다. 한마디로 미의 본질을 탐구하는 것이 재미가 있었다. 수업 내용은 추상적인 부분도 많았지만, 이 수업은 민이 다시 한번 진정한 아름다움이 무엇인지를 생각하게 하였고 민 스스로 미적 감각을 살려 그의 말이나 행동에 미(美)를 담아보고자 하였다.

'법철학(法哲學)' 과목은 일단 교수님이 너무 멋이 있었다. 연세가 꽤 많아 보이는 노교수(老敎授)였지만 수업에 대한 정열은 젊은 교수를 능가하는 분이셨다. 별도로 교재는 없었다. 수강하는 학생 수도 몇 명이 되지 않았다. 하지만 항상 본관 가장 큰 강의실에서 수업이 진행되었다. 아마도 교수님께서 그 강의실을 좋아했는지는 모르겠다. 강의실은 대리석 바닥에 큰 기둥도 대리석이어서 마이크를 사용하지 않아도 목소리는 울려서 듣기에 불편하지 않았다. 교수님의 수업은 먼저 몇 가지 명제나 화두로 시작하셨다. 그리고선 잠시 생각에 잠기시고 간단한 설명을 하시고 학생들과 같이 토론을 하는 시간으로 진행되었다. 교수님께서는 간혹 앞쪽 빈 책상에 걸터앉아 강의하셨다. 그 모습은 다소 친근하고 멋있어 보였다. 마치 그리스 로마 시대의 철학자와의 토론 같기도 하여 운치가 있었다.

민이 바라던 대학 수업 방식이었다. 그는 이 과목이 전혀 그의 전공과 무관했지만, 철학과 법이라는 매력에 과목을 신청하였다. 민은 무언가 이 수업을 통해 현우 형의 마음과 철학을 좀 더 이해할 수 있으리라는 막연한 기대도 있었다. 민은 강의 시간 동안 한마디 말과 질문을 하지도 않았다. 오직 치열하게 강의 내용에 대해 생각하고 고민해 보았다. 교수님도 결코 화두에 대한 답을 주지 않았다. 아마도 영원히 답이 없을 수도 있고 시대에 따라 답이 변할 수도 있다. 교수님은 강의를 듣는 학생들의 마음속에 영원히 화두를 새기려고 하시는 것 같았다. 화두를 푸는 것은 살아가면서 학생들이 풀어야 하는 몫이었다. 교수님의 강의는 법보다는 철학을 중심으로 법이 어떻게 철학적으로 인간에게 접근해야 하는지를 말하고자 하는 것 같았다. 철학적이지 않은 법은 인간의 삶과 행복을 위해 존재하지 않는다. 법은 하나하나 만들 때 그만큼 신중하게 하여야 한다. 인간 위에 법이 있을 수 없고 도덕과 양심보다 법이 앞설 수가 없는 것이다. "악법도 법이다"라는 말에는 분명 거부감도 생기지만 그 법을 부인할 수도 없었다. 법철학자인 라드브루흐의 회의(懷疑)와 최후의 논문 〈법률적 불법과 초법률적 법〉은 시대를 떠나 생각할 화두였다. '성공한 쿠데타는 정의인지?' 너무나 많은 화두가 이어졌다. 단순히 법전만 외우고 사례만 공부하여 법을 집행하는 법조인은 언젠가는 컴퓨터보다 못한 판결을 내릴 것이다. 더욱 경계해야 할 일은 특정 사상과 신념에 사로잡혀 법을 집행하는 일일 것이다. 사람을 심판한다는 것이 얼마나 고통스럽고 어려운 일인가? 아마도 현우 형의 고민은 여기서 시발점이 된 것 같았다. 순수하면서도 진정으로 정의롭고, 인간을 사랑하면서 휴머니즘에 근거한 철학을 먼저 갈고 닦는 것이 단순한 법전 공부보다 중요하다고 생각했다.

캠퍼스에는 축제가 시작되었다. 민은 처음부터 별 관심이 없었다. 군중 속에 섞인 자신의 모습을 보고 싶지 않았다. 이벤트에서 즐거움을 얻고 싶지 않았다. 아마도 축제 속에 있었더라면 무한한 고독 속에서 술만 마셨을 것이다. 무작정 이 축제를 벗어나야 숨통이 트일 것 같았다. 옛날 고등학교 시절 해보고 싶었던 무전여행(無錢旅行)을 떠나기로 하였다. 전에 노동으로 모은 돈이 조금 남아 있어 비상용으로 챙기고 아무런 짐도 없이 입던 옷으로 집을 나섰다. 여행의 계획은 전혀 없었다. 목적지도 없이 발이 가는 대로 낮엔 태양과 구름, 봄꽃을 벗 삼아 밤에는 달과 별과 귀뚜라미의 울음소리를 벗 삼아 가리라.

민은 시외버스 터미널까지 천천히 걸었다. 날씨는 너무나 포근한 봄날이었다. 걸어가면서 재래시장에 들러 이것저것 둘러보았다. 아직 저녁이 아니라 사람들로 붐비지는 않았지만 그래도 사람의 냄새도 나고 사람들의 에너지가 넘쳐 흘렸다. 각종 생선과 바다 해초류, 말린 건어물, 소고기, 돼지고기, 닭고기, 말린 개구리와 참새, 산과 들에서 캐온 쑥과 각종 나물, 칡과 더덕. 정체불명의 많은 종류의 각종 약재가 팔리기 위해 조그만 좌판 위에 널어져 나름의 자태를 뽐내며 손님을 기다리고 있었다. 민은 축제의 장보다 시장터가 더 인간적이고 삶의 활력이 넘치고 물건을 사고파는 거래의 즐거움과 긴장이 있다고 생각하였다. 그는 그날 일용할 양식을 준비키로 하였다. 큰 가마솥에서 튀겨지고 있는 꽈배기 몇 개와 바나나우유 한 개를 산 후 터미널로 발길을 옮겼다.

터미널에서 무작정 제일 빨리 출발하고 요금이 제일 싼 완행버스를 골라 몸을 급히 실었다. 버스는 남해를 향해 나아가고 있었다. 민은 아무런 생각 없이 무심히 도시를 빠져나가는 완행버스의 창밖을 내다보면서 밀려오는 잠을 거역할 수가 없었다. 최근에 느껴보지 못한 완벽한 자유 그 자체였다. 누구도 모르는 그만의 은밀한 여행이 시작된 것이다. 덜커덩거리는 버스 속에서 얼마큼 잤을까? 가늠이 되지 않았지만 그는 눈을 뜨고 싶은 생각은 전혀 없었다. 따스한 봄날 버스 안에서의 낮잠은 그야말로 꿀맛이었다. 버스는 끊임없이 덜커덩거렸지만, 그것이 잠을 방해하기는커녕 자장가에 맞추어 요람의 흔들거림처럼 느껴졌다. 버스 안의 안내 방송이 나올 때 민은 기지개를 켜며 눈을 떴다. 밖을 보니 어둑어둑해지고 있었다. 민은 갑자기 허기를 느꼈다. 거의 텅 비어있는 터미널 역사에서 가지고 온 꽈배기와 우유를 먹었다. 꽈배기는 식었지만 나름대로 맛이 있었다. 그는 바나나우유를 벌컥벌컥 마셨다. 그리고 보니 민은 점심을 거르고 먼 남해까지 온 것이었다. 오늘 먹을 음식은 이것으로 끝이다. 최소한의 경비와 음식으로 견뎌야 한다.
　민은 바다가 보고 싶어 바다가 보이는 부둣가로 이동했다. 근처 조그만 부둣가는 그야말로 적막감이 흘렀다. 오래전에 배의 엔진이 꺼진 듯 고기잡이배는 힘없이 물 위에 떠 있었다. 저녁 시간이 훨씬 지나 어둠이 몰려오기에 모두 다음날 새벽 출항을 위해 집으로 돌아간 것이다. 저 멀리 바다를 보니 칠흑 같은 어둠으로 덮여 무서운 기운이 서린 시커먼 바다가 눈에 들어왔다. 갑자기 쓸쓸하고 외로운 감정이 민에게 밀려왔다. 그는 뚜벅뚜벅 선창가를 지나 방파제까지 걸었다. 아무런 생각도 하지 않았다. 간혹 밀려오는 바다의 비린내와 잔잔히 들려오는 파도의 철썩거리는 소리가 그를 위로해 주었다.

　민은 항구도시인 부산에서 태어나 여태껏 부산에 살면서 얼마나 자주 바다를 보아왔던가? 하지만 그는 부산을 벗어나더라도 항상 바다가 그리워서 바다가 보이는 곳을 자연스레 여행지로 택했다. 혹 산간지역인 내륙으로 들어가면 말로 표현하기 힘든 갑갑함을 느끼곤 하였다. 꿈에서도 민은 자주 바다를 보았다. 어떤 때는 넓고 푸른 바다 위를 날아다니는 꿈을 꾸곤 하였다. 그럴 때는 어김없이 다음 날 뭔지 모르게 활력이 생기고 일도 잘 풀리고 하루가 즐거웠다. 방파제에는 강태공 몇 명이 밤낚시를 즐기고 있었다. 그냥 동네에서 저녁 식사 후 소일거리로 방파제에 특별한 장비도 없이 조그만 낚싯대 하나만 들고 온 듯하였다. 그분들은 꼭 고기를 잡지 않아도 괜찮은 듯 낚싯대를 검푸른 물속에 넣어두고 담배만 뻐끔뻐끔 피우며 앉아 있었다. 시원한 바닷바람이 그들을 유혹하여 그 자리를 떠나지 못하게 하고 있었다. 그 시간이 유일하게 쉬는 시간인지도 모른다. 낮에는 다시 어망을 손질하고 배를 손보고 고기를 잡으러 나가고 어촌의 거친 하루하루를 숨 가쁘게 지내야 하기 때문이다.

　민은 첫날밤을 지낼 숙소를 구해야 했다. 방파제를 돌아가니 오래되고 허름한 여관이 보였다. 알루미늄으로 만든 문을 열고 들어서니 여관 안은 어둠을 지우려고 애쓰는 붉은 백열전등이 처마 끝에 덩그러니 걸려 민을 반겨주었다. 민의 그림자가 백열전등의 떨림에 따라 갈라지고 검은 곰팡이가 낀 시멘트 바닥 위에서 흔들렸다. 주인 노파는 몇 개 남지 않은 이빨 사이로 새어 나오는 목소리로 민을 맞이해 주었다. 노파는 오랜만에 보는 손님인지 반가운 눈빛으로 방을 안내하였다. 방은 복도의 끝에 위치한 한적한 방으로 약 2평도 채 되지 않는 조그만 방이었다. 방 안에는 시골풍 이불과 요, 그리고 낡은 구식 TV만이 전부였다. 방에 딸린 세면실은 너무 작아 난쟁이 마을에 온 듯 착각을 할 정도였다. 주인 노파는 주전자와 컵을 가져다주면서 민의 눈치를 슬쩍 보면서 조심스레 물었다.

"아가씨 불러줄까요?"

민은 좀 당황하였지만 살짝 웃으며 괜찮다고 말씀드렸다. 아마도 혼자 여행 온 민이 많이 슬퍼 보여 그런 것 같았다. 어느 봄날, 주말도 아닌 주중에 젊은 청년이 홀로 이름 없는 조그만 시골 부둣가에 오다니 분명 말 못 할 사연이 있으리라 생각했을지도 모른다. 아무튼 민은 간단히 난쟁이 세면을 하고 이불을 깔고 누웠다. 의외로 이불 안은 편했다. 어둠 속에 적막감이 흐르고 골동품 가게에서나 볼 수 있는 벽시계의 째깍거리는 투박한 바늘 소리가 유난히 규칙적으로 민의 깊은 잠을 독촉하였다. 저 멀리서 간헐적으로 철썩거리는 파도 소리가 어둠을 뚫고 민의 귓가를 간지럽게 맴돌았다.

다음 날 아침 민은 일찍 일어나 다시 난쟁이 세수를 하고 용수철이 튀어나오듯 여관을 빠져나왔다. 먼저 방파제로 갔다. 봄날의 이른 아침에 보는 바다는 장관이었다. 태평양의 넓은 바다가 눈부신 햇살을 머금고 마치 다이아몬드를 뿌려놓은 듯 반짝거리고 있었다. 가벼운 파도를 타고 반짝거림은 춤을 추기 시작하면서 민의 눈을 부시게 만들었다. 민은 황홀한 기분을 느꼈다. 어젯밤 보았던 시커먼 바다가 어떻게 이렇게 눈부신 푸른 색깔로 변하였을까? 이 푸른색이 원래의 색깔이고 민은 그 바다를 보기 위해 온 것이다. 그 속에서 얼마나 많은 고기와 해초류가 물 위에 떨어지는 햇살을 벗 삼아 오늘도 즐겁고 활기찬 하루를 살아갈 것인가…. 민은 방파제에 앉아 먼바다를 관조하듯 그 순간을 즐겼다. 바다에서 불어오는 봄날의 포근한 바람에 짠맛이 느껴졌다. 생명을 살리는 짠맛, 정신을 번쩍 들게 하는 짠맛이었다. 그 짠맛은 이미 민의 뇌리에 깊이 박혀 있어 바람에 실려 오는 소금기는 민의 기운을 북돋고 풍부한 상상을 할 수 있는 힘을 가져다주었다.

바다의 푸른빛은 어디서 올까? 원래 물은 무색이지 않은가? 그 푸른색은 하늘의 빛을 받아 반사로 인해 푸름을 가지게 된 것이다. 그 푸른 바다는 영원히 썩지 않는 소금을 품고 있다. '빛과 소금'을 머금은 푸른 바다를 보면서 현우 형의 말 '빛과 소금'이 떠올랐다. 남해(南海). 그야말로 거창한 이름이다. 남쪽을 대표하듯 감히 남(南)을 첫 자에 쓰고 바다를 대표하는 해(海)자를 이어, 그 뜻은 남쪽의 바다라는 뜻을 지닌 것 같았다. 남해 앞바다는 넓고 넓은 태평양일 것이다. 민은 조그만 백사장의 모래 위를 운치 있게 걸으며 주기적으로 밀려오는 작은 파도의 아침 인사를 즐겼다. 그는 배가 들어오는 선창가로 갔다. 어젯밤 그렇게 풀 죽어 있던 낡고 조그만 고기 배 한 척이 새벽 출항을 마치고 의기양양하게 들어오고 있었다. 배의 기세로 보아서 그날은 만선으로 보였다. 민은 잡혀 온 싱싱한 고기가 보고 싶었다. 빈 플라스틱 통에는 잡어들이, 팔 수 있는 고기들은 나무상자에 분류되어 바로 팔려나갈 준비를 했다. 워낙 작은 배라 팔릴 고기들은 몇 상자 나오지 않았다. 민은 고기의 이름을 아는 한 맞추어 보려고 고기들을 유심히 살폈다. 숭어, 우럭, 노래미, 볼락, 도다리, 농어 등 양은 얼마 되지 않았지만, 종류별로 고기에 이름을 붙이는 것이 즐거웠다. 맛있는 빨간 고기도 두어 마리 보이고 작은 새끼 돌돔도 몇 마리 있었다. 아직 노란색 빛깔의 몸통에 일곱 줄의 검은 색 가로띠가 붓으로 그린 듯 선명히 보였다. 어른이 되면서 저 일곱 줄의 띠는 서서히 사라지고 몸통은 전체적으로 검은색으로 변하고 칼날 같은 지느러미를 가진 멋진 놈으로 될 것이다. 간혹 비린내가 났지만 민은 그 비린내를 즐겼다.

민은 갑자기 아침의 허기를 느꼈다. 회를 먹고 싶은 생각이 들었지만, 그것은 사치일 뿐이고 지금은 이른 아침이지 않은가. 이번 여행은 최소한의 경비로 자유를 느끼고 공허함을 이기기 위해 외로운 혼자만의 여행을 택한 것이기에 그는 뒤돌아 선창가를 빠져나왔다. 민은 버스 정류장 근처에 있는 시골 슈퍼에 들러 갓 삶은 달

걀 3개와 자판기 커피로 아침의 허기를 때웠다. 소박한 요기였지만 민은 소박한 행복을 느꼈다. 민은 달려오는 버스 안으로 무작정 몸을 던졌다. 어디로 가는지는 개의치 않았다. 마음 내키는 곳에서 내릴 것이다. 바닷가를 돌면서 멋진 풍광이 보였다. 푸르고 푸른 어머니의 따뜻한 품 같은 바다였다.

몇몇 사람이 내리는 곳에 민도 같이 내렸다. '가천다랭이마을'이라는 곳이었다. 산에서 바다로 이어지는 경사진 비탈에 108층이 넘는 계단식 논이 일구어져 있었다. 이 모든 걸 조화롭게 이루어낸 논의 경치가 멋진 아름다움으로 다가왔다. 몇몇 부지런한 아낙네가 이른 아침부터 나와 물이 그득 찬 논에 모내기하고 있었다. 아낙네의 일하는 모습과 가지런히 줄지어 있는 푸르고 싱싱한 모들을 보니 마음이 평안해지고 어찌 이리도 정겹게 느껴지는지. 아낙네들은 저 멀리 고기 배에서 열심히 그물을 끌어 올리는 남편을 보려는 듯 잠시 허리를 펴면서 손으로 햇살을 가리고 바다를 바라보곤 하였다. 민은 길 따라 바람 따라 걸었다. 여행길에서 걷는다는 것은 가장 자연스러운 몸짓이고 대지와 호흡하고 자연의 풍광을 자유롭게 즐길 수 있는 특권이다.

민은 '꾀꼬리가 우는 바다'를 뜻하는 앵강의 '다숲마을'로 소요(逍遙)하듯 걸어갔다. 이름 모를 야생화들이 나름 자태를 뽐내며 그를 반겨주었다. 이쪽 야트막한 언덕에는 유채꽃이, 저쪽 언덕에는 보라색 라벤더가 군락을 이루며 봄바람에 향기를 싣고 봄 햇살에 마음껏 색을 발하고 있었다. '신전숲'은 그야말로 야생의 숲 그 자체였다. 400년이 넘은 나무들이 군락을 이루며 고대의 신비로운 숲을 만들어 주었다. 숲속에서는 여러 새의 울음소리가 들렸다. 아마 여기에는 짝을 찾는 꾀꼬리 울음소리도 있으리라. 오월의 하얀 찔레꽃은 민이 걸어가는 내내 함께하였다. 민은 봄꽃의 향기에 취하고 곱고 고운 꽃의 색조에 반하고 푸른 하늘과 푸른 바다의 웅장함과 위대함에 무한한 기쁨과 행복감을 느꼈다. 민은 잔잔한 봄바람 위에 그의 구속과 고뇌를 실어 저 멀리 바다로 띄워 보내었다. '칼린 지브란'의 《예언자》에 나오는 시가 생각나서 홀로 읊조리며 걷기를 이어갔다.

함께 있되 그대들 사이에 공간이 있도록 하십시오.
그래서 하늘 바람이 그대들 사이에서 춤추도록 하십시오.
서로 사랑하되 사랑으로 구속하지는 마십시오.
그보다는 사랑이 그대들 두 영혼의 기슭 사이에서 출렁이는
바다가 되게 하십시오.

걷고 또 걸었다. 부드러운 흙길이 나오면 민은 신발을 벗고 맨발로 걸어보기도 하였다. 무엇을 보고 어디를 가야 하는 그런 생각이 없기에 그의 걸음은 가벼웠다. 힘들면 쉬다가 어떤 때는 한참을 풀위에 누워 푸른 하늘과 지나가는 흰 구름을 멍하게 올려다보았다.

그 순간만은 어떠한 생각과 잡념도 그에게 머물지 않았다. 절대적 행복인지 절대적 고독인지 모른다. 단 그는 지금 이 지구에, 이 우주에 홀로 여행하는 방랑자였다. 낮에는 물 외에는 어떤 것도 먹지 않았다. 돈도 아껴야 하지만 위장에 뭔가 들어가면 감각이 사라지고 오직 거부할 수 없는 노곤함이 그를 엄습할 것 같았다. 대신 자연을 마음껏 즐기고 본인의 모든 감각세포를 최대한 살릴 것이다. 그것은 배고픔을 이길 것이다. 어느 산길의 절벽 위에서 저 멀리 바다에 떨어지는 해를 한참 바라보았다. 변함없이 붉은 노을과 함께 또 한편의 자연 장관이 고요하면서 강렬하게 민의 눈앞에 나타났다. 언제 보아도 보는 이로 하여금 붉게 물들이고 가슴에 한 점의 슬픈 잔영을 남긴다. 어둠이 내리니 쓸쓸함이 밀려왔다. 왜 아름다움 다음의 감정은 쓸쓸함일까? 그는 순간 그 옛날 태종대 자살바위에서의 그 기분을 떠올렸다. 걸었다. 또 걸었다 지칠 때까지. 무서운 바닷가 근처 절벽에서 어둠을 맞이하는 것은 두려움 그 자체이었다.

민은 하늘의 별을 쳐다보았다. 수많은 별이 맑은 하늘에 너무나 초롱초롱하게 빛나고 있었다. 그를 위로하며 그의 길잡이가 되어주었다. 민은 어느 시인의 시 문구가 생겨나 읊조리며 마을로 방향을 잡았다. "내 너무 별을 쳐다보아 별들은 더럽혀지지 않았을까. 내 너무 하늘을 쳐다보아 하늘은 더럽혀지지 않았을까?" 아 얼마나 아름다운 표현인가? 아 얼마나 순수하면 별을 쳐다보고 하늘을 쳐다보고 때 묻을까 괴로워하다니. "별 하나에 추억과 별 하나에 사랑과 별 하나에 쓸쓸함과 별 하나에 시와 별 하나에 어머니…" 아이 또한 얼마나 아름다운 시인가? 민은 더 이상 외롭지도 더 이상 두려움도 없이 그냥 아름다운 시와 별과 바람에 몸을 맡겼다.

민은 그렇게 남해에서 자유를 느끼며 3일을 보냈다. 상주 은모래 비치도 걸어보고 금산 '보리암'에도 가보고 이름 없는 조그만 포구에서 시간을 보냈다. 그냥 이곳저곳 발길 가는 곳으로 다녔다. 민은 지난 3일간 느꼈던 수많은 감정과 행복감 그리고 남해(南海)만이 가지고 있는 섬의 독특한 아름다움을 가슴에 고이 품고 완행버스에 몸을 싣고 충무로 향했다.

충무에 도착하니 저녁 무렵이었다. 민은 시장가를 찾아갔다. 시장가 골목길에는 여러 종류의 생선들이 큰 붉은 통에 담겨 숨죽이며 긴장하고 있었다. 민은 조그만 가게로 들어갔다. 이 밤을 보내고 내일 오후에는 이 여행을 끝낼 생각이라 마지막 밤은 소주에 회를 먹고 싶었다. 그동안 민은 점심은 먹지 않았다. 골목길에는 시장을 보기 위해 온 사람들과 관광객들로 북적거렸다. 그는 빈속에 소주를 들이켰다. 그동안 몸은 지칠 대로 지쳐 있었고 위는 완전히 비어 있었기에 한 잔의 술이 그의 몸을 강타하였다. 시원하게 한 대 맞은 듯 순간 몸이 움찔거렸다. 민은 한잔을 더 마시고 회를 먹었다. 싱싱한 회는 민으로 하여금 소주를 들이켜게 하였다. 저 푸른 바다에서 놀던 생선은 바다의 신선함을 가지고 있었다. 이번 여행에서 가장 화려하고 푸짐한 식사 시간이었다. 그는 소주 한잔 한

잔에 의미를 부여하며 맛을 느끼며 적당한 시차를 두고 즐겼다. 이번 여행처럼 민은 인생도 결국은 혼자만의 외로운 여행이라고 생각하였다. 혼자서 소주잔에 술을 따르고 소주잔에 담긴 맑은 술을 한참 쳐다보다 마시곤 했다. 대화할 사람은 없었지만 외롭지는 않았다.

　다음 날 아침 민은 늦잠을 잤다. 급히 선착장 쪽으로 갔다. 저 멀리 푸른 바다를 바라보며 깊이 바다의 짠 공기를 들이켰다. 머리가 상쾌해지고 맑아졌다. 갈매기가 아침 식사를 위해 열심히 해변 위를 날아다니고 있었다. 푸르고 푸른 빛의 잔잔한 수면 위에 여기저기 섬들이 사뿐히 떠 있었다. 어찌 이리도 조용하고 바람도 없는 평화로운 풍경인가? 그야말로 아름다운 한려수도이다. 하지만 여기는 한때 피비린내가 진동하던 전쟁터였지 않은가? 민은 발걸음을 충무공 이순신 장군의 사당 쪽으로 향했다. 오래된 목조건물에 아주 작은 사당이었다. 마치 이순신 장군을 진정 흠모하는 사람이 손수 만든 사당처럼 보였다. 관광객을 위한 곳이 아니라 진정 제사를 지내는 곳 같았다. 이끼가 끼어있는 울퉁불퉁한 돌계단에 올라서니 조그만 정원이 보이고 소박하고 아담한 사당 안에는 오직 이순신 장군의 영정만 푸른 바다를 보고 있었다. 영정의 눈빛은 끝까지 저 바다를 지킬 것 같았다. 향로에는 피우다 꺼져버린 향이 몇 개 쓸쓸히 남아 있었다. 민은 이순신 장군의 초상화를 처음 보았다. 용맹하면서 지혜롭고, 진정한 군인으로서 나라를 지키신 분이었기에 민은 예의를 다해 절을 올렸다. 속으로 장군님께서 하신 명

언, 죽고자 하면 살고 살고자 하면 죽는다는 뜻의 '필사즉생 필생
즉사'(必死卽生 必生卽死)를 되새겼다. 민은 영정을 뒤로하고 저 푸른
바다를 멀리 바라다보았다. 지금은 바다의 평화로운 고요함이 이
사당을 감싸고 있지만, 한때는 무수한 군인을 집어삼킨 무시무시
한 바다였지 않은가? 혼백이 저 깊은 바다의 바닥에서 헤매며 흐
느끼지 않겠는가? 민은 몸에 전율을 느꼈다. 이순신 장군의 장검에
새겨진 검명(劍銘), '일휘소탕 혈염산하'(一揮掃蕩 血染山河)가 생각났다.
한번 휘둘러 쓸어버리니 피가 강산을 물들인다는 결연한 글이었
다. 장군의 칼에 불로 새겨져, 실제로 그렇게 푸른 바다를 붉은 피
로 염(染)했으니 이 얼마나 섬뜩한 이야기인가.

민은 5일간의 남도 여행을 마치고 집으로 돌아왔다. 무엇을 느끼
고 무엇을 얻었는가? 민은 얻은 것도 없고 잃은 것도 없었다. 자연
을 보고 자신과 이야기하고 마음의 평화와 맑은 정신으로 하루하
루를 보낸 것이었다. 샤워하고 땀과 소금으로 찌든 내의를 갈아입
고 어머님께서 차려주신 흰 쌀밥과 소고기뭇국, 그리고 구운 생선
및 서너 가지 반찬을 먹었다. 민은 허기진 속을 채우기 위해 허겁
지겁 먹었다. 역시 이 세상에서 최고의 맛은 어머님께서 정성스레
차려주신 밥이다. 집 나갔다 돌아온 자식에게 얼마나 지극히 밥상
을 차렸을까? 민은 마음속으로 집의 포근함, 어머님의 사랑을 말없
이 느끼고 있었다. 민은 선선한 봄바람이 이는 저녁 대학 캠퍼스에
가보고 싶었다. 어둠이 내리는 캠퍼스 안으로 들어섰다. 축제는 끝
나가는 중이라 생각했던 것보다 다소 썰렁했지만, 아직 축제의 열

기가 남아 있었다. 학생들이 만든 주막에서 막걸리와 동래파전을 홀로 먹으며 민의 축제는 끝나가고 있었다. 포근한 봄날 달빛과 별들이 술 취해가는 민을 조용히 감싸주었다.

어느 날 봄이 익어 여름으로 접어드는 오월의 마지막 주, 누군가 민의 이름을 큰 소리로 불렀다.

"민!"

돌아보니 호연이었다. 그는 민을 보고 웃으며 민을 향해 뛰어왔다. 민도 뛰어오는 호연이를 보며 반가워했다. 호연이는 민의 어깨를 반갑게 뚝 치면서,

"민, 그동안 왜 그리도 안 보였니? 축제 기간에도 안 보이더라."

"응…. 여행 다녀왔어."

"그래, 혼자서 좋은데 다녀왔구나. 오랜만에 술 한잔하자."

"좋아."

민도 마다하지 않고 곧바로 캠퍼스를 나와 몇몇 주점이 모여 있는 시장 골목길로 들어섰다. 뚜벅뚜벅 걸어가는 호연이를 따라 골목길 끝에 자리한 어느 조그만 파전집으로 들어갔다. 중년의 후덕한 아주머니께서 호연이를 알아보고 반가이 맞이해 주었다. 그 집은 벌써 호연이의 단골집이 된 듯했다. 나무로 만든 탁자는 반들반들하게 윤기가 나고 있었고 파전의 구수한 냄새와 막걸리 냄새가 곳곳에 배어있는 허름하지만 맛있을 것 같은 식당이었다. 파전을 굽기 전 아주머니는 막걸리를 그득 채운 누런 주전자와 김치를

가져다주었다. 호연이는 급히 주전자를 들어 민의 사발 잔에 막걸리를 따라주었다. 민도 호연에게 그득 따라주었다. 그들은 잔을 높이 들어 맞대고 굵고 짧게 건배를 외치며 한숨에 벌컥벌컥 마셨다. 민은 막걸리를 마시며 고등학교 시절 호연이와 같이 수업을 빼먹고 막걸리를 먹던 일이 생각났다.

"호연아, 막걸리 맛이 좋네. 고2 때 우리 수업 땡땡이치고 막걸리 먹고 취한 일 생각나니?"

호연이는 껄껄 웃으며 말했다.

"그것을 잊을 수가 있나? 그땐 교복도 입고 있었는데… 착한 주인 아주머니 덕택에 막걸리를 실컷 먹었지. 파전은 공짜였고… 차비가 없어 둘 다 집에 걸어가고, 그리고 넌 신발을 하천에 던져버리고. 하하."

둘은 그날을 생각하며 크게 웃었다. 너무나 뚜렷하게 그날의 추억이 떠올랐다. 그들은 막걸리를 주거니 받거니 마셨다. 마실 수 있을 만큼 마셨다. 그동안의 회포를 풀기 위해 이런저런 이야기를 하면서 마음껏 마셨다. 마시는 사발 잔에 우정을 담아 마셨다. 젊은 시절의 특권이며 호기였다.

그들의 오랜만의 회포는 거기서 끝나지 않았다. 민은 호연이를 따라 버스를 타고 광복동으로 갔다. 어둠이 내리고 저편에서 검은 구름이 몰려오며 빗방울이 떨어지기 시작했다. 그들은 비를 맞으며 뚜벅뚜벅 광복동 뒷골목으로 들어섰다. 빗방울의 소리는 민을 즐겁게도 하지만 감상적으로 만들었다. 앞서가는 호연이의 군화가 눈에 들어왔다.

"아직도 신고 다니는구나."

민은 혼잣말로 중얼거리며, 군화가 아스팔트에 부딪히며 내는 규칙적인 소리와 빗방울이 땅에 떨어지며 내는 불규칙적인 소리의 절묘한 조화를 즐겼다. 갑자기 호연이는 조그마한 알루미늄 문을 열고 들어갔다. 민도 고개 숙여 뒤따라 들어갔다. 순간 민은 며칠 전 남해 무전여행 첫날 여관집 알루미늄 문이 연상되었다. 삐거덕거리는 소리마저 귀에 익숙했다. 고개를 들어보니 술집은 큰 동굴이었다. 술집 이름은 '양산박'으로 수호지에 나오는 산적들의 산채 이름이었다. 흰 얼굴에 흰색의 머리칼을 가진 미모의 산채 수령이 살짝 미소를 지으며 맞이해 주었다. 동굴과 여주인은 묘하게 그들을 편하게 해주었다.

"호연 학생 오랜만에 왔네."

그들은 촉촉이 젖은 머리칼을 손으로 털면서 소주잔을 잡았다. 이미 그들의 몸은 빗물과 술로 물든 상태로 젊음의 낭만과 우정을 즐기고 있었다. 동굴 안 벽면은 온통 낙서들로 덮여있었다. 다녀간 사람들의 이름과 몇 마디 사연들은 동굴 안을 풍류로 물들게 하며 술맛을 돋우었다. 원래 술은 인간과의 인연과 사연을 담아 마시지 않는가? 민과 호연이는 동굴의 술집에서 술이 술을 먹을 때까지, 맛 나는 육전과 이슬과도 같은 소주에 우정을 담아 또 하루의 추억을 만들고 있었다.

방황의 끝

늦은 시간 비에 흠뻑 젖은 채로 비틀거리며 불 꺼진 이 층 방으로 갔다. 민은 책상 위에 한 통의 편지가 무거운 침묵을 지키며 놓여 있는 것을 보았다. 궁금증은 뒤로하고 뭔가 불길한 기분이 엄습했다. 민은 정신을 가다듬고 호흡을 차분히 하면서 편지 봉투를 열었다. 엘리제로부터 온 편지였다.

민에게,

안녕?
이 편지를 받는 민은 지금쯤 대학의 캠퍼스에서 마음껏 봄과 젊음을 즐기고 있으리라 믿어요. 그동안 괜히 민에게 걱정을 끼칠까 연락을 하지 않았지만, 어젯밤 민을 꿈에서 보고 아침에 이 글을 나도 모르게 쓰고 있네요. 민을 본 어젯밤, 꿈속에서 나는 너무나 행복했어요. 아침에 일어나니 눈에 눈물이 고여 있어 나도 모르게 한참을 울었답니다.

민, 지난겨울 민을 만나 덕수궁에 갔던 일을 그동안 하루도 잊은 적이 없어요. 괴로울 때나 어두운 밤 홀로 방 안에 있을 때는 항상 그날을 생각하며 민의 얼굴을 떠올리곤 했어요. 나는 그동안 우울증을 극복하려고 했지만 노력하면 할수록 더욱더 우울이라는 감정이 배가되어 나를 덮치곤 했답니다. 잠을 자지 못해 고통의 시간을 보내고 숨을 쉬고 살아가는 것이 나에게는 어울리지 않는다는 무력감마저 들곤 했어요. 한 달 전에 서울을 떠나 지금은 부산에 내려왔어요. 고향인 부산에서 정신과 약을 먹으며 우울증을 치료하고 있어요. 그리고 치료 후 민과 함께 바다를 보러 갈 거예요.

민, 난 지금 부산시립정신병원에 3주째 입원 중이에요. 입원할 때보다 훨씬 나아지고 잠도 잘 자고 있어요. 걱정은 하지 마세요. 나의 이런 모습을 민에게 보여주고 싶지 않아 그동안 연락을 하지 않았던 것입니다. 단 바라는 것이 있다면 푸른 바다를 보는 것은 민과 함께하고 싶어요.

오늘 밤도 꿈에서 민을 보기를 기원하며.

은경으로부터.

민은 편지를 읽으며 북받쳐 오르는 감정을 억누르지 못하고 흐느꼈다. 차분히 써 내려간 엘리제의 편지를 들고 그는 눈물을 삼켰다. 아, 이런 늦은 봄날에 이런 잔인한 편지를 읽다니, 그동안 엘리제에 대한 걱정과 연민의 정을 일부러 억눌려 왔던 민이었다. 민은 엘리제에 대한 안타까운 감정보다 자신을 더 질책하며 격동하는 감정으로 입술을 깨물었다. 술기운은 싹 달아나 버리고 민은 무심히 흐르는 구름과 달을 쳐다보며 엘리제를 생각했다.

잠자리에 들었지만 쉽게 잠들 수가 없었다. 뒤척이다 겨우 잠이 든 것 같은데 곧이어 엘리제가 꿈속에 나타났다. 민은 그 모습이 너무 선명하여 꿈인지 환상인지 구분을 할 수 없었다. 엘리제는 창백한 얼굴로 저 멀리서 민을 바라보고 있었다. 민이 엘리제를 부르면서 뛰어 가보면 엘리제는 사라지고 없었다. 잃어버린 엘리제를 찾아 어둠을 뚫고 이곳저곳을 헤매다 다시 엘리제를 만났다. 이번에는 눈물을 흘리는 엘리제의 모습이었다. 하나 가까이 가면 사라지고. 민은 안타까운 마음과 속이 바짝바짝 타 틀어가는 심정으로 목청껏 엘리제를 불렀다. 그때 저 어둠의 하늘에서 큰 날개를 단 성 미카엘 대천사의 형상을 한 현우 형이 나타났다. 형은 오른손으로 푸르고 날 선 큰 검(劍)을 휘두르고 있었다. 검의 끝에는 불길이 쏟아 나오고 있었다. 불길은 엘리제를 향해 날아가며 허공을 갈랐다. 엘리제는 불과 함께 순간 사라졌다. 울부짖는 민의 머리 위를 현우 형은 몇 바퀴 맴돌다 돌연 사라졌다. 형이 사라진 하늘 위에서 한 줄기의 강한 빛이 쏟아져 내렸다.

민은 밤새 꿈속에서 헤매다 아침에 약간의 숙취를 느끼며 일어났다. 엘리제에게로 가자. 그날은 학교 강의가 몇 과목 있었지만, 전혀 개의치 않고 시립정신병원으로 출발하였다. 한적한 버스 정류장에 내려 한참을 걸어 올라가야 했다. 산 중턱의 안쪽에 자리 잡고 있어 바깥에서는 전혀 보이지도 않았다. 마을버스도 없었다. 천천히 걸어 올라가면서 왜 어젯밤 꿈에 현우 형이 나타났는지 궁금해 하면서 생각해 보았다. 어젯밤은 오직 엘리제에 대해서만 생각하고 괴로워하지 않았던가? 엘리제와 함께 꿈속에 갑자기 성 미카엘 대천사의 형상으로 현우 형이 나타난 것은 무슨 연관이 있을까? 혹 엘리제의 정신병을 현우 형의 정령(精靈)으로 치료해 줄 수 있을까? 민은 주술과 미신을 믿지는 않지만 마음속으로는 그렇게 되길 기원했다. 만일 마법과 주술로 엘리제의 악귀를 쫓아낼 수만 있다면 민은 솔로몬 왕의 마법 책《레메게톤》을 통째로 외워 '72 악마'를 불러낼 것이다. 그리고 악마의 힘을 빌릴지라도 악귀를 쫓아내고 엘리제를 구할 것이다. 반드시 구해내리라. 어느새 민은 시립병원의 입구에 들어섰다. 올라오는 동안에 사람은 한 명도 보이지 않았다. 숨을 고르면서 저 멀리 구덕산과 도시 풍경을 바라보았다. 이제 곧 진한 푸른 녹음이 산을 덮을 것이다.

민은 1층 원무과에서 엘리제의 면회를 신청하였다. 민은 본인이 친척이라고 면회 요청서에 적었다. 응급환자용 이동 침대가 들어갈 수 있는 투박하고 큰 병원용 엘리베이터를 타고 7층으로 올라갔다. 문은 탈 때와 내릴 때는 반대 방향이었다. 아침이라 그런지 홀로 큰 엘리베이터를 타고 7층에 내리니 다소 긴장을 할 수밖에 없었다. 민이 정신병동을 방문하는 것은 처음 있는 일이었다. 병실을 향해 천천히 복도를 따라 올라갔다. 두꺼운 회색 유리와 쇠망으로 덮인 유리창으로부터 은은한 햇살이 민의 발걸음 위에 스며들었다. 병실은 철저한 보안 장치가 되어있었다. 민의 신원을 확인하고 문을 열어주었다. 모든 문은 스스로 열 수 있는 것은 하나도 없었다. 7층 병동은 중증환자를 위한 병동이었다. 엘리제가 여기에 있다니 민의 마음이 무너지는 것 같았다. 간호사에게 면회 요청서를 보여주고 기다렸다. 쉽게 감시를 하기 위해 내부는 모두 큰 두꺼운 투명유리로 되어 있었다.

방문한 그 시간은 아침 식사 후 모든 환자가 가지는 휴식 겸 운동 시간이었다. 모두가 병실 중간의 넓은 공간에 모여 있었다. 어떤 이는 어슬렁어슬렁 왔다 갔다 하였다. 걸음걸이는 부자연스러웠다. 몇몇 사람들은 의자에 앉아 벽에 걸린 TV를 무심히 보고 있고 어떤 이들은 삼삼오오 햇볕이 들어오는 곳에 모여 수다를 떨고 있었다. 저쪽 구석진 곳에 엘리제가 홀로 앉아 있었다. 간호보조원의 도움을 받아 두 번의 문을 지나 조그만 면회실로 나왔다. 문은 간호사가 버튼을 눌려야 덜커덩하고 열리는 구조였다. 엘리제는 민을 보고 놀라는 표정을 지었다. 곧 엷은 미소와 함께 반가운 표정으로 바뀌었지만 말은 다르게 하였다.

"민. 왜 왔어요? 난 이런 모습을 보여주고 싶지 않아요."

민은 그런 힘없는 엘리제의 모습을 보니 마음이 아팠다. 다른 말 없이 엘리제의 차가운 손을 두 손으로 감싸주었다. 몸과 얼굴은 전보다 살이 찐 것 같았다. 아마도 정신과 약을 먹어서 그러리라. 얼굴은 더 창백하게 보였다. 순간 민은 엘리제를 여기에 두면 안 된다고 생각했다. 오직 머리에 떠오른 것은 엘리제를 하루만이라도 여기를 벗어나게 해주고 싶었다. 푸른 바다를 보여주고 신선한 바닷바람을 마시게 하고 강렬한 햇볕을 쬐게 해주고 싶었다. 의사 선생님의 외출 허가가 떨어지기 무섭게 민은 엘리제의 손을 잡고 바로 병실을 빠져나갔다. 택시를 불러 바로 해운대로 향했다. 엘리제의 손을 꼭 잡으며 말했다.

"엘리제, 바다를 보러 가자. 푸른 바다를."

엘리제도 오랜만에 보는 바깥 풍경을 창문 너머 바라보며 고개를 끄덕거렸다. 그들은 동백섬 조선비치호텔 근처에서 내렸다. 민이 고등학교 시절에 바다를 보러 자주 갔던 해변 옆 바위가 많은 곳으로 갔다. 그곳은 일반 관광객은 오지 않는 호젓한 곳이었다. 동백섬을 끼고 엘리제의 손을 잡고 그곳에 가서 바다가 탁 트인 큼직한 바위 위에 앉았다. 민은 엘리제에게 부드럽게 말했다.

"엘리제, 저 푸른 바다를 보세요. 그리고 마음을 활짝 열고 병이 낫기를…"

엘리제는 아무 말 없이 저 멀리 수평선과 잔잔한 파도로 넘실거리는 푸르고 푸른 바다를 쳐다보았다. 엘리제는 한참을 푸른 바다의 윤슬을 바라보다 간혹 바다 공기를 깊이 들이켰다. 그들 머리 위로 몇 마리의 갈매기가 비행하며 동백섬을 끼고 돌았다. 강한 햇살이 민과 엘리제, 그리고 바다 위에 사정없이 내려앉았다. 초여름의 따뜻한 바닷바람이 짠맛을 내며 돌아다녔다. 민도 속이 확 터였다. 그들은 불과 한 시간 전만 해도 음침하고 숨 막히는 정신병동에 있었지 않은가? 한참을 지나니 엘리제가 말문을 조심스레 열었다.

"민, 고마워. 나의 소원을 풀어주어…"

민은 아무 말 하지 않고 엘리제의 어깨를 오른손으로 감싸주었다. 민의 어깨 위에 엘리제는 살며시 머리를 기대였다. 민은 마음이 뭉클하였다. 얼마나 이 순간을 마음속으로 염원했던가? 이 '순간'이 '영원'이 되었으면 했다. 이 순간 민은 이대로 엘리제와 바위로 변했으면 했다. 그러면 이 자리에서 엘리제와 함께 영원히 바다를 바라보고 있으리라. 서로 말을 하지 않았다. 서로 체온을 나누며 바다만 쳐다보았다. 민은 저 푸른 바다와 소금이 엘리제의 우울증을 깨끗이 씻어내어 민이 엘리제를 처음 봤을 때의 그런 상큼한 소녀로 엘리제가 돌아가길 기원했다. 외출 시간은 오후 5시까지로 반드시 돌아가야 했다. 저녁을 먹고 한 움큼의 약을 먹어야 하기 때문이다. 민은 엘리제를 데려다주고 집으로 가는 버스에 올랐다. 엘리제와의 약속인 푸른 바다를 보여준 것에 대해 나름 민은 홀가분하고 뿌듯함을 가졌지만 엘리제의 힘없는 어깨와 눈빛은 민의 마음을 납처럼 무겁게 짓눌렀다.

다음날 민은 수업을 마치고 엘리제에게로 달려갔다. 전날보다 훨씬 생기가 얼굴에 돌았다. 엘리제는 민이 온 것에 대해 미안해하면서도 반가운 감정을 숨기지 않았다. 엘리제가 말했다.

"민, 덕분에 오랜만에 바깥 외출을 하고 푸른 바다를 보아서 그런지 어젯밤은 깊은 잠을 잤어요. 꿈에서도 푸른 바다를 보고… 무엇

241

보다 민과 함께 바다를 보고 싶다는 소원이 풀려서… 좋았어요."

민은 별말 없는 면회 시간 내내 엘리제의 손을 꼭 감싸주었다. 다음날도 민은 면회를 갔다. 그 다음 날도. 하루하루 엘리제는 눈에 띄게 밝아지면서 눈빛이 조금씩 맑아지기 시작하면서 간혹 웃기도 하였다. 엘리제가 입원을 할 때는 심한 우울증 증세가 망상이 생기는 조현병 증세로 바뀌는 중이었다. 이런 정신병은 약을 먹어 정신의 혼란함을 잡아주어야 하지만 주위의 따뜻한 배려와 보살핌이 더 중요하다.

민은 마음속 바람으로 엉뚱한 생각을 하였다. 바다의 푸른빛이 엘리제의 몸과 마음에 잔잔히 스며들어 푸른색으로 빛나는 사파이어 보석이 되었으면 했다. 저 넓은 푸른 바다에서 마음껏 돌아다니는 푸른 인어가 되었으면 했다. 그리고 같이 바다를 보며 빛나는 사랑을 나누리라. 5일째 면회를 하러 갔을 때 엘리제는 단단한 결심한 듯 조용히 말했다.

"민, 그동안 고마웠어요. 이젠 더는 병원 면회실에서 민을 만나고 싶지 않아요. 민도 민의 캠퍼스 생활로 돌아갔으면 해. 나도 이젠 극복할 자신감도 생기고, 완쾌하여 퇴원하면 다시 만나기로 해요. 내가 연락할 때까지 기다려 주었으면 해. 만일 다시 면회 오더라도 만나주지 않을 거예요."

민은 엘리제의 결심 어린 말을 묵묵히 들으며 마음은 아팠지만, 약속할 수밖에 없었다. 민은 그동안 엘리제를 위해 준비한 예쁜 포장지에 싸인 선물을 엘리제의 손에 쥐어 주었다. 엘리제를 면회한

날 밤마다 직접 녹음한 음악을 담은 휴대용 테이프였다. 민이 직접 선곡한 20곡에다 민이 엘리제로부터 선물로 받은 테이프에 담겨있던 엘리제의 피아노 연주곡이었다. 엘리제가 이 곡들을 들으며 마음의 평안을 찾고 병실의 무료함을 견디길 바랐다. 민은 병실로 돌아서는 엘리제의 처진 어깨를 바라보며 힘주어 말했다.

"엘리제, 빨리 회복하길 민이 기도할게요."

어느덧 시간은 흘러 2학기가 시작되고 캠퍼스는 다시 활기를 찾기 시작했건만 민의 방황은 끝이 보이지 않았다. 반가운 친구들을 다시 만나도 형식적인 반가운 표정만 보일 뿐 민은 우울의 그늘 속에서 허우적거렸다. 호연이를 제외하곤 누구도 그의 우울을 눈치채지 못했다. 주위 친구들은 민이 내성적이라 여기고 별 관심을 두지 않았다. 캠퍼스의 생활이 즐거우면 엘리제에게 미안한 생각이 들었다. 화창한 가을의 햇살이 아름답게 보이면 더욱 그랬다. 가을 초엽에 나뭇잎이 살짝 물들려고 하면 더욱더 민은 괴로웠다. 분명 퇴원을 했을 것 같은데 연락이 없었다. 뭔가 불안하고 초조했다. 하루하루가 지나가면서 점점 엘리제에 대해 궁금함이 더해가고 마음이 무거워지기 시작하였다. 그래도 끝까지 엘리제로부터 연락이 올 때까지 참을 것이다. 그렇게 철석같이 약속하지 않았던가? 엘리제는 민과의 만남을 위해 철저히 준비하고 있을 것이다. 푸른 사파이어의 눈부신 아름다움을 지닌 여인으로 변신하기 위해서는 인고(忍苦)의 시간이 필요할 것이다. 준비가 끝나지 않은 상황에서 민이 불쑥 연락하는 것은 엘리제에게 상처만 줄 뿐이다. 미완성의 아름다움을 보고 싶지 않기에 민은 참았다.

  대신 잊으려고 술을 마셨다. 생각이 날 때마다 잊으려고 술을 마시고 기억의 세포를 죽이고 초조함을 감추려고 담배를 피웠다. 호연이와 자주 시간을 보내고 술을 마셨다. 학교 앞 호연이의 단골 막걸리 집은 이제는 민의 단골집으로 변해 있었다. 돈이 없을 때는 강의용 영어원서도 맡기고 막걸리를 마셨다. 마시다 보면 강의도 빠질 때도 있었다. 술을 먹고 학교 캠퍼스 잔디에 누워 하늘을 쳐다보며 시간을 보냈다. 호연이와는 많은 이야기를 하면서 좀 더 서로를 이해하고 우정을 쌓아갔다. 철학적인 이야기부터 시시콜콜한 잡다한 일상의 이야기, 학교 내에서 떠도는 출처 없는 소문들, 학교 내에서 최고의 여학생 퀸카는 누구인지? 어떤 교수가 멋쟁이고 어떤 강의가 들을만한지? 명예와 돈과 권력에 관한 통속적인 이야기부터 남자가 품어야 하는 꿈과 야망에 관해서도 토론해 보고…. 민은 그렇게 호연이와 시간을 보냈다. 어떤 날은 술에 취해서 호연이는 민의 집에서 같이 자기도 하였다. 좁은 이불 속에서 엉켜 잤지만 불편하지도 않았다.

  민은 호연이와의 술자리를 통해 여러 친구를 알게 되었다. 그중 몇몇은 민과도 마음이 통하는 친구도 있었다. 민은 엘리제에 대한 궁금증과 연민의 감정이 커지면 커질수록 일부러 친구들과 어울렸다. 하지만 결코 엘리제에 대해 친구들에게 이야기하지 않았다. 이 친구 저 친구들과 만날 때마다 술을 마셨다. 자기 또래의 다양한 친구들과 사귀고 그들을 알고 싶었다. 아니, 민은 그들이 필요했다. 민은 저 깊은 밑바닥까지 사람들의 감정과 엉키며 인간의 아름다움과 숭고함, 비열함, 추함을 보고 싶었다. 술은 매개체였다. 어떤 때에는 친구들이 매개체이고 민은 저 밑바닥까지 술의 실체를 알고 싶었다. 몸에 들어온 술은 소화되지 않고 다시 토하곤 하였다. 머리가 맑아지면 또다시 술을 먹은 적도 있었다. 술은 민의 온갖 감정을 건드리며 폭발시켰다. 평상시에는 보지 못하는 것들을 술에 취해 느끼곤 하였다. 문학적인 감각이 살아났지만 단 한 줄의 글도 적지 않았고 읽지도 않았다. 감정을 그냥 술과 함께 흘러 보내버렸다. 엘리제에 대한 사랑을 술에 쏟았다. 술은 언제나 민을 기쁘게 하였지만, 술과 사랑을 나눈 다음 날은 항상 후회되고 몸살을 앓았다.

그리고 다시 밤이 오면 친구들과 어울렸다. 자갈치시장과 남포동, 광복동 등 여러 곳의 술집과 카페를 전전하였다. 종종 7~8명이 단체로 이 술집 저 술집으로 다니며 이야기하고 술을 마셨다. 여러 명이 한꺼번에 몰려다니니 겁날 것이 없었다. 어깨에는 힘이 들어가고 걸음걸이는 다들 씩씩했다. 술값은 전혀 걱정하지 않았다. 누군가가 돈을 가지고 있으리라 서로가 믿었기 때문이다. 그러나 그런 믿음은 종종 무너지고 누군가가 돈을 가져 나올 때까지 계속 마실 수밖에 없는 추억의 시간은 그들을 다시 뭉치게 하였다. 민은 그 모임을 즐겼다. 무엇보다 말을 별로 하지 않아도 좋고 그냥 술 마시고 고래 잡고 노래 부르고 웃으며 떠들고 스트레스 풀고… 지

245

극히 젊음을 발산시키는 그런 시간이 좋았다. 거의 자정이 다가오는 시간 어두운 골목길을 취해 걸어가는 일곱 명의 우람한 뒷모습과 보름달이 만들어낸 그들의 긴 그림자가 골목길을 가득 채울 때 민은 그들을 '달과 7인의 그림자들'이라고 명명하였다.

여느 날처럼 민은 술에 취해 늦은 밤 집으로 돌아왔다. 차에서 내려 집으로 오는 골목길에는 쓸쓸한 바람이 발등을 지나갔다. 가을이 지나가고 있구나. 밤하늘도 점차 멀어지고 있구나. 민은 가을의 쓸쓸함을 몸으로 느끼고 있었다. 조용히 불 꺼진 이 층 방으로 올라갔다. 민에게 휴식을 주고 야망을 품게 하고 철학을 탐구하게 하는 그 만의 유일한 공간이었다. 그날은 이상하리만큼 방 안이 우울하였다. 왜 그렇게 느꼈을까? 민은 책상 위에 놓여 있는 등기우편을 발견하고 순간 긴장하였다.

민은 조심스럽게 열어보았다. '입영통지서'였다. 민은 말문을 잃었다. 민은 입영 날짜를 보니 앞으로 한 달 정도 남아 있었다. 민은 창문 사이로 푸르면서 흰 옅은 구름 사이를 비켜 지나가는 초승달을 보면서 그냥 멍하게 있었다. 피곤함이 순간 확 밀려왔다. 그렇다. 민은 정신적으로 육체적으로 완전히 지쳐가고 있었던 것이었다. 그의 예민한 감수성은 그를 그냥 놓아주지 않았다. 인생에 대한 그만의 고뇌는 그야말로 그만의 고통이었다. 그냥 그대로 아무런 고민 없이 하루하루를 살게 해주지 않았다. 지난날들이 너무나 생생하게 그의 눈앞에 떠올랐다. 왜 그렇게 치열한 나날을 보냈을까?

그것은 민이 택한 일이 아니라 그에게 찾아온 것이다. 그는 거부하지 않고 답을 얻기 위해 싸움을 한 것이다. 비록 정신이 황폐해지고 몸이 망가지더라도 인생의 싸움은 가치가 있는 일이라고 스스로 위로하였다. 허공에 타버려 사라지는 불꽃이 되더라도 활활 타는 불꽃이 되고자 하였다. 언젠가 민의 고뇌와 경험은 그의 남은 인생에 길잡이가 되고 쉽게 무너지지 않을 성(城)이 되어 민을 지켜줄 것이다.

현우 형이 보고 싶었다. 남은 인생을 악과 싸우기 위해 사제의 길로 몸을 던진 현우 형의 위대한 결심을 생각하였다. 민은 지난 시절 방황하는 연약한 자신을 돌아보았다. 그동안 민은 자신의 내면을 탐구하고자 하였지만, 항상 남는 것은 의문뿐이었다. 엘리제의 사랑도 지금은 연민의 정만 마음속에 남는 것 같았다. 민이 다가가면 엘리제는 저 멀리 달아나고. 그래도 그녀는 민의 마음속에 영원히 남아 있을 거라고 믿었다. 민은 지난 캠퍼스 생활을 돌이켜 보니 그야말로 자유와 방황의 시간이었다. 성숙은 고통과 걷잡을 수 없는 혼돈의 시간을 양분으로 자란다고 하지만, 민은 그의 방황을 어떻게 할 것인지 생각하였다. 이제 이 방황은 끝내어야 한다. 멈출 줄 모르는 이 방황 열차를 이제 멈추어야 한다. '입영통지서'가 그것을 의미하는 것 같았다. 엉키고 엉킨 만개의 생각 파편들을 이제 차분히 모아 퍼즐을 맞추어야 한다. 하나의 생각을 잊어버리면 영원히 퍼즐을 완성할 수 없는 그런 거대한 퍼즐을 완성할 것이다. 격리된 군대 생활에서 외롭게 그 위대한 작업을 하리라. 살아오면서 느낀 모든 아픔과 기쁨, 고뇌의 조각들을 맞추는 직소퍼즐이 될 것이다. 앞으로는 책은 읽지 않을 것이다. 민은 골똘히 생각하다 고개를 들어 어두운 밤하늘의 별을 바라다보았다. 유유히 지나가는 가을밤 달 속에 눈물 머금은 엘리제의 얼굴이 스쳐 지나갔다.

그날 이후 민은 술을 먹지 않았다. 친구들도 만나지 않았다. 맑은 정신이 필요했다. 홀로 캠퍼스 들녘에서 낙엽을 밟으며 걸었다. 학교 뒤 박물관으로 올라가는 길은 그의 산책길이었다. 단풍이 들어 붉은색으로 노란색으로 캠퍼스를 물들이고 있었다. 정갈한 햇살이 비치면 색은 눈부시게 탄다. 캠퍼스 안에서 맞이하는 첫 번째 아름다운 가을이었지만 민은 그 가을을 그렇게 쓸쓸히 보내고 있는 것이었다.

민이 엘리제로부터 만나자는 연락을 받은 것은 그로부터 며칠이 지난 만추(晚秋)의 찬바람이 캠퍼스를 휘돌고 있을 때였다. 민은 이상하리만큼 차분히 엘리제의 만남을 기다렸다. 장소는 민과 엘리제가 처음 만나 데이트를 했던 유엔묘지공원으로 정했다. 민은 처음 만났을 때 유엔묘지로 사뿐사뿐 걸어오던 엘리제의 모습을 떠올렸다. 아름다운 흰 드레스에 단아한 검정 단화를 신은 우윳빛 소녀였다. 민은 약속 시각보다 일찍 나가 엘리제를 기다렸다. 저 멀리서 한발 한발 다소곳이 걸어오는 엘리제를 바라보고 민은 반갑게 엘리제를 맞이하였다. 베이지 톤의 트렌치코트에 핑크빛 스카프를 한 엘리제는 너무 예쁜 성숙한 여인으로 민 앞에 다시 나타났다. 몇 년 전 보았던 어린 소녀의 엘리제가 아니었다. 민도 역시 골격도 커지고 어깨도 벌어진 에너지 넘치는 남성으로 변해 있었다. 민과 엘리제는 유엔묘지공원의 산책길을 천천히 걸었다. 공원 안은 적막감이 흐를 정도로 조용하였다. 저 멀리서 한 외국인이 영문으로 적힌 묘비에서 헌화하고 있는 모습이 보였다. 민은 엘리제에게 말했다.

"그동안 보고 싶었어요. 많이 걱정도 했었고…."

엘리제는 차분히 말했다.

"민, 나도 보고 싶었어요. 민과 만난 후 예상보다 빨리 퇴원을 하게 되었어요. 민과 같이 푸른 바다를 본 후 마음이 많이 안정되고 꿈속에서 보는 푸른 바다는 나를 치료해 주는 것 같았어요. 퇴원 전날 꿈에 강한 불길이 나의 몸을 태우고 햇살이 하늘에서 내려와 나를 감싸주었어요. 뜨거운 불길과 햇살이었지만 신기하게도 내 몸은 깃털처럼 가벼워졌답니다."

민은 순간 너무 놀랐다. 그 불길과 햇살은 전에 민의 꿈에 나타난 성 미카엘 천사가 보여준 것과 일치하였다. 그 칼끝의 불길은 엘리제의 악의 기운을 쫓아내고 그 햇살은 분명 뜨거운 은총이었으리라. 이 모든 것이 현우 형이 가져다준 것이었다. 민의 간절한 기도가 현우 형을 통해 엘리제를 낫게 했단 말인가? 민은 분명 너무나 선명하게 꿈에서 불길과 햇살을 보았고 엘리제도 같은 꿈을 꾼 것이었다. 민은 아무 말 하지 않고 묵묵히 걸었다. 순간 현우 형이 그리웠다. 엘리제는 말을 이었다.

"퇴원 후 나는 어머니의 손에 끌려 반강제적으로 유럽 여행을 다녀왔어요. 어머니는 여행이 나의 마음과 정신을 안정시켜 주고 삶에 대한 강한 의지를 다시 불러일으켜 주리라 믿었어요."

"아… 그런 좋은 시간을 보냈네요. 그런 줄 모르고…."

"처음엔 나 자신이 싫고 모든 것이 귀찮고 피곤했지만, 며칠 지나면서 지중해의 뜨겁고 강한 햇살을 맞으니 점차 생기가 생기기 시작했어요. 누구도 날 알아보지 않아 남을 의식할 필요도 없고 마음속에 해방감과 자유를 느끼기 시작했어요. 여행하면서 사람 모두가 열심히 사는 모습을 보고 많이 느꼈어요. 어머니와 맛있는 음식도 많이 먹고 미술관도 가고 박물관도 가고 조그만 시골 동네도 가고 기차도 타고…. 모든 시간이 즐거웠어요. 무엇보다 피아노 연주회를 보고 나는 다시 삶에 대한 열정을 품게 되었어요. 머리는 맑아지고 자신감이 생기고 다시 음악을 하고픈 욕망이 서서히 생겨요."

민은 엘리제의 말을 들으니 너무나 기뻤다.

그렇다. 이제 엘리제의 우울증은 지나가는 폭풍우처럼 사라지리라. 폭풍처럼 밀려온 그녀의 병이 그녀의 몸과 마음을 할퀴고 지긋지긋한 고통을 주었겠지만 이제 엘리제는 성 미카엘 천사가 보호해 줄 것이다. 그녀의 퇴원과 여행은 그녀가 어둡고 칙칙한 터널을 빠져나오는 고통을 뒤로하고 환한 햇살의 은총을 마음껏 받은 것이다. 민과 엘리제는 공원의 끝자락에 담쟁이덩굴이 얽힌 벽돌담 앞 풀밭에 앉았다. 푸른 이끼가 잔뜩 긴 벽돌담은 세월의 무상함을 느끼게 하였다. 옆에는 큰 나무가 우람하게 서 있었다.

민은 푸른 가을 하늘을 보기 위해 팔목을 베개 삼아 누웠다. 구름 한 점 없는 푸르고 푸른 하늘이었다. 푸른 물감을 풀어 놓은 듯 잔인한 푸른색이었다. 민은 순간 어린 시절 꽃밭에서 신비한 요정을 본 그날의 푸른 하늘을 떠올렸다. 엘리제는 살짝 미소를 머금으며 그녀의 무릎을 베개로 내어주었다. 민은 순간 좀 놀랐지만 폭신한 엘리제의 무릎을 받아들였다. 한참을 그렇게 아무런 말 없이 있었다. 민은 푸른 하늘만 쳐다보고 엘리제는 허공을 쳐다보면서 간혹 민의 옆얼굴을 가냘픈 손으로 부드럽게 어루만져주었다. 이제 엘리제는 민을 사랑할 수 있는 용기가 생긴 것 같았다. 민은 천천히 다시 앉으며 엘리제를 안았다. 처음엔 부드럽게 안았으나 점차 손에 힘이 들어갔다. 처음이자 마지막이 될지도 모른다는 불안감이 밀려와 민은 엘리제를 힘껏 안았다. 그리고 엘리제의 귀에다 조용히 말했다.

"사랑해."

엘리제는 아무런 말을 하지 않았다. 그냥 그대로 있었다. 민은 한 번 더 부드럽게 엘레지의 귓불에 속삭였다.

"사랑해. 엘리제."

그대로 한참이 흘렀다. 민은 푸른 하늘을 올려다보았다. 그리고 결심을 한 듯 다음 말을 할 수밖에 없었다.

"엘리제, 나… 군대 가야 해…"

이 얼마나 잔인한 말인가? 사랑을 고백하는 이때 군대에 가야 한다고 하니. 군대는 때론 연인을 시험하고 이별을 강요하기도 한다. 민은 순간 엘리제의 흐느낌을 품속에서 느꼈다. 엘리제는 결코 어떤 말도 하지 않았다. 민은 더욱더 엘리제를 품었다. 엘리제의 눈물 고인 큰 눈동자를 보면서 말을 이었다.

"엘리제, 엘리제는 영원히 내 마음속에 있을 거야. 민은 결코 너를 떠나지 않을 거야."

민의 입술에 전해진 엘리제의 체온과 슬픔은 민의 가슴을 무너지게 하였다. 공원 안 여기저기서 이름 모를 새소리의 울부짖음과 말없이 묘비 앞에 누워있던 무명용사들의 흐느낌으로 공원 안의 적막감도 무너지고 있었다. 푸른 하늘에 갑자기 먹구름이 몰려와 검게 변해 가는 듯하였다. 아! 이 얼마나 잔인한 가을의 오후인가….

며칠 후 민은 어머님의 흔드는 손을 뒤로하고 논산 훈련소로 향하는 열차에 몸을 실었다. 길고도 긴 민(敏)의 젊은 날의 시간을 뒤로하고 열차는 서서히 움직이기 시작하였다. 민은 한동안 미동도 하지 않은 채 창문을 통해 지나가는 바깥 풍경을 바라보았다. 민의 두 손에는 엘리제로부터 받은 네 잎 클로버 자수가 그려진 하얀 손수건이 쥐어져 있었다. 항상 민에게 행운이 함께 해 달라는 간절한 염원을 담아 엘리제가 손수 수놓은 손수건이었다. 그는 민의 이름과 엘리제의 이름이 새겨진 손수건을 뺨에 대며 그녀의 손길을 느꼈다. 엘리제의 얼굴이 떠오르고 민은 자기도 모르게 눈에 눈물이 고였다.

　겨울 초입에 들어선 시기라 이미 나무에는 얼마 남지 않은 마른 잎만 모진 바람을 견뎌내고 있었다. 열차의 철판 벽을 타고 바람은 날카로운 소리를 내며 저 뒤로 사라졌다. 흔들거리는 열차 안은 사람은 많지 않았고 적막감만 흘렀다. 간혹 들어오는 무심한 햇살만이 어두운 표정의 객실 사람들 얼굴에 내려앉았다. 민은 지나간 세월을 반추(反芻)하기 시작하였다. 덜커덩거리며 느긋하게 달리는 열차의 창문을 배경으로 지나간 세월의 파편들이 나타났다 사라지곤 하였다. 코흘리개 시절에 보았던 요정, 백열전등을 새총으로 터트리고 밤새 도망가던 일, 성경의 창세기를 배우며 우주의 탄생에 의문을 품고, 철규와의 만남과 천사 이야기 그리고 교도소 면회, 절에서의 생활, 학교 시절의 끝없던 방황, 현우 형과의 멋진 조우(遭遇)와 형의 고뇌 그리고 신부의 길…. 엘리제의 음악과 정신병 그리고 애절한 사랑, 호연이와의 우정, '인생을 어떻게 살 것인가'라는 화두에 매달리고 인간이기에 겪어야 하는 선(善)과 악(惡)의 소용돌이 속에서 이 모든 시간과 고뇌들은 민에게 필연적으로 다가오는 운명이었다.

　민은 엘리제와 헤어지던 날 요정이 그의 꿈에 나타난 것을 회상했다. 훌쩍 커버린 요정은 광채를 품으며 민의 머리 위에서 몇 바퀴 아름다운 춤을 추었다. 여태까지 요정이 보여준 춤 중에 가장 화려하고 멋진 춤이었다. 요정은 춤을 추면서 민의 귀에 부드러우면서도 신비롭게 속삭였다.

"민, 이제 나는 떠나려고 해. 그동안 나에게 따뜻한 보금자리를 마련해 주어서 고마웠어. 이젠 민은 나를 찾지 말고 마음속 자신을 찾았으면 해. 모든 인생의 열쇠는 자신에게 있어. 나는 이제 민에게 필요하지 않아. 그래도 나는 민을 잊지는 않을 거야. 민, 나의 마지막 축복을 받아주길 바란다."

말을 마침과 동시에 요정은 투명한 막대기로 민을 향해 강렬하고 뜨거운 빛을 내려주었다. 민은 꿈속에서 빛을 맞으며 너무나 놀랐지만, 멀어져가는 요정에게 마지막 작별 인사를 하였다.

"그동안 나를 지켜준 나의 수호신, 네가 있어서 든든했고 행복했고 황홀했단다. 고마워!"

그렇게 요정은 민의 마음속에서 빠져나가 버렸다. 민은 쓸쓸한 마음을 감출 수가 없었다. 외로운 감정이 민의 마음을 그득 채우기 시작하였다.

민은 가슴속에 품고 있던 현우 형의 편지를 꺼내 보았다. 군대 가는 민에게 보낸 현우 형의 마지막 편지였다. 짧지만 숨 막히는 내용이었다.

민,
군대 생활은 너의 방황을 끝내고 너를 성숙시키는 시간이 될 것이다. 웅비 (雄飛)의 꿈을 품고 태양을 향해 날아오르는 독수리처럼 너의 마음속 깊이 숨겨져 있는 자아(自我)의 날개를 펼치고 너의 신(神)을 찾아 솟아오르거라.
나는 기꺼이 너에게 좋은 향유를 바르고 영광의 옷을 입혀주는 미카엘 천
사가 될 것이다.
영원한 너의 형 현우.

　민은 그 편지를 읽고 또 읽으며 저 멀리 산 위를 맴도는 솔개의
날갯짓을 무심히 바라보며 속으로 생각했다.
　자아(自我) 속에 있는 나의 신(神)이라… 나의 신(神)이라….

　끝

데미안을 찾아서

초판 1쇄 발행 2020. 6. 23.
초판 2쇄 발행 2020. 7. 7.

지은이 남민우
펴낸이 김병호
편집진행 조은아 | **디자인** 양헌경
마케팅 민 호 | **경영지원** 송세영

펴낸곳 주식회사 바른북스
등록 2019년 4월 3일 제2019-000040호
주소 서울시 성동구 연무장5길 9-16, 301호 (성수동2가, 블루스톤 타워)
대표전화 070-7857-9719 **경영지원** 02-3409-9719 **팩스** 070-7610-9820
이메일 barunbooks21@naver.com **원고투고** barunbooks21@naver.com
홈페이지 www.barunbooks.com **공식 블로그** blog.naver.com/barunbooks7
공식 포스트 post.naver.com/barunbooks7 **페이스북** facebook.com/barunbooks7

바른북스는 여러분의 다양한 아이디어와 원고 투고를 설레는 마음으로 기다리고 있습니다.